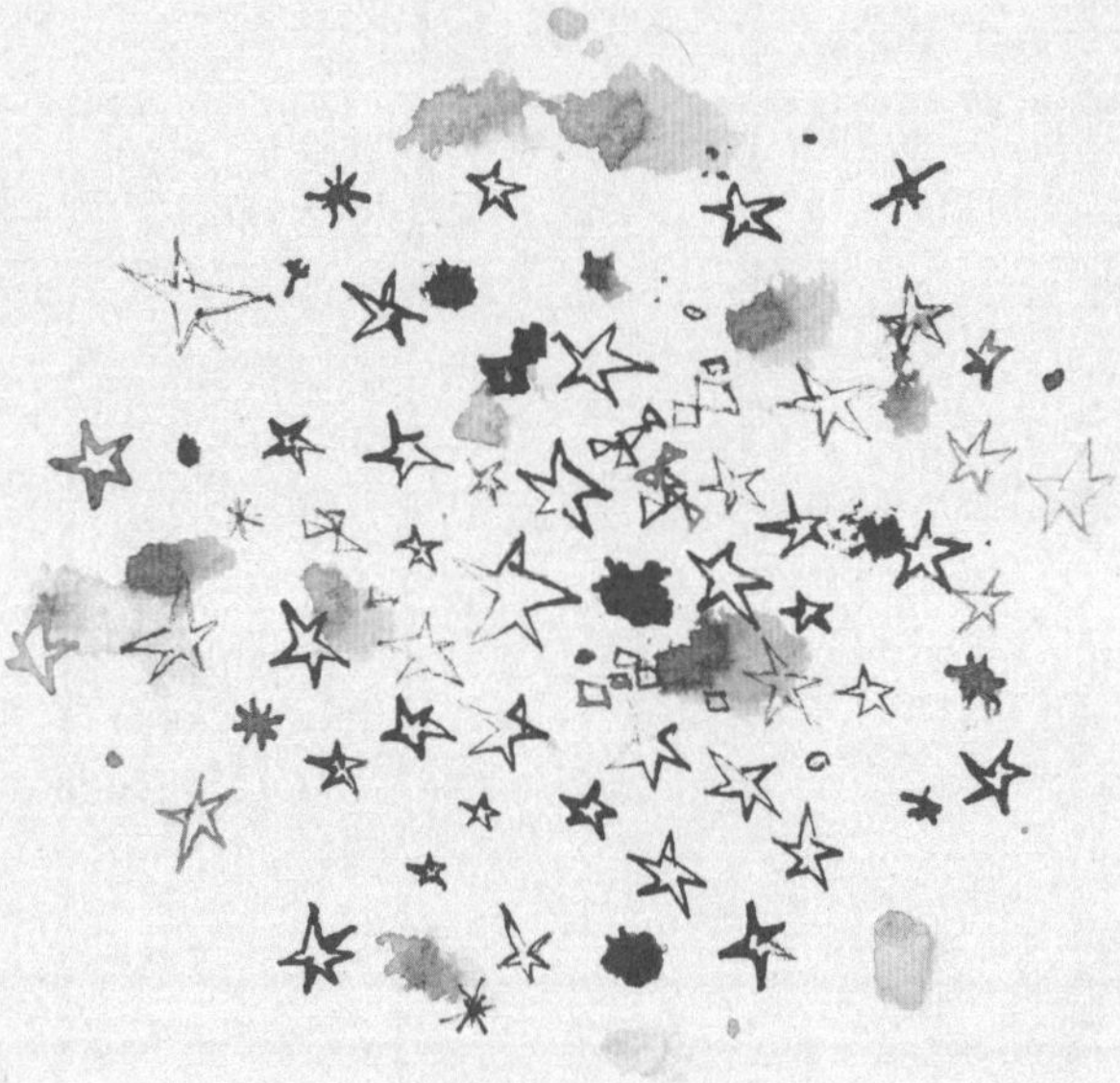

星を掬《すく》う

町田そのこ

中央公論新社

目次

装画　金子幸代
装幀　田中久子

星を掬う

1　廃棄パンの絶望

おめでとうございます。芳野《よしの》さんの思い出を、五万円で買い取ります。

明るい声で言われて、わたしは一瞬《いっしゅん》言葉に詰《つ》まった。

「今回は当番組の企画にご応募くださって、ありがとうございます。芳野さんの思い出は見事入賞、準優勝となりました」

電話の向こうの相手――確か野瀬《のせ》と名乗った男は、わたしの反応などお構いなしに喋《しゃべ》り始めた。

「御存《ごぞん》じかもしれませんが、この企画は四回目なんです。そして、今回が一番リスナーの反応が良かったんです。感想がいまもバンバン来てますよ」

あなたの思い出、売ってみませんか？　ＳＮＳでの人気投票ののち、上位入賞者の思い出は番組で買い取ります。

それは、毎週聴《き》いているラジオ番組の企画のひとつだった。これまでは聴くばかりで、応募しようと思ったことなど一度もなかった。けれど、今回は出来心のようなものがあって、初めてメールを送ってしまった。

「へえ、ほんとですか。嬉《うれ》しいなあ」

平坦《へいたん》な声で呟《つぶや》き、天井《てんじょう》を仰《あお》いだ。ゆっくりと息を吸い、吐《は》く。感情を乱すのは、二週間前に終えていた。番組のパーソナリティーがわたしの書いた文章を朗読しているのを聴いて、何てことをしてしまったのだと血の気が引き、悲鳴を上げた。ひとに言うものでない思い出を振りまいて、どうするのだ。しかし、わたしがどれだけ焦《あせ》り、取り消してもらおうとしても、あの日々の記憶《きおく》は淀《よど》みなく世に流れ出ていった。もう、わたしの思い出はわたしひとりのものではなくなってしまった。誰《だれ》かとの共有コンテンツのひとつとなって、わたしの意思で動かせなくなった。であれば、こんなこともありえるのだろう。

「今回は『夏休み』というベタなテーマですし、いろんな思い出が集まりましたけど、芳野さんのものはその中で異様なパワーがあった。ぼくはね、芳野さんに優勝してほしかったんですよね。メールを読み終えてからしばらくは、小学一年生の芳野さんのことが頭から離れなくって」

野瀬さんは熱っぽく言って、ぷつりと言葉を切った。それから声を潜《ひそ》めるようにして、

「どうなったんですか」と訊《き》いた。

「あの別れのあと、どうなったんですか?」

ふっと、遠い日が蘇《よみがえ》る。父の車に乗りこむわたしを、じっと見つめていた母。またあとでね、と手を振るわたしに、母はゆっくりと片手をあげて応えた。あのときわたしが母の車に乗ると言っていたら、何か変わっていただろうか。

「どうなるも何も、書いていたまんまです。母は、いなくなりました。わたしはあれ以来、

母とは一度も会ってないんですけど、自由に生きているみたいですよ」

もう一度、息を吐く。吸ったことはないけれど、煙草《たばこ》の煙を吐くように、ふー、と唇《くちびる》を尖らせながら。そうしながら、わりと平気だなと思う。まるで、わたしの口を借りて誰かが勝手に喋っているみたいだ。

それならよかった、と野瀬さんが笑う。

「安心しました。いや、失礼を承知で申し上げるんですけどね、お母様は自死されたんじゃないかと、それだけが心配で」

「そんなこと、ありえませんよ。父は一年後だったかに離婚の話し合いで母に会ってるんですけど、とても溌剌《はつらつ》としていたそうです。第二の人生を満喫していると言って楽しそうにしていたというひとが自死なんて、ね」

直接聞いたわけではない。父が祖母に零《こぼ》しているのを、盗み聞いたのだ。

『派手な化粧《けしょう》に下品な服を着て、別人みたいだったよ。一緒にいて、居心地が悪いったらなかった。向こうは暢気《のんき》にしていたけど』

父が苦々しく言い、祖母は憤慨《ふんがい》したように唸《うな》った。

『慰謝料《いしゃりょう》に養育費、ちゃんと払わせるんだよ。そして、二度と千鶴《ちづる》には会わせないって言ったろうね。あたしの目が黒いうちは、絶対に会わせるもんですか』

物陰《ものかげ》で、わたしは息を殺して父の返事を待った。少しの間を置いて、父が物憂《ものう》げなため息をつく。

『元よりそのつもりだ、ってさ』

祖母が、カエルがつぶれたような声を上げた。

『それに、私の人生は私のもの、とかなんとか言ってたよ』

『何だねその言い草は。まるであたしたちがあのひとに不自由な思いをさせていたみたいじゃないか！』

祖母の激高の声を聞きながら、その場にへたりこんだ。母は、わたしのことなどどうでもいいのだ。あんな別れ方をしておいて、一言の説明もないままで、だからきっと何か大変な事情があるのだと信じていた。何らかの問題があって、それが解決したら、帰って来るか迎えに来てくれるのだと、願っていた。

しかしそれは、どうやら叶《かな》わないらしい。母は、わたしとの繫《つな》がりが切れることを、受け入れた。わたしは、母に見捨てられたのだ。

「はは あ。しかし、不思議ですよね。お母様はどうして、家を出ていく前の最後の一ヶ月、あなたと旅に出たんだろう」

「分かりません。出ていったのは、一卵性母娘《いちらんせいおやこ》って言われた実母が亡《な》くなったことがショックだったからじゃないかって言われてますけど」

この夏休みの一年ほど前に、わたしの母方の祖母——母からすると実母が病で亡くなっていた。母は実母ととても仲が良かったから、その死がきっかけではないかと、母を知るひとたちは口々に言った。後追い自殺をするのではと危惧《きぐ》するひともいたようだけれど、母はきちんと第二の人生を楽しんでいたわけで、だから出奔《しゅっぽん》の理由は分からない。

一度はわたしを連れて出たことに関しては、祖母は、『気紛《きまぐ》れの道連れ』だと言った。気の弱いひとだったからね、家を出ようとしたはいいけれど、ひとりじゃ怖《こわ》いもんだから千鶴を道連れにしたのよ。でも自分のことだけで手いっぱいで、千鶴の面倒まで見られなくなったってところでしょ。苦労をかけた覚えはないし、あたしはいい姑《しゅうとめ》だったはずなのに、なんの恨《うら》みがあったっていうの。

「お母様、いまはどうなさってるんでしょう」

「さあ？　まあ、暢気に生きているんじゃないですかね」

母が芳野の家に恨みがあったかどうかは分からないけれど、自分が逃げ出した元婚家の現状を知ったらどう思うだろう。

母がいなくなって数年後、真面目《まじめ》一辺倒だった父が病に倒れた。祖母は持っている財産の何もかもを使って父に高額な治療《ちりょう》を受けさせたけれど、その甲斐虚《かいむな》しく、父はわたしが高校生のときに亡くなった。かろうじて残った屋敷で、祖母とふたり、爪に火を灯《とも》すような質素な生活を送った。プライドが高かった祖母は、周囲の憐憫《れんびん》の目を気にしていつも泣いていた。あの女が、芳野家をダメにしたんだ。あの女のせいで、いまの不幸があるんだ。憎い。ただただ、憎い。祖母はわたしが高校を卒業した年の夏に、母を恨んだまま死んだ。

ふうん、と野瀬さんは鼻白むように唸った。

「何だか、ドライですねえ。頂いたメールを読む限りは、いまもお母様を求めているように感じましたけど」

「……まさか、そんなわけないでしょう。実際はこんなものですよ。何と言っても、もう二十二年も前のことですし」

こんなもの、ねえ。野瀬さんはやはり納得しないように呟いたけれど、気持ちを切り替えるように「さて、本題に戻りましょう！」と声を張った。準優勝ということで、賞金五万円と番組のステッカーを贈らせていただきます。住所とお名前の確認ですが、メールに記載《きさい》されていたものに間違いはありませんか？

通話を終えて、ため息をつく。久しぶりに、きちんとひとと話をした。最近は、勤務先の工場の守衛さんと挨拶《あいさつ》を交わす程度の会話しかしていなかった。

それより、準優勝、五万円。

助かった。来月の支払いに、どうしてもお金が足りなかったのだ。支払予定の金額を指折り計算して、胸を撫《な》で下ろす。どうにか、賄《まかな》えそうだ。しかし、優勝ならば十万円だった。元々、その十万円に惹《ひ》かれて応募したところがあった。

「まあ、貰《もら》えたんだから良しとしないと」

買い取り五万円、いいじゃない。そう呟いて、急に怖くなった。

果たしてほんとうにいいのだろうか。わたしは、思い出を世の中に流しただけではない。わたしがこれまで抱《かか》えてきた、自身にべったり同化してしまっている思い出に、価値をつけさせたのだ。それは誰かの思い出には劣《おと》っていて、五万円だと評価された。あの日々は、五万円の価値。紙切れ五枚分。ほんとうに、いいの？

思わずスマホを摑《つか》み、通話記録を呼び出す。さっきかかってきた野瀬さんにかけ直そうとして、すんでのところで止《や》めた。彼にかけて、いまさらどうしようというのだ。準優勝を辞退しますと言う？　そんなことしてどうなる。わたしの思い出にはもう、順位と価値がつけられた。

それに、何よりもお金がない。足りない五万円を、どうやって捻出《ねんしゅつ》する？

ゆっくりと、スマホをテーブルに置いた。テーブルの上には小さなワイヤー製の籠《かご》があって、中には個包装されたいちごみるく飴《あめ》が入っている。子どものころからの好物で、そしていまの生活の唯一の楽しみだ。一日、五粒まで。本日二粒目を取り上げて、パッケージを剥《む》く。さんかくの飴を口に放って、吐き出せなかった言葉たちを甘く包んで飲み下す。甘さに集中して感情の波を抑えようとしていると、ふいに視界が潤《うる》んだ。見慣れた、けれど一向に親しみを持てない質素な部屋がぼやけていく。

「もう、無理だ」

声が震《ふる》えた。見ないようにしていた現実を、もういい加減に見据えなければいけない。思い出のお金で、来月わたしはなんとか生きることができるだろう。しかし、それから先をどうする。またあいつがやって来て、金を毟《むし》り取っていくだけだ。

弥一《やいち》の顔が思い出されて、飴の味が苦みに変わった。数年前に別れた元夫――野々原《ののはら》弥一は、金がなくなるとわたしの元へ来て、ありったけの金を持っていく。それが家賃《やちん》であろうとわたしの食費であろうとお構いなしで、少なければいますぐ金を作ってこいと暴《あば》れる。三週間前にも、冷蔵庫の中身を好き放題飲み食いしたあげくに、貰ったばかりの給与を半分奪っていった。それがないと困るから止めてと縋《すが》ると、頬《ほお》を打たれた。お前がどうしてもって言うから離婚してやったんだろ。おれが少しばかり持っていくことに、何の不満があるんだ。手加減のない平手打ちは顔の形を変え、しばらくはマスクなしでは外出できなかった。

弥一から、逃げたい。でも、逃げ出すための金も、気力もない。去年、必死で隠し通した貯金を使って夜逃げ同然で引っ越したけれど、何をどう辿《たど》られたのか半月もせずに居場所を特定された。買い物に出ようとすると弥一が玄関の前に立っていて、わたしを見てにんまりと笑った。かつては愛《いと》おしいと思った八重歯《やえば》がぎらりと光り、その瞬間死を覚悟《かくご》したけれど、命だけは助かった。

その代わり、大きな青痣《あおあざ》がいくつもできるほど、執拗《しつよう》に殴《なぐ》りつけられた。胃の中のものをげえげえと吐き出すわたしを見下ろして、この痛みを覚えてろと弥一は言った。何度逃げても同じだからな。おれはな、おれの傍《そば》にいた奴《やつ》がおれの許可なしに勝手に離れていくことは許さねえって決めてんだ。だからお前も、絶対に離れていくことは許さねえ。逃げたくなったら、この痛みを思い出せよ。くだらねえことは考えるな。

七つ上の弥一とは、高校卒業後に入社した中古車販売店で出会った。わたしは事務員で、弥一は社内でトップの成績をキープする営業部員だった。アイドルのような爽《さわ》やかな容姿と、やわらかな接客態度。女性人気が高く、弥一からじゃないと買わないというひとすらいた。いずれは店長、そう言われていたけれど本人はそれを笑って聞いていた。おれはこんなちっちゃな会社に長くいるつもりはないんだ。いつか、何かでかいことをやるつもりだ。付き合い始めのころから、口癖《くちぐせ》のようにそう言っていた。

仕事はできるし、向上心もある。性格は明るくて、ひとに好かれる。消極的でネガティブ、人づきあいが得意ではないわたしと対極にいる弥一は、ただただ眩《まぶ》しい存在だった。そんな彼がどうしてわたしを見初《みそ》め、選んでくれたのか、最初は不思議でならなかった。

『君は控《ひか》えめだし、男を立ててくれそうだな、って。実はおれ、内助《ないじょ》の功《こう》って言葉が好きなんだ。昭和の男みたいな古いこと言ってる自覚は、あるんだけど』

でもそういうのにどうしても憧《あこが》れてしまう。頬を染めて照れたように言われたときに、淡く感動した。高校を卒業するまでずっと、わたしの通信簿には『もう少し自己主張をしましょう』と書かれ続けていた。教諭《きょうゆ》たちは主張の声が大きな子ばかりを褒《ほ》めそやしていたけれど、わたしはどうしても彼らのようになれなかった。こんなわたしはきっと誰にも見つけてもらえずひっそり生きていくのだろう、そんな風に思っていた。けれど、欠点を美点として見出してくれるひともいるのだ。

生まれて初めての恋愛は――他の例など知らないけれど――とてもうまく進んだ。弥一はとてもいい恋人だったと思う。そして、結婚願望の強かった弥一の希望と、唯一の家族だった祖母を喪《うしな》ってひとりになってしまったわたしの孤独《こどく》もあって、周囲が驚《おどろ》くほど早く、結婚まで辿りついた。

わたしだけでなく弥一も身内と縁《えん》が薄かったし、弥一が華《はな》やかなことを嫌《きら》ったので式は挙げずに婚姻届を出しただけだったが、少しの不満もなかった。わたしを心から愛してくれる、しかも一生傍にいてくれるひとがいる、それだけで十分なくらい幸福だった。

しかし、わたしの幸福は長く続かなかった。

何か、でかいことをやる。その『何か』を探して、弥一はさまざまなものに手を出し始めた。貯金を使って株やFXをやっているころは、まだよかった。お金は貯まりもしなかったけれど、規模が小さかったお陰《かげ》で大きく減ることもなかった。それに、会社員としての収入があったから、生活には困らなかった。

しかし、居酒屋で知り合っただけの胡散臭《うさんくさ》い男に唆《そそのか》されて、会社を辞めて起業すると言いだしてからは違った。最初は、爬虫類《はちゅうるい》専門店。芸能人の間で人気が出始めており、すぐにブームが来るはずだという不確かな情報だけで始めた店だった。待ちわびたブームは一向に来ず、専門知識がろくにないせいでトラブルだけが起きた。高いお金で仕入れた生体《せいたい》は売れる前に死ぬし、温度調節を間違えて気付いたら生体の半分以上が凍死していたということもあった。そんな経営がうまくいくわけもなく、爬虫類専門店は一年もせずに閉店し、多額の借金だけが残った。

なのに弥一は新しい仕事をすればすぐに返済できると言って笑いとばし、飲食店経営に乗りだした。フランチャイズは失敗しにくいし、おれは接客のプロだと言い張って始めたファミレスは、二年で閉店。立地が悪かったのか、スタッフ教育が悪かったのか、最初こそ多かった客足が見る間に減っていったのだ。順調とは言い難い二年間の経営は、爬虫類専門店で作った借金を返済するどころか増やすばかり。気付けばその金額は気が遠くなるほどに膨《ふく》れ上がっていた。だけど弥一はまた笑って、次行こうぜ次、とわたしの肩を叩《たた》いた。今回はリサーチ不足だっただけさ。次はアクセサリーのネット販売がいいと思ってるんだ。その明るい笑顔を前にして、わたしは自分が愛した男の正体が分からなくなった。

弥一は、『素晴らしい才覚を持って成功する自分』という輪郭《りんかく》のない幻《まぼろし》のような自己像があって、それを妄信《もうしん》していた。そしてわたしも、その幻を一緒に見ていたのだ。しかし、ようやく目が覚めた。ほんとうのこのひとは、いつかいつかと言いながら、きっと何者にもなれない。中古車販売店のエースが、身の丈《たけ》に合っていたのだ。

借金は、どうにかなるさと言える額をとうに超えていた。経理を担《にな》っていたわたしがほうぼうに頭を下げて金策にまわり、心労でげっそり痩《や》せこけている姿も、弥一は見ていたはずだ。二度の失敗で、もう金を貸してくれるところなどあるはずがない。

叶わない夢を追うのはやめようよ。わたしたちは倹《つま》しく暮らさないといけないんだよ。借金を返しながら、地道に生きよう。必死で諭《さと》そうとしたら、弥一の顔つきが一変した。

『お前、おれに口答えしていいと思ってんのか』

それまで見たことのない歪《ゆが》んだ顔をした弥一は、わたしの胸ぐらを摑《つか》んで叫《さけ》んだ。


ふと気付くと、出勤時間が迫ろうとしていた。飴を一粒口に、ポケットに二粒入れて立ち上がる。鏡を覗《のぞ》いて、手櫛《てぐし》で髪を梳《す》いてから、アパートを出た。自転車に乗り、職場まで三十分の距離を漕《こ》ぎ始める。しぼみかけた入道雲が、夕日に照らされてオレンジ色に染まっていた。鳴り止まないセミの鳴き声が、どこまでもついてくる。野球のユニフォームを着て自転車を漕ぐ男の子が三人、げらげら笑いながらわたしを追い抜いていった。錆《さ》びたチェーンがぎしぎしと鳴る自転車のペダルを踏みながら、小さく笑んだ。

わたしは愚《おろ》かだ。もう無理だ、どうにかしなくちゃ、と思っているくせに、結局は何も行動できずに同じことを繰《く》り返してしまう。生活が破綻《はたん》するその日まで、わたしはどうしようどうしようと言いながら、こうして職場に向かって自転車を漕いでいるのだろう。

結局、わたしは弥一と似た者同士の、愚か者なのだ。

＊

電話から一週間後に、思い出を売ったお金が届いた。御丁寧《ごていねい》に熨斗袋《のしぶくろ》に入れられ、礼状までついていた。素晴らしい夏の思い出をありがとうございました、と癖のある字で書いてあるのを読んで、鼻で笑う。五万円を抜き取ってから、熨斗袋と礼状をゴミ箱に放った。

五万円を小さく折りたたみ、ポケットティッシュケースに押し込む。バッグの奥底にそれを入れて、仕事に向かうため家を出た。

パン工場での夜勤に就《つ》こうと思ったのは、給料がよかったことと、パンが食べ放題だったことに尽きる。ここに勤めている限り、食べ物の心配だけはしなくていい。早めに出勤して、休憩室の端《はし》に山盛りになっているパンを夕食代わりに食べる。休憩中も、仕事終わりもパンを食べ、昼ごはん用にひとつだけ貰って帰る。最初こそ菓子パンや総菜パンを選んでいたけれど、二ヶ月を過ぎたころからどれも受け付けなくなって、いまではコッペパンばかり食べていた。

ここ数ヶ月は弥一から奪われる金額が多く、食費にまわせるお金がほとんどない。特に、前回弥一が来て以降は工場のパン以外のものを口にしていなかった。ここに勤めていなかったらどうなっていたことだろう。もはや旨《うま》い不味《まず》いもなくなったコッペパンで、わたしは生きながらえている。

工場に着くと、真っ先にロッカーに向かった。会社は、個別に鍵《かぎ》付きロッカーを与えてくれている。そのロッカーの鍵を開け、バッグの中からティッシュケースを取り出した。ロッカーの奥にあるポーチに五万円を押し込む。ポーチの中身は、お金だ。部屋の中に置いておくと弥一に見つかってしまうので、ここに隠すようになったのだ。ポーチの上にタオルをかけて隠し、その上から通勤用のバッグを置いて、ようやく人心地がついた。これで、奪われなくてすむ。

ため息をつき、作業着に着替えていると、背中を叩かれた。思わずびくりとして振り返る。ひとの良さそうな丸顔で小柄《こがら》な女性——川村《かわむら》主任が立っていた。

「いつもご苦労様、芳野さん」

「あ、お疲れ様です」

川村主任は、この工場に勤めて三十二年になるというベテラン社員だ。結婚しても子どもを産んだあともここに勤め続けており、工場長よりも仕事を熟知《じゆくち》している。

川村主任は元々の下がり眉《まゆ》をもっと下げて、「少し、事務室に来てもらえる？」と言った。

昼勤の事務員たちはすでに帰ったらしく、事務室は無人だった。川村主任は空いている椅《い》子《す》にわたしを座らせ、向かい合うように自分も座ったあと、厳しい顔をした。

「あの、わたし、何かしました？」

遅刻欠勤もなく、就労態度は真面目だと自負している。大きなミスもしていないし、何かあるとすればパンを持ち帰っていることくらいか。しかしそれも、わたしだけのことではない。同じ持ち場のジュンシーくんなど、共同生活をしている留学生仲間の分までパンを持って帰っている。川村主任は少しだけ躊躇《ためら》ったあとに、「実はね」と口を開いた。

「お給料の、前借りの件なんだけど」

意味が分からなくて、首を傾《かし》げた。一体何のことだ。不思議そうなわたしの顔を見て、川村主任は「ああ」とこめかみに手を添えてため息をついた。

「そう、やっぱり知らないの」

「知らないって、何がでしょうか」

訊くと、川村主任は今日の昼間に事務室宛てに電話がかかってきたと言った。

「妻の給料を前借りしたい、自分は芳野千鶴の夫だ。そう言ったのよ」

耳の奥で、激しい水音がした。血の気が引く音、というのはこれだろうか。

「私が応対したんだけどね、芳野さんは独身でしょう？　何かの間違いじゃないかって言ったら、元夫だけど生活を共にしているって。急にお金が入用になったけど、妻が会社に申し出にくいと言うから代わりに自分が電話をかけている、と仰《おっしゃ》って」

とても真摯《しんし》なものの言い方をされたんだけど、と川村主任は顔を曇らせる。間違いない、弥一だ。彼なら、うまい言い方をして騙《だま》してしまうだろう。

「お金！　お金、渡してしまったんですか⁉」

思わず、川村主任に縋る。地面が消え失せたような恐怖《きょうふ》を覚えた。心臓《しんぞう》の鼓動《こどう》が速まる。

弥一に言った覚えはないけれど、この会社は給料面で融通が利く。日勤組は分からないが、夜勤組には日払いや週払いで賃金を貰っているひとも多い。弥一はそんな話をどこかで知ったのだろうか。前借りなんてされてしまえば、どれだけお金を隠しても意味がない。

「それは、多分ほんとうに元夫で、彼は口が上手《うま》くて、その」

震えだした手を、川村主任が握《にぎ》った。パン生地のように白くふんわりとした手にぎゅっと包み込まれる。川村主任は「それは、大丈夫」と微笑《ほほえ》んだ。

「本人以外には渡せないし、そもそも前借りは急に対応できないって丁重にお断りしてます。実は以前、同じようなことがあったの。しかもそのときは事務の子が渡しちゃって」

大変だったのよと言う彼女にほっとする。よかった、と思わず零すと「いいとは、言いきれないいんじゃないの？」と言われた。

「勝手に前借りの申し出をしてくるようなひとが、このまま諦《あきら》めるとも思えないんだけど。結局は持っていかれるんじゃないの？」

言葉に詰まる。川村主任の言う通りで、きっと弥一は直接お金を奪いに来るだろう。その日が今日ではなく給料日に延びただけのことだ。俯《うつむ》くと、川村主任がさっきとはまた違う色のため息をついた。

「プライベートの問題って難しいのよね。あなた、相談できる知り合いはいるの？」

そんなひとがいたら、とっくにしている。首を横に振った。

「あら。それは困ったわねえ」

川村主任が、無意識のように首元のネックレスに触《ふ》れる。小さなオープンハートのそれは、娘からの勤続三十年記念のプレゼントらしい。ストレスを感じたときに触れると、娘が応援《おうえん》してくれている気がして落ち着くの、といつも言う。

「あ、そうだ。ねえ、御両親はどうなの？　ご健在なら……」

「ふたりとも死にました」

訊かれたときには、いつもそう答えている。わたしにとって、母は死んだも同然だ。

「ついでに、親戚《しんせき》もいません」

言い足すと、川村主任が眉根をきゅっと寄せ、「かわいそうに」と無意識のようにゆっくり呟いた。それを見て、わたしは席を立った。

「ご迷惑《めいわく》をおかけしてすみませんでした。この件は、もう気にしないでください」

頭を下げて、事務室を出る。川村主任がわたしの名を呼ぶ。振り返ると、川村主任は言葉を探すように口を何度も開閉させた。その表情には見覚えがあった。工場の搬入口《はんにゅうぐち》にできた鳥の巣を壊したときだ。箒《ほうき》で叩き落された巣の中には小さな卵がいくつかあって、どれも無残に割れた。親鳥に阻《はば》まれながら箒を振り回しているわたしの一部始終を、彼女は遠くから見ていた。いまと同じ言葉を、呟きながら。

「わたし、可哀相って言葉嫌いなんです」

気付けば言葉が口をついて出ていた。え、と川村主任が口を止める。

「千羽鶴みたいじゃないですか。何も救わない」

誰かの自己満足のために役にも立たない善意を押し付けられる。これまで何度もあった。勝手に与えてくるくせに、感謝を強《し》いられるこれは何なのだろう。いい加減辟易《へきえき》していて、だから言わなくていいことだと分かっていても、口が勝手に動いてしまった。

黒豆のように艶《つや》のある目が瞬《まばた》きを繰り返し、それからはっとしたように見開かれた。次いで、頬が赤くなる。

「失礼します」

今度は、呼び止められることはなかった。

話をしている間に、作業時間になっていた。急いで持ち場に行くと、白キャップにマスクを着けたジュンシーくんが手を止めて、目で問うてくる。いつもわたしの方が先に作業についているのに、いなかったからだろう。主任に呼ばれてて、と言うと頷《うなず》いて作業に戻った。

焼きあがった食パンが詰まった番重《ばんじゅう》を、専用台車でブレッドクーラー室へ運ぶのが、わたしの担当だ。食パンとはいえ何十斤《きん》も載った台車の往復はわりと力仕事だ。それに、焼き立てのパンの放つ熱気で汗だくになるし、パンの香《かお》りも強烈《きょうれつ》すぎる。夏ともなれば、噎《む》せ返《かえ》るほどの熱気でサウナのようになり、室内作業だというのに毎年熱中症で倒れる者もいる。最初は、果たして続けられるのだろうかと不安になったけれど、いまではすっかり慣れてしまった。ぼんやりと考え事をする余裕《よゆう》すらできた。

番重の積み下ろしをしながら、弥一のことを考える。弥一は絶対に、お金を奪いに来る。会社にまで電話をかけてくるほどだから、よほど困っているのだろう。となれば、有り金全部ということもありえる。わたしがどれだけぎりぎりの生活をしているか、何度となく説明した。けれど弥一は、わたしがいざとなればお金を作りだせると思っている。そんな都合のいいこと、あるわけないのに。

弥一はいつになったら、わたしを解放してくれるのだろう。思えば、あの離婚条件を飲んだのが間違いだった。二度の事業の失敗による借金をすべて返済すること――それをどうにか叶えられたのは、唯一の財産である芳野の屋敷を売り払ったからだ。あのときは弥一の暴力から逃げたい一心だったし、相談できる人もいなかったから独断で決めてしまったけれど、もっと考えればよかった。

祖母が生きていたら、何か変わっただろうか。いや、くだらない男に引っかかるなんてあの女の血のせいだと、延々と詰《なじ》られ続けるだけに違いない。晩年の祖母は、わたしに対して不満を抱くといつも母のせいにした。子どもまで捨てて勝手に出ていっておいて、謝罪のひとつも言えないろくでなし。千鶴は、あの女の血が半分入っているからねえ。

「あ……っ！」

手が滑《すべ》り、番重を取り落としそうになる。慌《あわ》てて体勢を整えたものの、二斤が床に転がり落ちた。番重を台車に戻し、慌てて床のパンを摑む。ゴム手袋越しでも焼き立てのパンは高温で、小さな悲鳴を上げてパンを離した。

「なに、やってるですか。落ちたもの、もうむりでしょ」

近くにいたジュンシーくんが呆《あき》れる。そうだね、ごめんと答えながら熱でじんじんする手を撫で擦《さす》った。湯気《ゆげ》のせいでなく、視界が潤む。

必死にやっているつもりだ。具合が悪くても、天候が悪くても、一日と休まずに働いている。食費を削《けず》り、化粧品なんてずっと買っていない。己に許した贅沢《ぜいたく》は、一日数粒の飴玉だけ。これ以上、どうすればいいというのだろう。

「芳野さん。からだ、よくない？」

気付けば、その場にへたりこんでぼろぼろと涙《なみだ》を零していた。ジュンシーくんが呼んだのか、夜勤の責任者である岡崎《おかざき》さんがやって来て、今日は帰りなと言った。働きます、お金、いるんです。みっともないと分かっているのに、口からはそんな言葉が垂《た》れ落ちる。芳野さんは有休残ってるからさ、お金って言うならそれ使えばいいだろ。いつも若い女性作業員――最近では中国人留学生のホンさんのところから離れない岡崎さんが、面倒くさそうに言う。

「今日は人数足りてるから問題ないし、こんなとこで泣かれるの、正直邪魔《じゃま》だし。帰って」

わたしは岡崎さんに半ば追い出されるようにして、製造エリアを出た。

人気《ひとけ》のないロッカールームに戻り、着替える。休憩室の前を通り、中をちらりと見ると誰もいなかった。まだ就業時間中で、休憩まであと一時間ほどあるから当然だけれど、作業員用のパンは番重いっぱいに盛られていた。めったにないウィンナーパンまである。甘酸《あまず》っぱいケチャップソースとマスタードがたっぷりかかったあらびきウィンナーは本格的なもので、工場の製品の中で一番人気がある。レンジで軽く温めると格段に味がよくなるんだっけ。そんなことを考えると、お腹《なか》が大きな音を立てた。そうだ、作業前に食べるつもりだったのに、川村主任に呼ばれてそんな暇《ひま》がなかったのだった。

「今日は食いっぱぐれちゃった」

呟くと、それに抗議《こうぎ》するかのように、またお腹が鳴った。空腹でぺたんこになったお腹に、そっと手を添えた。

「あれ、芳野さん？　まだ帰ってなかったわけ」

驚いたような岡崎さんの声にはっとする。岡崎さんが、ぽかんとした顔でわたしを見ていた。気に入った女性作業員の前でしか笑わない、わたしの前ではいつも仏頂面《ぶっちょうづら》の彼が、珍《めずら》しく狼狽《うろた》えている。「え、な、何してんの」という声さえも、上ずっている。

何って、わたしは何をしていたんだったか。一瞬、自分が置かれた状況が分からない。ともかく返事をしようとして、しかし口の中にパンが詰め込まれているのに気が付いた。

どうしてわたしは、パンなんか食べているの？　口中のものを急いで咀嚼《そしゃく》しながら辺りを見回し、心臓が跳《は》ねた。電源の入っていないテレビ画面に、餓鬼《がき》のような女が映っていた。よれよれのTシャツに、くたびれたジーンズ。右手には食べかけのウィンナーパン。左手には、チョコレートドーナツ。口元だけが意地汚く蠢《うごめ》いている。

「ええと、あれだな。これは、見ないほうがよかった、かな」

岡崎さんが頭を掻《か》き、視線を逸《そ》らす。何か、悪いね。その、腫物《はれもの》に触《さわ》るような言葉を聞きながらも、テレビ画面から目が離せない。ひとつに結《ゆ》わえた髪は伸ばしっぱなしで、バサバサと広がっている。目をぎょろぎょろさせたその姿はただ、浅ましかった。餓鬼が——わたしが顔を歪めた。

何してんの、あんた。

両手に握ったパンを放って、逃げるように休憩室から飛び出した。そのまま通用門を抜け、駐輪場へ駆《か》けていく。リサイクルショップで三千円で買った、塗装《とそう》の剝《は》げかけた自転車のカゴにバッグを押しこみ、工場を後にした。

夏の残り香がする生温《なまぬる》い夜風が、頰を撫でる。汗ばんだ肌《はだ》にTシャツが張り付いている。自転車を全力で漕ぎながら、声を上げて泣いた。わたしはどこまで、みっともない人間なのだろう。ひとの目を盗むようにしてパンを必死で食い漁《あさ》るなんて、まともなひとのすることじゃない。わたしはどうして、こんな風になった。

力任せに漕いでいると、急にペダルがすこんと抜けた。と同時に前輪が大きな金属音を立てて停《と》まる。無我夢中《むがむちゅう》で体勢を整えようとしたけれど、わたしは自転車から弾《はじ》かれるようにして放り出された。ごろごろと地面を転がりながら、自転車のチェーンの具合がよくなかったことを思い出す。一度、自転車屋に見てもらったほうがいいです。そう教えてくれたのは確かジュンシーくんで、わたしは自転車屋に支払うお金が惜《お》しくてだましだまし乗っていたのだった。

どうやら車道に放り出されたようだったが、車は通っていなかった。全身に痛みを覚えながら、通っていればよかったのにと思う。夜走りの大型トラックでも、スピード違反のバイクでもいい。運転手には申し訳ないけれど、わたしの人生を終わらせてくれたなら。そうしたら、情けない自分と別れられたのに。しかし、大の字に転がっていても尚《なお》、車は来ない。ぼんやりと空を見上げると、ビーズを零したように星が散っていた。儚《はかな》く光る星々がいる。

いつだったか、誰かとこんな空を眺《なが》めたことがあったなと思い出す。ああ、そうだ、母だ。あの夏、どこかの公園の、芝生《しばふ》に寝転がって空を見上げた。あまりにうつくしい夜空で、油断したら空へ落ちていくのではないかと、不安を覚えた。天地が分からなくなって、短い芝生をぎゅっと握ることで、どうにか地面に張り付こうとしていた。あのときの自分の純真さが、苦く思い出される。あれから、わたしはずいぶんスレてしまった。いまのわたしの目には、星空がくすんで映る。

「大丈夫かい、あんた！」

ふいに声がして、誰かの足音がした。顔だけを向けると、ジャージ姿のおじいさんが駆け寄ってくるところだった。ランニングの途中だろうか、首にタオルを掛けている。耳に差したイヤホンを外しながら、おじいさんは大きな声で言った。

「どうしたんだね。救急車、呼ぼうか⁉」

「あ、だ、大丈夫です。すみません、自転車で、こけてしまって」

あまりに狼狽えているおじいさんを見て慌ててからだを起こすと、至るところが痛んで顔が歪む。自転車？　と周囲を見回したおじいさんが、歩道側に倒れていた自転車を起こしてくれた。

「ああ、なるほど。チェーンが外れてるのか」

どうにか立ち上がり、車道に転がっていたバッグを拾い上げる。その間に、おじいさんは自転車のチェックを始めてくれたらしかった。錆やオイルで手が汚れるのも構わず、作業してくれている。

「す、すみません！　あの、元々少し調子が悪くて」

「そうだねえ。チェーン、切れかかってるよ。今日は乗らずに、押して帰るといい」

おじいさんが首にかけたイヤホンから、軽快なメロディが流れてくる。音楽が終わったかと思えば、聞きなれた女性の声がした。いつも聴いているラジオ番組だ、と思う。

「よし、できた」

おじいさんが立ち上がり、自転車のハンドルをわたしに持たせる。そうして、気をつけなよ、と顔を顰《しか》めた。

「こんな時間に、女性がうろつくのは感心しないよ。ここは人通りも少ないし、変な奴が出ないとも限らないんだからね。それと、明日にでも病院に行きなさい。顔、酷《ひど》い傷だ」

「すみません、ありがとうございます」

　何度も何度も頭を下げる。おじいさんは初めてにこりと笑い、再び駆けだして行った。

　ジャージの背中が闇《やみ》に溶けこんで見えなくなってから、大きくひしゃげてしまったカゴにバッグを入れて歩きだそうとした。すぐに足を止め、スマホを取り出す。ラジオアプリを立ち上げて、ひとつの番組を選ぶと、さっきおじいさんのイヤホンから聞こえた女性パーソナリティーの声がした。

『ということで、お待たせいたしました。人気企画「あなたの思い出買い取ります」、第四弾の結果発表に参りたいと思います！　今回のテーマは応募総数もさることながら、素晴らしいエピソードが盛りだくさんでした。わたしも毎週たくさんの思い出を読ませて頂きましたけど、うるっとしたり爆笑したりと、とっても楽しかったです。受賞した思い出を、順位発表と共にもう一度お聴きくださーい』

　今日が、結果発表の日だったらしい。この番組の放送時間は工場の休憩時間と重なっていて、だからいつもは忘れることなく聴くことができた。

　バッグの上にスマホを置き、自転車を押して歩き始めた。街灯の少ない県道は、わたししかいない。誰かの思い出が夜風に乗って流れる。温もりを持った記憶たちは、どこに辿りつくのだろう。

　さて、準優勝の思い出は……！　思わせぶりなフリのあと、わたしが適当につけたラジオネームが呼ばれた。ひしゃげたハンドルが、カシャンと小さく音を立てた。

小学校一年生の、夏休み。わたしは母と一ヶ月ほどの旅をしました。母の愛車の赤い自動車の後部座席に、タオルケットや着替え、お気に入りの絵本と夏休みのドリルを詰めての出発でした。どこに行くのと訊くと、行ってみたい場所をひとつ言ってごらん、と言うのです。そこに行けばきっと、次に行きたいところができるよ、と。

最初は海水浴場、次が温泉でした。海水浴で日焼けした肌を労《いたわ》ろう、そんな感じで決まったはずです。連想ゲームのような、目的地を探しているような、とても楽しい旅でした。旅では、物静かで感情的にならない母が、よく笑い、怒り、泣きました。わたしの母のイメージは深い藍《あい》色で、その一色しか持たないひとだと思っていたのに、驚くほどにカラフルでした。カラフルな母とふたりで、たくさんの初めてのことをしました。川辺でバーベキュー、海を臨《のぞ》む露天風呂《ろてんぶろ》に浸《つ》かる。目を瞠《みは》るような高級な宿に泊《と》まったかと思えば、雨の海を眺めての車中泊。母の誕生日には花火大会がある街を探して、大輪の花火の下でお祝いをしました。花火の轟音《ごうおん》に負けないように、喉《のど》の奥が見えるくらい大きな口を開けて「誕生日おめでとう、私!」と叫ぶ母の笑顔はとても綺麗《きれい》でした。まるでお祭りのような、ワクワクが連続する毎日。夢のような、華やかな日々の終わりは、突然でした。

夏休みも終わりごろのある朝、母と泊まっていた宿に、父と、同居していた祖母が現れたのです。険しい顔をしたふたりは母を責め立て、わたしはそこで初めて、母が父たちに何の了承《りょうしょう》も得ずにいたことを知ったのです。

宿から家に帰るとき、わたしは父と祖母の乗ってきた車に乗りました。祖母が、わたしの手を離さなかったのです。お母さんがひとりになっちゃう、と心配するわたしに、母は自分の車で後ろからついていくから大丈夫だと言いました。だからあなたはお父さんたちと一緒にいなさい、と。その顔がどうしてだか藍色すら失っている気がして、不安でした。

車内で母の文句を重ねる祖母や父に、とても楽しかったよ、と言いました。夢みたいな毎日だった。だから怒ったりせずに、母を許してあげてと。

そして、後ろからついていくと言った母は、その日を境にいなくなりました。赤い自動車が我が家に戻ってくることは、二度となかったのです。

母はどうして、わたしと旅に出たのだろう。あの一ヶ月は、一体何だったのだろう。夏が来るたびに、わたしはあの夏休みを思い出し、いなくなった母に問いかけています。あの夏休みはお母さんにとって何だったの、と。答えは、きっと永遠に聞けないのでしょう。

キイキイと、自転車が鳴る。前回は動揺《どうよう》して満足に聴けなかったけれど、静かに耳を傾けている自分がいた。わたしの思い出は、あの日々はどこに流れていったのだろう。言いようのない寂《さび》しさを覚えながら、帰路についた。

帰宅後、万年床に倒れこんだわたしはスイッチをぱちんと押すくらいの早さで眠りに落ちた。夢も、見なかったと思う。目覚めたのはまだ早朝のことで、転がっていたスマホで時間を確認したら普段わたしが夜勤から帰宅する時間だった。もう少し寝ていよう、と目を閉じると、それを阻むように、乱暴にドアが叩かれた。

「千鶴。おい、千鶴」

頭がうまく働いていない。瞬きを何度かして、ぼんやりした頭で弥一が来た、と思う。周囲の住人のことも考えずにこんな風に大きな声を上げるなんて、迷惑になる。早く出なくちゃ、とからだを起こすと全身がひどく痛んだ。もう、どこがどう痛いのかも分からない。

「千鶴、おれだ。おい、聞いてんだろ、千鶴」

返事をしようとして、しかし顔が痛んでうまく声が出ない。壁《かべ》にかけた鏡を覗きこむと、右頬に広く擦《す》り傷ができ、真っ青になっていた。僅《わず》かに腫れており、触れると熱を帯びている。余りの酷さに息を吞《の》む。右側から地面に倒れこんだんだろうか。よく覚えていない。

「チャリがあるから、いるのは分かってんだぞ！　いい加減にしろよ！」

怒鳴《どな》り声に変わり、ドアは殴りつけられる勢いで揺れている。よろよろと玄関に向かい、ドアを開けると、怒りで顔を強張《こわば》らせた弥一が立っていた。

「遅いんだよ、おま……っ」

ドアを殴っていた拳《こぶし》でわたしに殴りかかろうとした弥一が、手を止める。

「どうしたんだ、それ」

さすがに、意表を突かれたのだろう。目を見開いたのを見て、「こけたの」と掠《かす》れた声で言う。

「昨日、自転車、急に壊れて」

「なんだそれ。鈍《どん》くさいことしてるなよ」

微《かす》かに息を吐いた弥一は、わたしを押しのけるようにして室内に入ってきた。まるで我が家の自分の寝床のようにわたしの布団《ふとん》のど真ん中に座り、千鶴もこっちに来いよ、と言う。のろのろと向かうと、わたしを目の前に座らせて顔を覗きこんでくる。

「怪我《けが》、大丈夫なのか？　病院には行ったのか？　無理するなよ」

さっきまでの勢いが嘘《うそ》のように、やさしい口調。Tシャツの袖からでたわたしの腕《うで》を撫で、ここも血がついてるじゃん、と憐《あわ》れむように眉を寄せる。

「何しに、来たの」

用件は分かっている。給料日に金を取りにくるから支度《したく》をしとけ、だ。

「千鶴の顔を見に、に決まってるだろ」

にっこりと笑う弥一の顔を見る。エースと呼ばれた、有能な営業部員だったころの笑みではない。不健康そうに荒《あ》れてくすんだ肌に、無精ひげ。しわだらけのTシャツにセットされていない髪。人懐《ひとなつ》っこかった微笑みには、薄汚れた媚《こ》びが滲《にじ》んでいた。かつて、声をかけられただけで一日中どきどきした、憧れていたひとが、こんな風に変わり果ててしまうだなんて、どうして想像できただろう。

「機嫌がいいのね。スロット、勝ってるの？」

「あんなくだらねえもん、本気になるわけないだろ。時間の無駄、儲《もう》かるわけねえよ」

弥一が笑い飛ばす。前回来たときは、スロットに夢中だった。つくりだけ手のこんだグラフの束を見せ、どの店のどの台がいいとか、打ち子を使えるようになれば儲けはもっと増えるだろうとか、べらべら喋っていた。あのとき資金だと言って奪っていった金はもう飲みこまれてしまったのか。ああ、あの金があれば、わたしはわたしの思い出を売らなくてもすんだのに。

「それよりさ、千鶴にいい話をしたくて来た、ってのもあって。おれさ、知り合いに仕事を紹介されたんだよ。おれの地元で、飲み屋をやることにした。大丈夫、愛想笑いの苦手なお前に働けなんて無茶は言わない。ただ、居ぬきの店をおさえてるんだけど、どうしても頭金が足りないんだ。なあ、千鶴。金、出してくれよ」

膝《ひざ》の上にだらりと乗せたわたしの手を、弥一がとる。擦り傷のある手の甲《こう》を包みこみ、頼《たの》むよ、と甘えた声を出す。おれ、今度こそうまくやるよ。おれが居酒屋でバイトしてたことがあるの、知ってるだろ？　ノウハウはばっちり覚えてるし、ファミレスでの経験もある。今度こそ、失敗しないよ。店が軌道《きどう》に乗ったら、これまでの金を全部返すしさ。

痛みに顔を顰める。わたしの手の甲を撫でる自身の手が、だんだんと擦《こす》るような強さになってきているのを、弥一は気付いているのだろうか。わたしが顔を歪めているのを、半月にした目で見つめて弥一はまだ喋る。ああ、そっか。全部、なんてケチなこと言うのがよくないよな。千鶴にはずっと、支えてもらってきたもんな。成功したら、もう一度結婚してやり直そう。な、いい話だろう。

ぞっとする。このひとは、わたしがそれで喜ぶと思っている。感情に任せて暴力を振るい、金を毟り取っていくだけの自分が、まだわたしに愛されていると信じているのだ。

「飲み屋って……本気なの」

弥一から手を引こうとするも、強い力で拒まれる。当たり前だろう、と弥一がねっとりした目でわたしを見る。おれも、成長したよ。自分の身の丈に合った店っていうのがあるよな。

飲み屋なんて昔のおれなら鼻で笑っただろうけど、ばかにせずにやるよ。

喉元が、気持ち悪い。こんなときの弥一は、止められない。下手《へた》に意見をしようものなら激高する。ここで返しを失敗すれば、弥一はわたしが傷だらけであっても、お構いなしに暴力を重ねてくる。

「すぐにでも、金を渡さないといけないんだ。じゃないと、他の奴に権利が渡っちまう。な、千鶴。協力してくれよ」

「……いくら」

訊いたってどうしようもないのに、しかしそれ以外に言葉が出てこなかった。震える声で問うと、弥一の口角がぐにゃりと持ちあがる。

「たったの五十万」

喉にこびりついていた奇妙《きみょう》な塊《かたまり》が、瞬間的にせりあがってきた。片手で口元を覆《おお》って、どうにか堪《こら》える。わたしのひと月分の給料の額を知っているくせに、金がないことを知っているくせに、どうしてそんな風に簡単に言える？　何度も唾《つば》を飲みこんで、それからそっと口を開く。唇が戦慄《わなな》いた。

「どこから、出せ、って……。そんなお金を持ってないことくらい、分かるでしょ？」

「今月の給料をあとから足すとして、とりあえず貯金だしてくれよ」

「貯金なんて、ほんとうに、ないのよ」

「じゃあ駅前に消費者金融あるじゃん。あ、それなら全額いけるか」

いやだ。考える間もなく口をついて出た言葉は、悲鳴に近かった。そんなところからお金を借りても、わたしには返すあてなどない。これ以上の転落など、したくない。

一瞬で、弥一の顔つきが変わった。喉仏がごり、と動いて低い唸り声がする。失態に気付いたけれど、しかし弥一の言う通りになどとてもできない。後ずさりながら、だって無理よ、と悲鳴を上げる。

「わたし、ほんとうに暮らせなくなってしまう。もう限界なの」

「返すって言ってんだろ？」

「返してくれたことなんて一度もないじゃ」

最後まで、口にできなかった。大きな手の平が、少しの手加減もなくわたしの右頰を打った。弾かれるように飛び、襖《ふすま》にぶつかる。そのまま倒れこむと、弥一が馬乗りになってきた。髪を摑まれ、再び頰を打たれる。口の中に鉄の味が広がったかと思ったけれど、すぐに麻痺《まひ》して分からなくなる。

「旦那《だんな》の言うことは黙《だま》ってきけよ！　金を支度すんのは、お前の仕事だろぉ⁉」

わたしを何度も打ちながら、弥一が吠《ほ》えている。涙なのか涎《よだれ》なのか。血かもしれない。とにかく何か液体がわたしの顔をぐしゃぐしゃに濡《ぬ》らしていた。弥一は果てしないとも思える時間殴り怒鳴ってきたあと、はっと手を止めた。わたしから下りて舌打ちする。

「くそ、これじゃ連れてけねえじゃん」

転がったわたしの近くには通勤用のバッグが転がっていて、弥一はその中から財布《さいふ》を取り出した。百円玉が数個しか入っていないのを確認して、また舌を鳴らす。

「なんだよこれ、全然入ってねえ。あ、こっちに入れてんのか」

キャッシュカードを抜くのが、ぼやけた視界の隅《すみ》で見えた。ばかなひと。その口座は、以前少しずつ貯めていたお金を全部盗っていかれたままだから、数十円ほどしか入っていない。ＡＴＭに行っても、無駄足に終わるだろう。くすりと笑ったつもりだったけれど、実際は豚《ぶた》みたいに鼻が鳴っただけだった。

「来週の水曜日が給料日だろ。来るから、金用意しておけよ」

数百円さえも抜いた財布をわたしの目の前に放り、弥一は出ていった。ドアが音を立てて閉まるのと同時に、無理やりからだを起こす。両手で畳《たたみ》に手をついて深く呼吸をすると、鼻から血が垂れて落ちた。それを手の甲で拭《ぬぐ》い、這《は》うようにして玄関へ向かう。必死で鍵をかけ、チェーンまでかけたところで、ずるずるとその場に倒れこんだ。何年も履《は》き続けてねずみ色になったスニーカーが目の前にある。つんとした汗の匂《にお》いが鼻先を掠《かす》めた。

「くっさ」

笑いがこみあげてきて、這いつくばったまま、笑い声と涙を垂れ流した。くつくつとからだを揺らしながら、もう道はひとつしかない、と思う。来週、弥一がやって来たときに、殺そう。逆に、殺されてしまっても構わない。どちらが死んでも、踏みにじられるだけのわたしの人生は終わりを迎える。この日々に、終止符が打たれる。それだけのことだ。

どれくらいそうしていただろう。部屋の温度が上昇し、涙と汗でどろどろになったころ、どうにか起き上がることができた。視界がくらりとして、脱水を起こしているのだと気付く。キッチンに向かい、蛇口《じゃぐち》に口を寄せて水を飲んだ。血の味がして、とにかく痛い。生温い水は決して旨くはないけれど、乾《かわ》ききった喉を潤すためにひたすら飲んだ。

飲み終わってから、テーブルの上の籠から飴をひとつとる。小さなベランダに続く掃《は》き出《だ》し窓を開け放ち、ガラスに背を預けるようにして座り込んだ。震える指でパッケージを剝き、飴を取り出す。口に放ると、甘みよりも先に痛みが来た。傷にしみたのだ。顔を顰めながら、ぐるんと顔を上に向ける。朽《く》ちかけた雨どいの向こうに、鮮《あざ》やかな青が広がっているのが見えた。いい天気だ。

風に乗って、子どもたちの声がする。おはよー、今日あっついねえ。マサくん、集団登校の列から出ちゃダメだよ。ねえねえ、昨日の宿題、難しくなかったぁ？

とてものどかな、平和な朝。みんな健《すこ》やかに、一日の始まりを過ごしている。しかしどうしてわたしには、その小さな幸福の時間がないのだろう。安らかな心でいられないのだろう。特別なものを欲しがったことはない。いつだって、わたしが望んだのは、愛情、それくらいのものだった。たったひとつだけなのに、どうしてうまくいかない。

こんなとき、いつも思うのは母と別れたあの朝だ。祖母がわたしの手を強く握り、父の車に乗りなさいと促《うなが》す。母を見ると、何か言いたそうに唇を薄く開けた。お母さんがひとりになっちゃうし、あっちの車に乗ろうかな。そう呟くと、祖母が大きな声で『だめ』と言う。おばあちゃん、とっても寂しかったのよ。あたしと一緒にいてちょうだいな。祖母は決して手を離さず、母を睨《にら》んだ。母はその視線を受け流しながら、千鶴はお父さんの車に乗りなさいと言った。お母さんは後ろからついていくから。ここでわたしが言うことを聞かなかったら、母がますます叱《しか》られると思ったから、わたしは祖母の手をしぶしぶ握り返した。

父の待つ車に乗り込もうとして、しかし後ろ髪が引かれるような思いがして振り返ったとき、母はわたしをじっと見ていた。血の気を失った顔をして立ち尽くしている母が気になって、わたしも動きを止める。母はもう一度、乗りなさいと言った。あの時、祖母の手を振り払って母の手を取っていたら。そしたらどうなっていただろう。もし、母が一緒に連れていってくれ、あの夢のように楽しかった夏の日々の延長線上を歩めたならば、わたしはきっとこんな未来に辿りつきはしなかった。

母さえ、わたしを捨てなかったら。そうしたら。

虫の羽が震えるような音に、我に返った。見れば、テーブルの上に転がったスマホが着信しているようだ。這いずってテーブルに寄り、相手を確認せずに通話ボタンを押す。こちらがもしもしと言う前に元気のいい声が届く。それは、先週話したラジオ局の野瀬さんだった。

「九月も半ばだっていうのに、毎日暑いですねえ。お元気ですか」

こちらの状況など知りもしない、能天気に話す声がいっそ心地よい。小さく笑いながら「暑いですね」と返す。野瀬さんは前回と同じように、企画がどれほど好評だったかを語り、そして少しだけ興奮したように「実はですね、お伺いしたいことがありまして」と言った。

「お母様の名前は、聖子《せいこ》さんではありませんか？」

舌で転がしていた飴を、思わず飲みこみそうになった。メールにも、会話の中にも、母の名を出しはしなかった。なのに、どうして。言葉を失ったわたしの反応で、野瀬さんは答えが分かったのだろう。興奮を抑えるようにため息をひとつついた。

「実は、番組に問い合わせの電話があったんです。準優勝の思い出を投稿されたのは、千鶴さんではないですか、って」

「……母から、ですか」

声が震えた。母と別れて、二十二年。連絡が来るなんて、そんなことあるのか。一気に鼓動が激しくなり、喘《あえ》ぐように呼吸するわたしに、野瀬さんは「違います」と言った。

「聖子さんと長く同居している方だそうです。若い女性でした」

「はあ。長く、同居」

その女性は母とどんな関係なのだろう。母は新しく家族を持っているとか？　考えがまとまらないでいると、野瀬さんが続ける。

「聖子さんは現在、内田《うちだ》という姓になられているようです」

「ああ、それは旧姓です」

再婚は、していないのか。

「なるほど。連絡をくださったのは、芹沢恵真《せりざわえま》さんという方です。さて話は戻りますが、芹沢さんは偶然にラジオを聴いて、聖子さんのことだとピンときて連絡をくださったそうです。芹沢さんは、できることなら芳野さんにお会いしたいと仰っています。本来はこんな中継《なかつ》ぎのようなことはしないんですが、ぼくが個人的に、とても芳野さんの思い出の行く末が気になってしまったので」

仕事を抜きにして場のセッティングをしますよ、と野瀬さんは熱心に言う。返事を躊躇っていると、「ただ」と前置きをして続けた。どうやら、芹沢恵真という女性は、一度わたしと会い、そのあとに母に報告をしたいと言っているらしい。

「母を抜きで、ふたりで会おうってことですか？　どうしてそのひとは面識もないわたしに会いたいと言ってるんでしょうか」

　意図が摑めない。野瀬さんが、「もしかしたら聖子さんのお加減が悪いとか」と遠慮《えんりょ》がちに言った。

「入院などされていて、身動きが取れないのかもしれません。それとも……言いにくいですけど、聖子さんご本人は芳野さんに会いたがっていない、ということも考えられますよね。話を伺《うかが》う限りですと、幼い芳野さんを捨てたという風にも、とれますし」

　それはそうだ。捨てた娘など、どうして会いたいと思うだろう。

「どうしますか、芳野さん。芹沢恵真さんと、お会いになってみますか？」

　飴を奥歯で嚙《か》み砕《くだ》きながら、少しだけ考える。いまここで連絡が来たのは、縁のようなものなのかもしれない。どういうかたちでなのかは分からないが、近々わたしの人生は終わる。その前に、二十二年間行方《ゆくえ》知れずだった母のことが分かるというのなら、受け入れてみればいい。飴を飲みこみ、甘い息をゆっくりと吐き出してから、「お願いします」と言った。どこか、適当なお店を選んでください。わたし、会いに行きます。

「分かりました。では、そのようにします。あのう、その席にぼくも交じっていいですか」

　好奇心を隠せない、という声の彼にどうぞと返す。見も知らぬ、けれど母を知る女性とふたりきりで会うより、まったくの赤の他人が野次馬的に同席してくれたほうが冷静になれるような気がする。

「ただ、数日中でないと無理です。わたし、来週以降は予定があるので」

　何が嬉しいのか、野瀬さんは弾んだ声で「了解です」と言って通話を切った。

スマホをテーブルに置いて、立ち上がる。部屋の隅にあるカラーボックスの籠の中の、クッキーの空き缶を取り出す。蓋《ふた》を開けると、写真が数枚入っている。ばらばらに破れているのをセロテープで繋ぎ合わせた一葉を取り上げて、眺めた。

色あせた写真に写っているのは、幼いわたしと頰をくっつけて笑っている母だ。母と一緒に泊まった小さな旅館の女将《おかみ》が、夏休みのあとに送ってくれた。宿泊したときに撮影《さつえい》してくれたもので、写真を見て激怒した祖母が『こんなもの！』と感情に任せて破り捨てたのをこっそり拾い上げて、貼り合わせた。

別れて、二十二年。あのとき母は三十の誕生日を迎えたばかりだったから、いまは五十二歳か。どんな風に生きてきたのだろう。母は、わたしに会いたいと思ったことはあるだろうか。それとも、野瀬さんの言うように会いたくないと思っているのか。どちらにせよ、芹沢恵真という女性が、答えのようなものをくれるだろう。

長い間、写真を眺めた。

野瀬さんがセッティングしてくれた場所は、アパートから二駅先にある大きなホテルの、割烹《かっぽう》の個室だった。電話で話してから三日後のこと、手持ちの中で一番綺麗な服を着て、だて眼鏡とマスクをしてから向かった。

電車は比較的空いていたけれど、落ち着いて座っていられない。吊革《つりかわ》に摑まり、窓ガラスに映る自分を眺める。頭の中の大半を占めているのは、どうやって断るかだった。電車を降りて、電話をかけよう。具合が悪くなったとか、急な仕事が入ったとか。どうして、わざわざ会いに行くことがある。わたしがいらぬ傷を負うだけかもしれないではないか。

いまならまだ間に合う、いまなら。そう思うのに足は動き、結局指定された時間より二十分も早く、ホテルに着いた。ひとの行き交うロビーの端に立ち、泣きだしそうになる。両膝ががくがくと震えた。

工場に勤めるようになったあたりから、人込みや華やかな場所にいくのが苦痛になった。元々得意ではなかったけれど、酷くなった。己がうつくしい反物《たんもの》の一点の染みのような存在に思えて、誰に対してではないけれど、申し訳なく恥ずかしくなるのだ。今日は特にそう感じて、自分が惨《みじ》めったらしく情けない。いますぐひとりになりたい。愛着も何もない殺風景でぼろぼろのアパートの、痛みしかないあの部屋でいいから、戻りたい。

俯いて、ぎゅっと目を閉じる。ふいに、昨日のことが思い出された。

突然だけれど、親戚を頼って引っ越すことになった。ついては今日にでも辞めたいと申し出たわたしに、川村主任は嬉しそうに『それはいいことだと思う』と言った。わたしの傷だらけの手の甲を撫で、ほんとうによかった、と繰り返す目尻《めじり》には、涙が滲んでいる。自転車でこけた、というわたしの話はまったく信じていないようだった。だて眼鏡とマスクの下の、腫れと痣《あざ》だらけの顔に気付いたのだろう。

『あのね、芳野さん。ごめんなさい、何もできなくて。ほんとうに、ごめんなさいね』

繰り返す顔は申し訳なさそうで、だからきっと先日のわたしの言葉に傷ついたのだろうなと思った。そして、どこかでほっとしているんだろうな、とも。

『謝るのって、許すことを強要してるんですよ』

そう言ってしまったのは、どうしてだろう。親戚が急に現れたことを訝《いぶか》しみもしない、その無関心さに苛立《いらだ》ったのか、それとも胸元のハートがちかちかして目障《めざわ》りだったからなのか。強張っていく顔を見てから、『失礼します』と頭を下げて別れた。

ロッカーの荷物を纏《まと》め、帰ろうとしたところで岡崎さんと会った。わたしだと気付いた彼は気まずそうに視線を彷徨《さまよ》わせ、それからぶっと噴き出した。

『だめだ、我慢《がまん》できねえや。こないだは、山姥《やまんば》でも現れたのかと思っちゃったよ。芳野さん、実写版のゲゲゲの鬼太郎《きたろう》に出られるんじゃないの。すげえ迫力だったわ』

げらげらと岡崎さんが笑う。何か言い返さなくては、そう思ったのに、喉の奥でつかえるものがあった。息さえできなくなって、苦しさで顔が真っ赤になる。それに気付いた岡崎さんが笑いを止め、小さく舌打ちした。

『そういうの止めてくんねーかな。おれが泣かしたみたいになるでしょ。ていうか、そういう傷ついたカンジを出すならさ、もっといろいろ気をつけようよ。一応女なんだしさ』

どうにか頭を下げて、彼の横をすり抜けた。唇を噛んで、涙を堪える。こんなところで、泣くものか。それに、あのときの自分がどれだけ醜悪《しゅうあく》だったかなんて、嫌と言うほど分かっている。自分だって、餓鬼だと思ったくらいだ。山姥なんて、秀逸《しゅういつ》な喩《たと》えじゃないか。そう言われても、仕方ない。仕方ないことだ……。

突然、岡崎さんのばか笑いが、頭に響《ひび》き始めた。声は次第に大きくなり、ロビー全体から響いているのではないかというくらいにまで膨らんだ。思わず周囲を見回す。誰も、わたしのことなど気にも留めていない。理解しているのに、しかしこの場にいる全員が、わたしを見て笑っている気がしてならない。このままでは、笑い声に潰《つぶ》されてしまう。ふらりとよろめくと、近くにいたひとにぶつかってしまった。謝る前に舌打ちをされて、心臓が止まりそうなほどのショックを受ける。

笑い声がひときわ大きくなった。脂汗《あぶらあせ》が一気に噴き出し、猛烈な吐き気がこみあげてくる。口元を手で押さえて、パウダールームに駆けこんだ。そのまま空いている個室に入り、ドアを閉めるのももどかしく便器に顔を寄せる。喉を裂《さ》くようにして吐いたのは、酸っぱい胃液だった。岡崎さんの前でパンをむさぼって以来、満足に食べ物を口にできなくなっていたから、いくら吐こうとしても出てくるものがないのだ。空っぽの胃が悲鳴を上げるように痙攣《けいれん》し、内臓が引きちぎられそうな痛みと、喉が焼けるような苦しみに襲《おそ》われる。

どれくらい、便器にしがみ付いていただろう。波のように押して引く吐き気が少しだけ落ち着いたころ、個室のドアがほとほとと叩かれた。次いで、「あのう」と女性の声がする。

「具合、悪いの？　ちょっとここ、開けてもらえないかなあ」

どうやら、若い女性のようだ。必死に声が出ないよう堪えたつもりだったけれど、気付かれてしまったらしい。

「えっと、動けないのかな？　それなら、ひと呼んで来るけど。救急車とか」

人目に晒《さら》されるのは嫌だ。慌てて「大丈夫です」と返す。少し、気分が悪くなっただけなので、すみません。バッグの中からハンカチを出して、口元を拭う。いつの間にか、水でも被《かぶ》ったかのように全身が汗で濡れていた。

「それなら、ここをちょっとだけ開けてくんない？　あたし、お水買って来たんだ。せっかくなんで、これでうがいしなよ。口の中気持ち悪いでしょ」

彼女はわたしがドアを開けて顔を見せるまでは立ち去らないつもりでいるらしかった。ゆっくりでいいよ、待ってるんで、とあっけらかんとしている。

待たせるのも申し訳ないのでのろのろとドアを開けると、派手な服装をした女性が立っていた。ピンクベージュのショートヘアに、大振りのゴールドのピアス。ふさふさした睫毛《まつげ》の縁取る大きな瞳《ひとみ》はピンクグレー。スカートからすらりとのびた足元はピンヒール。まるでバービー人形みたいだ、とうまく機能しない頭で思う。好意に礼を言おうとどうにか口角を持ち上げようとするも、うまくいかない。彼女はモデルみたいに整った顔を歪めて「やべえ」と言い、水のペットボトルを押し付けてきた。

「何があったの。とりあえずコレでうがいして、便器にぺーしなよ」

ぺー、ぺーして。と彼女は子どもにでも言うかのように繰り返す。言われるままに、うがいをして水を吐いた。

「あ、あの。ありがとう、ございます」

ペットボトルの水の大半を使ってうがいをしたあと、ようやく彼女に頭を下げることができた。岡崎さんの笑い声もいつの間にか聞こえなくなったし、胃の痙攣も治まった。ほっとして息を吐くと、「じゃあ行こっか」と彼女がわたしの腕を掴んだ。

「は？　行くって、あの、どこへ」

「警察に決まってるじゃん。あ、でも、先に病院かな。ちょうどこのホテルの先に病院があるみたいなんで、そこに行こ」

　彼女は、スマホの画面を見ている。わたしがうがいをしている間に、病院の場所を調べたらしかった。大きな瞳が、画面からわたしに向けられる。怒っているような険しい顔に、思わず謝りそうになった。

「吐いてたのって、お腹殴られた？　とりあえず、診察してもらったほうがいい」

「え？　あ、ち、違います。あの、吐き気は人込みにやられて、気分が悪くなっただけで」

　人込み、苦手で。慌てて言うと、彼女の顔つきが少しだけ緩む。しかし、わたしの腕を摑んだ手は力がこめられたままだった。

「じゃあその顔はなに。ぼこぼこなうえ、真っ青じゃん」

　空いたほうの手を顔にやる。腫れている右頰に、じかに触れた。マスクがない。どこかに放ってしまったのだ。

「あ、これは……その、自転車で転んだだけで、それに数日前のもので」

「転んでできる傷なんかじゃないって、それ」

　きっぱりと彼女は言い、「警察へ」と続ける。そのとき、スマホの着信音が鳴り響いた。

「あ、やっば。忘れてた！　待ち合わせしてたんだ、あたし」

　ちょっとごめんね、と彼女は手にしていたスマホを操作して耳に当てた。

「はい、芹沢です！」

　睫毛がくるんとカールした、整った横顔を思わず凝視《ぎょうし》した。

「遅刻してすみません。いま、ホテルのトイレにいるんです。ちょっとトラブルがあって……。野瀬さんはどこでしょうか？　もう店へ？」

あの、と存外大きな声が出た。間違いない、このひとが。

「芹沢恵真、さん?」

「へ? 何であたしの名前……って、もしかして千鶴さん?」

彼女の表情が、ゆっくりと変化した。さっきまでの強さは消え、なぜか泣きだしそうな顔に変わっていく。失望、そんな言葉を連想した。

ひゅう、と息を吸った彼女が、浅く吐いた。残りの空気を吐くように喋りだす。

「野瀬さん。あたし、トイレでいま、千鶴さんに会っています。あの、すぐそちらに伺いたいんですけど、いろいろあって。ええと、どうしよう」

芹沢さんがわたしに顔を向け、「警察に」と言う。首を横に振った。

「あの、野瀬さんはもういらっしゃってるんですよね? あのひとにセッティングしてもらったんですし、ともかく、行きましょう」

芹沢さんは迷うように電話とわたしを交互に見ていたけれど、「待たせるのも、失礼ですし」と言うと頷いた。すぐ行きます、と彼女は通話を切った。わたしはその間にバッグの中から予備のマスクを出した。「あの、ええと、大丈夫?」と芹沢さんがおずおずとわたしを窺《うかが》ってくる。

「野瀬さんに事情説明してから、すぐに病院に」

「いいんです。このことは、ほんとうに気にしないでください。その、終わったことですから」

でも、と彼女がかたちのよい眉をきゅっと寄せたとき、パンツスーツ姿の女性が入ってきた。個室ドアの前で向かい合っているわたしたちを見て、怪訝《けげん》そうに首を傾げる。

「あ、すみません。こちら、どうぞ。芹沢さん、行きましょう」

促すようにして、野瀬さんの待つ店へと向かった。

ホテルの中でも高層階に野瀬さんの予約した店はあった。名前を告げると、着物姿の女性の先導によって案内される。

「やあ、どうも。お待ちしておりました」

出迎えてくれたのは、背の高い細身の男性だった。三十代半ばくらいだろうか。キリンが会釈をするようにぱきぱきとからだを折り曲げ、「はじめまして、野瀬です」と挨拶する。それから並んで立っているわたしたちを見て、「ははあ」と頷いた。

「トイレで、鉢合《はちあ》わせしたんですか？　引き寄せられるものでもあるんですかね」

笑うと、しわが増えるタイプらしい。目がきゅっと細くなる。

「まあ、とりあえず座ってください。おふたりとも、奥へどうぞ」

掘りごたつになっているテーブルの上座側に、ふたりで並んで座る。正面に坐《ざ》した野瀬さんは、それぞれに名刺《めいし》をくれた。

「まずは、自己紹介といきましょう。ぼくは、野瀬匡緒《まさお》といいます」

名前の横には、ディレクターという肩書がついている。ラジオ番組のディレクターという職業がどんなものか知らないけれど、目の前の男性は古書店の店主か気難しい作家かといったような雰囲気だった。しかし、目だけは少年のようにきらきらしていて、わたしと芹沢さんを見つめている。

「芳野さんのメールを読んだとき、胸に響くものがあったんです。この母娘はどうなったんだろう、ってそんなことばかり考えてしまって。この場に立ち会わせてくれて、嬉しいです。ありがとうございます」

　にっこり、そんな表現がぴったりなくらい口角をあげて笑う。育ちのいいひとなんだろうなと思った。まっすぐに、目を見て話そうとする。かつて、わたしもそうだったような気がする。ほんとうに、遠い昔は。視線から逃れるように僅かに顔を背けながら、そんなことを考える。

「えっと、あたしは、芹沢恵真です。こないだのラジオをたまたま聴いて、驚いて連絡したんですが……ああ、それより、あの、千鶴さん、まずはその怪我のこと教えて」

　芹沢さんの言葉に、はっとする。野瀬さんが、「怪我？」と不思議そうにわたしを見た。

「千鶴さん、酷い怪我をしてるんです。さっきトイレでめちゃくちゃ吐いてて、顔色真っ青で、やばくて。話は、それが先です」

「それは、気にしなくていいって言ったじゃないですか」

　慌てて言うけれど、芹沢さんはわたしの腕をぎゅっと握り、「何があったか、教えて」とわたしの目を覗きこんできた。大きな瞳に映っている自分の姿までも見て取れそうで、反射的に俯いた。こんな、華やかな人間の前にはいたくない。しかも彼女は、わたしがこれまでに出会ったすべてのひとの中でもとびきり、派手だ。彼女の手を振り払って、逃げてしまいたい。しかし、その手は緩みそうになかった。

「教えてくれないのなら、警察に連れていくしかないんだけど」

警察は、嫌だ。そんなことしてしまえば、弥一にどれだけやり返されることか。それに、もうあと数日ですべてが終わることなのだ。しかし芹沢さんは、わたしが説明するまでは手を放さない決意のようだ。諦めて、ため息をひとつついた。

「擦り傷は、ほんとうに自転車で転倒したんです。痣は、その……元夫から少し、殴られただけ。ときどきやって来るんですけど、先日わたしが彼の気に入らないことを言ってしまったから」

それから、「この話は、終わりにしましょう。こんな話をしに来たわけじゃないんだし」と締めた。

「マスクの下、酷いんですか」

言ったのは、野瀬さんだった。さっきまでの子どものような表情は消えている。眼鏡の奥に、するどい光が宿っていた。「酷い、なんてものじゃないです」と返したのは芹沢さんで、「やっぱ警察行こう」とわたしの腕を引く。

「完全にDVじゃん。早く対応してもらわないと」

「ほんとにいいの。もう終わることだし」

あまりにぐいぐい引っ張ってくるから、我慢できずに振り払って言ってしまった。野瀬さんが「どういうことですか。終わるって」と訊いてくる。ああ、厄介《やっかい》なことになった。こんなことなら、ここに来るんじゃなかった。

「えっと、その、夜逃げしようと思って」

「夜逃げ？　行くあては、あるんですか。もう決まってるんですか」

「ま、まあ、そうですね」

無意識に視線が彷徨っていたのか、芹沢さんが「決まってないんだね」と見抜く。

「ほんとに夜逃げするつもりなの？　頼るひとは？　無計画に逃げても見つかっちゃうかもしれないし、そしたらきっともっと酷い目に遭っちゃう」

嫌なことを言う。前回は、計画的に逃げたつもりなのに、突き止められた。

「あの、わたし帰ります。こんなこと話すつもりで来たわけじゃないので」

立ち上がろうとすると、再び腕を摑まれた。

「だめだよ。あたしは、千鶴さんがどんなひとなのか、どんな風に生活しているのか、知りたいの。そのために、ここに来たんだよ」

「じゃあ、この話はもうやめてください。もっと他のことを話しましょう」

「千鶴さんはＤＶ受けて傷だらけでやって来たけど、あたしと世間話して夜逃げするために帰った、ってママに言うよ」

「ママ……？」

その呼び名に、力が抜けた。この子は、母の娘なの……？

愕然《がくぜん》とすると、芹沢さんがはっとして「あ、あ、ごめん。あたし、昔からそう呼ばせてもらってるの。血の繋がりとか、戸籍上も、そういうのはないから」と慌てた。

「高校生のときから親代わりとしてお世話してもらってたから、それでついそう呼んじゃって。だから気にしないで」

「高校生のころからってことは、もうどれくらいの縁……？」

訊くと、八年、と返って来た。八年。わたしが母と暮らした時間よりも、長い。

「これまでママは、実の子どもの話をしたことがなかったんだ。でも最近になって、話すようになった。それで、繰り返し言うの。離れてしまったけれど、千鶴はみんなに愛されてしあわせになっているはずだ、って」

芹沢さんがわたしを見つめる。摑まれた腕が、痛い。

「これじゃママに千鶴さんの話をできない。それとも、めちゃくちゃ不幸そうだったって言おうか？　それでいい？」

人工的な色のレンズで覆われていても、感情というものは伝わるらしい。わたしを説得しようとしている彼女の目には、心配や憤《いきどお》りが溢れていた。気遣ってくれている、それは、ありがたいと思うべきなのだろう。けれどわたしが抱いた感情は、怒りだった。

芹沢さんの手を、乱暴に振りほどいた。

「は？　しあわせに違いない、って何ですか。親に捨てられた子どもが、どうしたらしあわせになれるっていうの⁉」

芳野の家は俗《ぞく》にいう資産家で、母が出ていった当時は確かに金銭的に裕福だった。父は病に倒れて早世してしまったけれど、仕事熱心で堅実《けんじつ》なひとだったし、祖母は心臓発作で死ぬまで、病気ひとつしなかった。だからわたしは健やかに育つと思った？　しかしそれはあまりに短絡的だ。芳野の家はもうないし、わたしはずっと苦しんで生きてきた。『捨てられた』という事実はわたしに劣等感《れっとうかん》を植え付け、それは醜《みにく》く枝葉を広げてわたしを蝕《むしば》んでいる。幼いころ、母を恋しく思うのと同じだけ、自分を嫌悪《けんお》した。捨てられたわたしは、母にとって取るに足らないどうでもいい存在なのだと。

それは脱げないヴェールのようにわたしを包み、その中でわたしは自身を疎《うと》んじて生きてきた。

「言えばいい。どれだけわたしが悲惨《ひさん》な様子だったか。気楽な気持ちでわたしの近況が知りたかっただけなら、少しくらいショックを受ければいい。ううん、ショックでも何でもないんでしょうね。あのひとはわたしのことなんてどうでもいいと思ってるから、そんな無責任なことを言えるんだ」

涙が滲みそうになるのを必死に堪える。何て狡《ずる》い、酷いひと。娘はきっとしあわせだと思っていれば、捨てたことへの罪悪感など抱かないですんだだろう。きっとそうやって、わたしを捨て置いた罪から目を背けていたのだ。二十二年も。

芹沢さんの、こぼれ落ちそうなくらい見開かれた瞳が、潤んでいる。同情か、憐みか。こんな事態を想像してなくて、ショックを受けたか。どれにせよ、このうつくしい女の子は、己の感情がわたしにとって唾棄《だき》すべきものであると分かっていない。

「来るんじゃなかった」

食いしばった歯の隙間《すきま》から絞《しぼ》り出すように言った。ばかみたい、来るんじゃなかった。

「DVを受けている女性が逃げこめる〝シェルター〟というものがあります。そこに、行きましょう」

野瀬さんが、わたしと芹沢さんの会話に割り込んできた。視線を向けると、スマホを片手にして「民間シェルターの運営をしている知りあいがいます。これからすぐにでも、受け入れてもらえるように連絡します」とわたしに言う。

「今日、ここに来てくれてよかったです。少しは、ぼくがお役に立てるかもしれない」

微笑まれて、一瞬思考が止まる。シェルター、という言葉を知らないわけではなかった。でもそれが自分にも適用されるものだとは、思いもしなかった。

助かるかもしれない。それは、喜ばしいことだろう。ここに来るまでのわたしなら、どうかお願いしますと縋ったかもしれない。でもいまはもう、どうでもよかった。

わたしが弥一の手から逃れて生き延びたとして、何がどうなる。誰にも愛されない、みすぼらしい女がどう生きようがどう死のうが、誰も興味がない。わたしの苦しみは、誰にとっても意味などないということが、分かってしまった。

「お気遣いはけっこうです。先程も言いましたけど、どうにかなります」

こんなくだらない人生の後始末くらい、自分でできる。断ったわたしに、野瀬さんが顔を曇らせる。

「どうするつもりですか？　ぼくは、あなたが有効な手段を持っているとは思えません」

「いいんです。大丈夫です。わたしなんかに構わないでください」

ここに来てよかったと思えるとすれば、生に対して微塵《みじん》の未練もなくなったことだろう。むしろ、もっと早く決断すればよかったと悔やまれる。しかし、なかなか引き下がらない野瀬さんに苛立っていると、押し黙っていた芹沢さんがぱっと顔を上げた。

「じゃあ、うちに来てよ！」

意表を突かれる。驚いて顔を見た。

「うちに来て。ここからだと駅ふたつぶん離れてるんだ。元夫っていうひとに簡単には見つからないと思う。何かあったら、あたしだってママだっている。ひとりより、絶対にいいよ」

「あなた、自分が何を言ってるか分かってるんですか？　その場の感情で決めないで」

「そんなつもりはない！」

芹沢さんは、怒っているように目の縁《ふち》を赤くしていた。

「あたし、千鶴さんに会ってみたかった。あのママの娘って、どんなひとだろうってたくさん想像した。このタイミングでこうして出会えたこと、あたしは運命だって思ってる。ていうか、運命にしようよ」

かたちのよい目がわたしを捉えている。あまりにまっすぐで、逸らしたくなる。

「あたしたちと一緒に暮らそう。不満があるならさ、直接言えばいいじゃん。何言ってもいいんだよ、だってほんとうの母娘《おやこ》でしょう？」

それは、誠実な言葉だった。

なんて純粋《じゅんすい》な心の持ち主だろう、と思った。どれだけ幸福に生きてきたら、こんな風に育つのだろう。とてもうつくしい心根の持ち主。綺麗で、そして愚かだ。明らかに厄介そうなトラブルを抱えたわたしを連れて帰ろうとするのは警戒心《けいかいしん》がないからで、それは彼女が実際にトラブルに接したことがない証拠《しょうこ》だろう。そもそも、わたし自身がどういう人間か、この子はこれっぽっちも分かっていないのに。

「……でしょうね」

思わず、小さく呟いていた。え？　と芹沢さんが目を瞬《またた》かせる。その顔に、笑みを向けた。あなたはとても、しあわせに生きてきたんでしょうね。

母とこの子の過ごした八年間を思う。母はきっと、この子に愛を注ぎ、大事に育てたのだろう。この子が『ママ』と呼ぶたびに、愛情がこめられているのを感じる。母は、この芹沢恵真と健やかな日々を過ごしていたのだ。

わたしのことは、捨て置いたくせに。

「わたし、行かない」

怒りのような、黒い炎に似た感情が溢《あふ》れた。「絶対に、行かない！」どうして、この子の誘《さそ》いについていけるだろう。

「ほんとうの母娘？　ばかにしてる。あなたたちはすでに母娘として仲良くしあわせに暮らしているんでしょう？　なら、それでいいじゃない。これまで通り楽しくやれば？　わたしは、あなたたちのしあわせのおこぼれを貰うように助けられても、全然嬉しくない。むしろ、惨めだ」

どんな顔をして再会しろというのだ。どう考えても、母はわたしをすっかり過去のものにして、新しい幸福を築いている。そこにのこのこと、不幸の塊のような顔をして「お久しぶりです」と言う？　まっぴらごめんだ。

「わたしを捨てたひとに縋るなんて情けない真似《まね》、死んでもするもんか！」

そうだ。そんなことをするくらいなら、死んだほうがいい。わたしの死を知って、ろくでもない生き方を知って、少しでも傷つけばいい。感情が高ぶって、涙が出そうになる。しかしこんなところで絶対に涙を見せるものかとぐっと喉奥に力を入れた。

「じゃあ……じゃあさ、縋るんじゃなくて、利用するっていうのは、どうかな⁉　助けて、じゃなくて『母親の責任を果たして！』って言うの。それなら、いいでしょう？」

驚いて、芹沢さんを見る。冗談《じょうだん》なのかと思えば、真剣《しんけん》なまなざしは変わっていない。

「実際に会って、話して、文句を言ってもいいじゃん。離れていた親に対してそういう機会があるのに、無駄にするのってもったいないよ。それにあたしは、ママと絶対に会ったほうがいいと思う。ううん、会ってほしい」

「どうして、そこまで……？」

彼女がわたしに執着する理由が分からない。すると、芹沢さんが初めて、躊躇いのようなものを見せた。逡巡《しゅんじゅん》するように視線を泳がせ、それからきゅっと目を閉じる。

「何？　やっぱり何か理由があるのね」

「……を、……るの」

芹沢さんが小さく呟き、しかしそれはうまく聞き取れなかった。は？　と問い返すと、ふっと息をひとつ吐いて、目を開けた。

「若年性認知症を、発症してるの。そして進行が、ものすごく速いんだ」

病を得ている、ということだけ分かった。じゃくねんせいにんちしょうって、何だっけ……？　向かい側の野瀬さんが、「なんと」と頭を振った。

「そんなことに……。いまは、どんな状態ですか」

「二年前、初期だと診断を受けました。鬱《うつ》のような状態でずっと塞《ふさ》ぎこんでいたのを半ば無理やり病院に連れていって、それで分かったんです。抗認知症薬など処方されてますけど、だんだん酷くなって、半年前には、中期段階に移行している、と……」

生活に差し障りのある細かな問題――散歩に出たら家が分からなくなる、料理の手順がすっぽり抜け落ちてしまう――などが顕著《けんちょ》になり、長く勤めていた仕事も辞めざるを得なかった、と芹沢さんが言う。

「他にも同居人がいるんですけど、そのひとは介護福祉士の資格を持っています。なのでいまは彼女とあたしとで介助しながら、三人で生活をしています」

「支援施設《しせつ》などは利用されていますか？」

「ええ。日中はあたしたちも仕事があるので、デイサービスを利用してます」

ふたりの会話が、テレビを眺めているみたいに遠い。若年性、認知症。母はボケてきているということ？　まだ五十二なのに？

野瀬さんと話していた芹沢さんが、わたしに目を向けた。

「ママの記憶は、いまどんどん失われてる。だから、まだママの意識がしっかり残ってる間に、会わせたいんだ。このままだと、ラジオに投稿したあの夏の記憶も、消えてなくなると思う」

息を呑んだ。あの夏の記憶が、消える……。

「あの夏の意味を、知りたいんでしょ？　だから、ラジオに投稿したんでしょう？　だったら、あたしについてきて。願いを叶えるには、時間がないんだ。いまはもう、悩んでる場合じゃない。一刻も早く、ふたりには再会してほしい」

綺麗な目を、ただ見つめ返す。どれくらい時間が経ったころだろう。のろりと頷くと、芹沢さんがほっとしたようにため息をついた。それから微笑む。

「ありがとう、千鶴さん」

「お礼なんて、やめてください。わたしは、感動的な母娘の再会をしたいわけじゃない。あなたの言う通り、利用するだけのつもり。元夫から逃げるにはちょうどいいなって思っただけですから。病気持ちのひとがどれだけ役に立ってくれるか、正直疑問ですけど」

慌てて言葉を重ねると、最後に言わなくてもいいことまで付け足してしまった。

「となれば、今日、いますぐにでも芹沢さん宅に行ったほうがいいですね」

野瀬さんが身を乗りだした。

「え、そんな、急すぎやしませんか」

心の準備ができていない。思わず引くと、野瀬さんは首を横に振った。

「日を置いていたら、元夫さんと接触してしまう可能性があります。このまま、芹沢さんについていったほうがいい」

「それでいいよ。あたしはそれでいい」

芹沢さんが力強く言う。

「で、でも、アパートを引き払わないと。部屋の中の荷物だってそのままだし」

「その後始末は、ぼくが請《う》け負《お》いましょう。先程お話ししたシェルターには女性職員もいますから、彼女たちに依頼《いらい》します。それで、芳野さんの荷物ですけど、シェルターに逃げ込む場合もそうですが、最低限のものだけにしておいたほうがいいです。運送業者など、移動に関わる人間が多いとその分だけ見つかる可能性が上がってしまうんです。逆に、これだけは欲しいというものはありますか。それだけは必ず、持ち出してもらいます」

　野瀬さんの言葉に、考える。

　家具は最低限のものしかないし、服も着古しばかりでたいしたものはない。いま持っている財布の中に所持金は全部入っているし、あの部屋に残したもので、必要なものはなかった。しかし、ひとつもないなんて、なんと虚しい生き方をしていたのだろうと苦く思う。

「ああ……、ひとつだけ、お願いしてもいいですか。黄色のカラーボックスの棚《たな》に、籐《とう》の籠があるんです。その籠の中に古いクッキー缶があります。それだけ、欲しいです」

「クッキー缶ですね、分かりました」

　野瀬さんは頷いて、すぐに知りあいに連絡を取りますと言う。彼の、その真摯な顔に、「どうしてですか」と訊いた。

「あなたはどうして、そこまでよくしてくださるんですか」

　眼鏡の奥の目がやわらかく細められた。ふふ、と笑い声を漏《も》らす。

「正義感とか、義憤にかられてとかでは、あいにくありません。これは、ぼくを虜《とりこ》にしたあの夏の日々の続きだからですよ。あの思い出の続きに関われる、それが嬉しい」

　少年のような表情に、彼が楽しんでいることが分かった。わたしが流した思い出は、どんな風に彼の心に届いたのだろう。

　ふっと肩に手が置かれ、芹沢さんがわたしの顔を覗きこんでくる。

「一緒に帰ろう、千鶴さん」

このうつくしい女の子――芹沢さんには、どう届いたのだろう。分からない。
ただ、あの思い出が思いもよらぬところまで流れて行き、とうとう母の元まで辿りついたのだということだけは、分かった。

2　きっと母に似た誰か

　五時九分に、目が覚める。

　建家の隣に私鉄が走っていて、その始発電車が通る時間なのだ。ごう、と音がすると同時に建家全体が揺れ、線路側の窓ガラスが不安定に音を立てる。最初の日は、竜巻《たつまき》でも激突してきたのではないかと飛び起きた。

　今朝も、いつも通りに起こされた。

「ああ、五時か……」

　耳栓《みみせん》をしてみたり、窓にガムテープを貼って固定してみたりと試行錯誤《しこうさくご》したが、電車が通過する爆音を少しも抑えてはくれなかった。慣れるしかないのよ、と言ったのは、耳栓を貸してくれた彩子《あやこ》さんだった。あんなの慣れるわけないじゃない、そう思ったけれど、最初ほどは驚かなくなった。慣れる日も、来るのかもしれない。

　窓ガラスが音をひそめ、揺れが止まるのを待って、からだを起こした。立ち上がり、線路側にあるカーテンと窓を開ける。朝のやわらかな風が吹き、寝汗の滲んだ肌を撫でていった。線路の向こう側には中学校があって、木々に囲まれた奥の校庭を眺めることができる。あと一時間もすれば、朝練の生徒たちが姿を見せるはずだ。

しんとした校庭をしばし眺めてから、カーテンだけを閉めた。薄暗くなった部屋を振り返る。布団と小さなテーブルしかない殺風景な六畳の和室に、一筋、光が差しこんでいる。その光のベルトの中で、細かなホコリが舞《ま》っている。わたしは窓の下に座り、それをぼうっと眺めた。何を考えるわけでもない。無為《むい》な一日が始まったな、それくらいのこと。

校庭から元気のよい声が響きだすころ、階下で物音がし始める。彩子さんが起きる時間だ。高齢者向け介護施設でケアマネージャーをしているという彼女は、家事のほとんどを担っている。これから、四人分の朝食と昼食を作り、洗濯機《せんたくき》を回すのだろう。

七時ちょうどに、食堂の壁にかけられた鳩《はと》時計が鳴く。どういうわけだか七時にしか鳴かない。ポッポー、という間の抜けた声の鳩が仕事をこなすのを聞いてから、階下に降りるようにしている。軋《きし》む階段を下りて、洗面所へ。顔を洗い、歯を磨《みが》こうとして手を止める。大きな洗面台には、歯ブラシが四本ある。この建家に住んでいる人数分だ。四色の歯ブラシがお行儀よく並んでいるのを見るたび、はっとする。何年も、誰かと一緒の生活などしていなかったからだろう。この光景はいつ当たり前になるのか、分からない。

他の三本より新しいライトグリーンの歯ブラシで歯を磨いて食堂に行くと、コーヒーの香りと「おはよう」という声が出迎えてくれた。

「今日もいい天気ね、千鶴ちゃん」

「おはよう、ございます。彩子さん」

食堂に続いているキッチンから顔を覗かせたのは、四十をいくつか過ぎた女性——九十九《つくも》彩子さん。白髪《しらが》交じりの髪をベリーショートにした、すらりとしたスタイルのひと。化粧けがなく、そばかすが散っている。小さな顔に収まるパーツがどれも大きめで、表情がくるくると変わる。彼女を見ると、子どものころ観《み》た人形劇の人形を思い出す。

「今朝はねえ、トーストとヨーグルト、コーンスープよ。すぐ支度するから待っててね。あ、トーストには何がいい？　いつもの？」

「あ……はい」

「バターとはちみつね！」

食堂は、とても広い。八人同時に食事がとれる大きなダイニングテーブルがあって、隅には武骨な業務用冷蔵庫と大容量の食器棚が置かれている。昔、この建家は近くにあった工場の社員寮《りょう》だったのだという。そのため部屋数が多く、二階には五部屋、一階には三部屋。二階はいま、わたししか使っていない。

食堂には大きな掃き出し窓があって、その向こうに庭がある。さまざまな木が植わっているけれど、雑に植えている印象だ。満足に手入れがされておらず、木々が好き放題に枝葉を伸ばしている。芳野の家は父が病に倒れるまでは年に数回庭師さんを入れて手入れをしており、季節ごとにうつくしい景色を眺められたものだが、あの庭には程遠い。しかし母はこの野放図《のほうず》な庭をいたく気に入っているらしい。暇さえあれば、窓際に置かれたひとり掛けのロングソファに横たわり、眺めている。

わたしは使いこまれて飴色になったソファまで行き、ぼすんと音を立てて座る。それをやわらかく受け止めるソファは、長年の持ち主である母のからだのかたちになってしまっているようで、少し居心地が悪い。でも、わたしはあえて乱暴に座る。

「それ、気に入ったみたいね」

わたしの分の朝食を支度してくれている彩子さんが微笑むが、「そんなことないです」と返す。気に入ったのではない。むしろ視界に入ると、どうしても腹が立ってしまうのだ。

これは、カッシーナとかいうブランドの、なんとかという名前のソファなのだという。

『一生モノにすればいいんじゃーんって思って、買ったらしいよ』

芹沢さんが暢気に言っていたけれど、スマホで何気なく検索して、その値段に驚愕《きょうがく》した。わたしが一生かかっても手に入れられないだろう額だった。えいや、と思ってもオットマンすら買えやしないだろう。

「さあさ、テーブルにどうぞ」

彩子さんが呼ぶので、ダイニングテーブルにつく。きつね色に焼けたトーストには溶けかけたバターとたっぷりのはちみつが、ヨーグルトには刻んだ黄桃がトッピングされている。コーンスープは美味《おい》しそうな湯気を立てていた。

「いつもすみません。いただきます」

「すみません、はもういいってば。遠慮なく、召し上がれ。コーヒーも淹《い》れるからね」

室内は、古いけれど手入れが行き届いた清潔な空間だ。彩子さんがこまめに掃除《そうじ》をしているからだ。窓から清涼《せいりょう》な空気が流れこみ、部活動の声が微かに運ばれてくる。壁にかけられたテレビでは、アイドルらしき女の子が笑顔でイベントの告知をしていた。それをなんとなしに眺めながら、トーストを齧《かじ》る。バターの豊かな香りと濃厚な甘みで口の中が満たされ、

「美味しい」と思わず呟く。パンなんてうんざりだと思っていたけれど、全然違う。それが聞こえていたのか「あらよかったわー」とのんびりした声が返ってきた。恥ずかしいような、むず痒《がゆ》さを覚える。

わたしが朝食を半分ほど食べ終わるころ、芹沢さんがばたばたと起きてくる。ヤバいヤバい間にあわないと本人は必ず言っているが、メイクも服もきちんと整っている。

今朝はシンプルな白シャツに黒のワイドパンツ、ゴールドのアクセサリーといういでたちだが、よく似合っている。セミロングの栗色《くりいろ》の髪――芹沢さんはどれくらい所有しているのか分からないが実にさまざまなウィッグを使い分けている――に髪とよく似た色のカラコンをつけ、唇は鮮やかなボルドー。ひとの視線こそ集めるけれど傍には寄せ付けない、どこか迫力さえある華やかな装《よそお》いで、そのままファッション雑誌に掲載《けいさい》されそうだ。

芹沢さんは、ここから原付バイクで二十分ほどのところにある駅ビル内の美容室でスタイリストとして働いているらしい。そんな仕事柄のせいか、毎日うつくしく着飾《きかざ》っている。彩子さんもスタイルがいいが、芹沢さんはレベルが違う。モデルのように細いからだに、整った顔立ち。いまテレビの中で、男性アナウンサーにちやほやされている女の子よりも綺麗だと思う。彩子さんの話では、インスタグラムでオシャレスタイリストとして人気があるらしい。わたしはSNSに明るくないので規模がよく分からないけれど、ものすごいフォロワー数を抱えているという。ネットアイドルのようなものなのだろうか、と思っている。

外ではどうしているのか知らないが、家の中――特に朝のこの時間の言動はとにかく粗雑だ。ヤバいヤバいと言いながら、いちごジャムの塗られたトーストを立ったまま齧って、ヨーグルトを飲む勢いで食べる。口の周りにヨーグルトが残り、それを舌で舐《な》めとった。そんな姿も、ドラマのワンシーンのようにサマになるのだけれど。

「おはよ、千鶴さん」

急に笑いかけられて、びくりとする。ドラマの中のキャラクターに話しかけられた、そんな感じがする。「おはよ、うございます」ともぐもぐと返事を返す間に、芹沢さんはコーンスープに無造作に口をつけ、「熱！」と顔を顰めた。それからカップに二度ほど息を吹きかけたが、壁かけ時計と手元を見比べたあと、「ああもう時間ヤバいよー。ごめん、彩子さん。スープギブ！」とキッチンのほうへ叫んだ。

「いいわよー、私が飲むから」

「ごめんね！　あと、お弁当ありがとう！」

芹沢さんの朝食の横にはドラえもんのランチバッグが置かれていて、彩子さん手作りのお弁当が入っている。芹沢さんはトーストの残りを口に押しこんで、ランチバッグを摑んで出ていった。玄関のほうから「いってくるー！」という声のあとに扉が閉じる音がした。

小さな嵐《あらし》が去り、嵐の皿を片付けた彩子さんが「さてそろそろ起こすかな」と時計を見上げた。おおかた食事を終えて、コーヒーを啜《すす》っていたわたしは無意識にテレビ画面の時刻を見る。七時五十分。

彩子さんが食堂を出ていき、二十分が過ぎたころ、ドアが開いた。

「ああー、お腹空いたあ」

間延びした声でぬっと姿を現したのは小さな白豚のようなひと――母だ。ぽっちゃりしていて、色白。こげ茶色のヘアターバンに、だぼっとした民族衣装風のワンピースを着ている。彩子さんと同じくすっぴんだが、美容液でも塗りたくっているのか肌がてらてらしている。

「あー？　ええ、と」

わたしと目が合った母がきょとんとした顔をして、それから隣にいた彩子さんを見上げる。細身で背の高い彩子さんと並ぶと、昔よくテレビに出ていた女性芸人コンビを思い出す。彩子さんが「千鶴ちゃん」と小さな声で言うと、母はあっと目を見開いて、それからぐっと奥歯を嚙む。少しの時間を置いて、ぎこちなく笑いかけてくる。

「お、はよう。千鶴」

さっきまでごく普通の味わいだったコーヒーが、ざらついた苦さに変わった。無理やり飲み下し、立ち上がる。食器を手にキッチンに行くと、背中に遠慮がちな声がかかった。

「千鶴。ご飯ちゃんと食べた？」

無視して、皿を下げる。キッチンの桶《おけ》に食器を浸けていると、彩子さんが来た。わたしを見てぐっと眉尻を下げたあと、「気にしないようにね」とやさしく言う。

「別に、してないです」

母の脳内にわたしの居場所はないんだろうと思う。毎朝、初対面のひとに向けるような目を向けてくる。三日も会わずにいれば、わたしのことなどすっかり忘れてしまうだろう。

あの日の再会だって、きっともう、覚えていない。

芹沢さんに連れられてここに初めて来たときには、もう日が落ちてしまっていた。

「ここだよ」

タクシーから降り立ち、示されたそこは、木々に囲まれた二階建ての古い建物だった。コンクリート製の壁には蔦《つた》がびっしりと這っており、それだけではなく黒ずみやヒビがそこかしこに見られる。頼りない街灯に照らしだされた姿は、さながらテーマパークのお化け屋敷のようだった。赤錆の浮《う》いた門扉《もんぴ》を抜け、すりガラスの嵌《はま》った玄関扉の横に立つ。右側に木製の看板が掛けられていて、掠れた字で〝さざめきハイツ〟と書いてあるのが見て取れた。お化けが毎日宴会《えんかい》でもしているのだろうか、というようなおどろおどろしさだ。

元社員寮だということは、道中に芹沢さんから聞いていた。母は寮の持ち主だった老人から、遺産というかたちでここを譲り受けたのだという。

「ママは、病気になる前までひとり暮らしのお年寄り専門で、家政婦をやってたんだ。それで、ママに入れこんだお年寄りたちがね、ワシが死んだらあんたに全財産譲る！　って感じで遺言残して、まあそんな感じでいろいろ貰った中のひとつらしいよ」

耳を疑った。老人から財産を巻き上げて生きていたってこと？　そんなの犯罪じゃないか。そう言うと、芹沢さんは「巻き上げて、って面白い言い方だね。騙して取り上げたわけじゃないんだし、問題ないんじゃない？」と言う。小さな顔を縁取るピアスがきらきらと揺れた。

「あ、でもときどき、おじさんの遺産を返せ！　みたいな手紙は貰ってたな。ばっかじゃないの、って笑い飛ばしてたけど」

フフ、と芹沢さんが微笑ましそうに目を細めたけれど、わたしは顔色を失っていくのが分かった。笑い事じゃない。とんでもない生き方をしている。

このまま会っていいのだろうか。怖気づきそうになって、しかしもう行くあてはないのだと思い至る。いまごろ、わたしの住んでいたアパートの部屋はシェルターの職員たちの手によって、引き払う準備が進んでいるはずだ。

「この家さ、見た目はちょっとヤバいけど、中はわりと綺麗だよ。水回りはリフォームしてるから、安心して」

玄関扉の前で立ち竦《すく》むわたしの背中を軽く叩いて、芹沢さんが引き戸になっている扉を開けた。「待って」と思わず言いかけたけれど、それは見た目より重たそうな扉の軋み音によってかき消された。

「ただいま、遅くなってごめんねー」

芹沢さんが奥に向かって声を張ると、「遅いっ！」と怒鳴り声がした。次いで、奥から乱暴にドアが開く音、どすどすと踏《ふ》みしめるような足音がする。

「連絡もなしに、何してんの！」

母の声？　分からない。直視できなくて、反射的に俯いた。

「遅すぎるでしょう！　あんたの分のエビ天、私が食べちゃったからね！」

おずおずと、からだだけを見る。派手派手しい、ピンクフラミンゴ柄のワンピースが目に飛びこんできた。ふっくらした体型だ。仁王立《におうだ》ちしている足まで太い。パステルイエローのペディキュアをしているのが見えた。

「心配させて！　もう！」

怒りを隠そうともしない女性は、芹沢さんの陰で身を竦ませているわたしに気付いたらしい。「え、お客様？」と声音を変えた。

「やだ、お友達と一緒だったのね。ごめんなさいねえ、驚かせちゃったわね。ていうか恵真、あんた友達を連れてくるならそれはそれで言いなさいよね」

「ママ。このひと、千鶴さんだよ」

声音を交互に使い分ける女性に、芹沢さんが宣言するような熱量で言った。待って、もう言うの、と驚いて彼女を見る。しかしその視線の先は、追えない。

「千鶴さんを、連れてきたよ」

ではやはり、目の前の女性が母なのか。顔を向けたくて、でもできない。金縛《かなしば》りにあったみたいに動けない。そんなわたしの背に手を回した芹沢さんが、押し出すように力をかけた。

「ま、待ってください、芹沢さん、あの」

せめて芹沢さんの後ろに隠れたい。心の準備が、まったくできていない。

「なんですって⁉」

奥からもうひとりの女性——彩子さんが出てきた。

「千鶴ちゃんとは、いったん顔合わせをしてからってことじゃなかった？　急に連れてくるなんて、聞いてないわよ」

「そんな悠長なこと言ってられなかったんだ。千鶴さん、別れた旦那さんに酷いＤＶ受けてて行くところなくてさ。ママ、急だけど千鶴さんには今日からここで一緒に暮らしてもらうことにしたから」

固まってしまって動けないでいるわたしを、芹沢さんがもう一度押した。その強さによろけて、体勢を整えた拍子に、女性を見てしまった。

息を呑んだ。それは、間違いなく、母だった。

別人のようでも、ある。記憶の中の母は三十歳のままだし、それに母は別れたときは痩せていた。肩までの長さの黒髪《くろかみ》を、後《おく》れ毛《げ》もなくひとつに結わえていた。派手どころか、煮物《にもの》みたいな色の服しかもっていなかった。目の前の女性はふくよかで、ピンク色の服を着ていて、髪は茶色のショートヘア。蛍光《けいこう》ピンク色のヘアターバンを巻いている。何もかも、記憶の中の姿と違っているのに、でも、母だった。目、鼻、口元、それらすべてが構成しているものは、母に他ならなかった。

涙が溢れそうになるのを、ぐっと堪える。こんなところで泣いてどうする。

母は、わたしを凝視していた。昔と同じ、漆黒《しっこく》の目が震えているのが分かる。ああ、こんな風に正面から向き合う日が訪れるなんて、思いもしなかった。

お母さん、そう口にしかけた。

「いままで離れていたけどさ、ママは千鶴さんのれっきとした母親でしょ。これから、千鶴さんを支えてあげてよ」

ね？　と芹沢さんが母にやさしく言う。あまりにも直接的すぎる言い方に焦ったが、なぜか母のほうが驚いた顔をしていた。そして、母は子どもが駄々をこねるように、激しく頭を横に振った。

「私が？　無理よ！」

それは、悲痛な叫びだった。

喉奥までこみあげていた、いまにも飛び出しそうだった言葉が消えた。自分の内臓までもが、一瞬で消え失せてしまった気がした。

ああ、このひとは、ほんとうにわたしを捨てたのだ。どうしようもない事情、やるせない感情、そんなものはなく、ただ、わたしを捨て置いていた。

空っぽになったからだに、今度はマグマのような怒りが満ちた。目の前が赤く染まったような気がした。だて眼鏡とマスクを剝ぎとり、叫んだ。

「よく見なよ。これが、あんたが捨てた娘の、なれの果てよ！」

わたしの顔を見て悲鳴を上げたのは、母ではなくて彩子さんだった。母は、ばかみたいに口をぽかんと開けた。

「芳野の家はあんたのせいで崩壊《ほうかい》したんだ！　お父さんは死んじゃったし、おばあちゃんも死んだ。屋敷も何もかも、借金のせいでなくなった。全部あんたのせいだ！　ほら、この醜い顔をよく見なよ！」

さあ、見ろ！　怒りは熱い涙になって、ぼろぼろと零れた。あんたが身勝手に手放したせいで苦しんだわたしの姿を、よく見ろ。

一歩前に踏み出して顔を突き出すと、母の顔から血の気が失せた。ぐるんと黒目が回り、白に変わったと思ったら、電池が切れたようにがくんと膝からくずおれた。

気を失ったのだ。

芹沢さんたちが慌てて母を支える。

「恵真ちゃん。結城《ゆうき》先生に連絡して、来てもらって！」

彩子さんが叫び、芹沢さんは泣きそうな顔をしてバッグからスマホを取り出した。力を失った母のからだを支えながら、どこかに連絡し始める。

「恵真ちゃん、事前にメールくらいできなかったの⁉」

狼狽えている彩子さんが言い、スマホを肩と耳で挟んだ芹沢さんが「ごめん」と項垂《うなだ》れる。だって、こんなことになると思ってなかった。ママが喜んでくれると思ってたんだ……。

わたしは三人を見下ろして、肩でぜいぜいと息をついていた。涙が、止まらない。

こんな再会、したくなんてなかった。

しかしその悪夢のような再会は、もう一度起きた。翌朝目覚めた母は、わたしと会ったことをすっかり忘れていたのだ。食堂で顔を合わせた途端《とたん》、「あら恵真のお友達ぃ？　いらっしゃい」と笑いかけてきた。病だということは知っていたけれど、ぞっとした。

その場には、わたしと芹沢さん、彩子さんに、万が一のことを考えて近くにある個人病院の医師である結城という男性がいた。そこで、母が気を失わないよう、取り乱さないよう、十分気をつけながら、自己紹介をした。しかし母はまたも顔を真っ青にして、今度は過呼吸を起こしてしまった。わたし以外の三人に抱えられて、ロングソファに寝かされた母は、「あんた、ほんとうに千鶴なの」と息も絶え絶えに言った。

ビニール袋を片手にわたしを見上げる母の様子は、ホラー映画の登場人物のようだった。わたしはまるで、貞子《さだこ》か俊雄《としお》くんだ。

母と違って昨日の記憶がもちろんあるわたしはいささか冷静で、母の面影《おもかげ》を宿した、しかし別人にも見える女性を前に「そう」と短く答えた。ゆっくりと、だて眼鏡とマスクを外す。

母の息がぐっと深くなった。顔が歪む。

「その傷はなに。どうしたの」

「元夫に……やられた」

ああ、と母が目を閉じる。隣にいた結城さんが身じろぎしたが、母はゆるりと目を開けて
「サイテー」と呟いた。

「そう、サイテーの人生。あんたがわたしを捨てたせいで、ね」

母がぴくりと片眉を上げる。それから少しして、わたしを見た。

「うらんでるんだ、私を」

「当たり前でしょ」

昨日の、あのセリフが頭から離れない。あんな気持ちでいた人間を恨まずにいられるか。

「なるほどね」

母がため息をついた。

「ここへ来た理由は？」

「元夫から逃げてきた。だからここで匿《かくま》って。それくらいしてくれるでしょ？　一応、親なんだから」

早口でまくし立てるように言って、母を睨みつける。母はわたしのその目を虫でも追い払うような仕草で受けた。それから庭へ視線を向ける。

「ここにいたいなら、どうぞ。あんたの言う『親だから』がどれくらいのこと指してんのか分かんないけど、生活くらいは面倒見てあげる」

投げやりな口ぶりだった。かっとして一歩踏み出しかけると、腕を摑まれる。見ればそれは彩子さんで、「落ち着いて」と懇願《こんがん》された。

「また、振り出しに戻るかも。嫌でしょ？」

唇をぎゅっと嚙んで、耐《た》える。どうして、こんなことになっているの。こんな再会でいいわけがない。母だけは、わたしのこの傷を見て泣いて悔やまねばならないはずだ。苦労したんだね、ごめんねと謝らなければいけないはずだ。なのにどうして、わたしが気を遣わなければいけない？

押し黙っていると、芹沢さんが「ママ、なんなのその態度」と声を荒らげた。

「しあわせになってると思うっていつも言ってた娘が、こんな状態でいたんだよ？　ショックじゃないの？　なにか他に言うことがあるんじゃないの⁉」

「……ああ。あんたが連れてきたの？」

母に問われた芹沢さんがぐっと胸を張る。

「そうだよ。母娘を、再会させたかった」

母が長いため息をついた。

「ああ、そう。じゃあ、あんたが千鶴の移住の手伝いをしなさいよ。二階の部屋、どこでも空いてるでしょ。好きに使いなさい。悪いけど、私は手伝えないから。私のガラスの心臓が持ちそうにないの」

やれやれ、と目を閉じた母に、芹沢さんが「だから！　その態度はなんなのってさっきから言ってんの、ママ！」と怒鳴るけれど、反応しない。芹沢さんの顔が怒りで真っ赤になり、からだがぶるぶると震えている。

ああ、このひとたちのほうが、ほんとうの母娘のようだ。感情をぶつけあうことが当たり前なのだ。これが八年の繋がりなのか。奇妙な気持ちで様子を眺めていると、からだの内で暴れていたものがすぼんでいった。失われた二十二年が、重たくのしかかってくる。

「もういい！　千鶴さん、これから部屋を片付けよう。昨日寝てもらった部屋、そのまま使えるようにするから」

芹沢さんが言うなり、わたしの手を摑んで部屋を出ていこうとする。彩子さんも「手伝う」とついてきた。半ば引きずられるようにして食堂を出るとき、ちらりと母を見たら、母は結城さんに向かって笑いかけていた。

「結城くん朝ごはん食べた？　せっかく来てくれたんだから、一緒に食べましょうよぉ」

女の顔をしていることに驚いた瞬間、ドアが閉じられた。

「結城がいるから機嫌もいいし、ママは放っておいていいでしょ」

芹沢さんが苦々しく言い、彩子さんが「そうね」と苦笑いで返す。彩子さんに目で問うと肩を竦めた。

「彼はお医者さん兼《けん》、ボーイフレンドなの」

無意識に口が開いた。結城さんは、わたしよりいくつか年上だろう。緩くパーマがかかった髪に、顎ひげをたくわえているけれど決して無精な感じはなく、綺麗に整えられていた。目鼻だちは整っており、雰囲気《ふんいき》を含めて「イケメン」と言われる部類だと思う。白シャツにデニムというラフな格好ですら様になっていて、昨晩現れたときは医師だと思えなかった。

「彼は内科医で、聖子さんの主治医ではないけれど、何かあるときはすぐに来てくれるから、助かってるのよ」

「え、え、ちょっと、意味が分からないんですけど」

母は凡庸《ぼんよう》な顔立ちで、突出してうつくしくはない。昔から童顔で、だからいささか若く見られはするだろう。肌は年のわりに綺麗だけど、発光していると錯覚するほど特別というわけでもない。いわば、ただのおばさんだ。それが、自分よりはるかに若い男性と付き合っている？

「すごくモテるのよ、聖子さん。私が知ってるだけでこれまで六人にプロポーズされてるし、そのうちのひとりは聖子さんよりひとまわりも下だった」

「椋本《むくもと》工務店の社長なんて、あんなにこっぴどくフラれたってのに、いまもママのこと好きだもんね。あのひと、報われないよねぇ」

信じられない。わたしは彼女たちに担がれているのではないかとすら思う。しかし、このさざめきハイツだって、母が男性からもらったものなのだ。

「あの、どうしてそんな、モテる、んですか」

父は中肉中背の、冴《さ》えない容姿の男だった。お洒落《しゃれ》に無頓着《むとんちゃく》だったのか、毎日の服はひと任せ。母がいたときは母が、いなくなってからは祖母が支度したものを着ていた。スーパーのチラシに掲載されているような無難なものばかりで、父がそれらに文句をつけたことはなかった。性格は大人しく、真面目で堅実といえば聞こえがいいけれど冗談ひとつ口にしない退屈なひと、というのがわたしの印象だ。

そして母は、そんな父の隣に立っていても何の違和感もないほど、釣《つ》り合っていた。同じように量産品の特徴のない服を着て、すっぴんに近い化粧。大きな口を開けて笑うこともなければ、ユーモアもない。

どうしてうちの両親は面白くないんだろう、と思ったこともあった。幼稚園《ようちえん》のときに仲の良かった穂波《ほなみ》ちゃんのお母さんはアイドルみたいに可愛《かわい》くていつも香水の甘い匂いがしたし、佳樹《よしき》くんのお父さんはボクシング選手を目指していたとかで筋肉隆々だった。他にも、話術巧《たく》みなお父さんやダンスのうまいお母さんもいた。よその両親はみなキラキラしていて、自分の親だけ無個性なのが何となく嫌だった。

わたしの知っている母は、そんな風なひとだったのだ。しかし彩子さんは、「魅力的だから、としか言えないかなあ」と嘘みたいなセリフを口にした。

「いつも一所懸命《けんめい》で、なりふり構わない。どこか憎めなくて、可愛いのよ。それに、男性だけじゃなくて、女性でも聖子さんのファンはいるのよ。聖子さんに持っていてほしい、って大事にしてた宝石を譲ったひともいたくらい」

「憎めないって……わたしは、そんな風に思えないんですけど」

憮然《ぶぜん》とすると、芹沢さんが「彩子さんは手放しに褒めすぎ。あのひと、ときどきすっごくムカつくよ!」とわたしに言った。

「めちゃくちゃ我儘《わがまま》だし、横暴なとこだってある。気に食わないって理由だけでキレることもあるんだよ。ほんと、ムカつく」

芹沢さんがふん、と鼻息を荒くした。

「好きにしろって言われたし、あたしの好きにするもん。千鶴さん、必要なものあったら遠慮なく言って。ママのお金で買うから大丈夫。いいよね、彩子さん」

「本人が面倒見るってちゃんと言ったんだし、それは別にいいんじゃない？　あのね、千鶴ちゃん。聖子さんは、お金の管理ができなくなっちゃってるの。それでいまは私と恵真ちゃんが財布を預かってるから、何かあったら私に言ってちょうだいね」

彩子さんがわたしに言い、母の病を思い出す。

「そうだ。若年性認知症。あれってボケるだけじゃないんですか？」

状況についていけずに、肝心なことを確認するのを忘れていた。

「性格が、わたしの知っているあのひとと違いすぎるんです。ひとが変わった、なんてものじゃない。もう、別人レベルです。あのひとは病気のせいで、あんな風に変わったんでしょうか？」

彩子さんが「まさか」と笑う。

「病気は、関係ないんじゃない？　私が出会ったとき――六年くらい前だけど、そのころには、すでにあんな性格だったわよ」

芹沢さんもまた「初対面のときから、あんな感じだね」と肩を竦めた。

「認知症って分かる前に、急に塞ぎこんで鬱病を疑ったこともあったけど、いまは鬱って感じでもないわね。ああでも、怒りっぽくはなったかもね」

「まあ、病気の具合がどんな感じかは、一緒に暮らしてたら分かると思う」

廊下《ろうか》の途中にあった掃除道具入れからバケツや掃除機を引っ張り出した芹沢さんが、ふと手を止める。
食堂のほうで、母のはしゃいだ笑い声がした。

あれから三週間。まず知ったのは、母がほんとうに、認知症を患《わずら》っているということだ。芹沢さんは、出会ったとき『進行が速い』、『だんだん酷くなっていってる』などと言っていたけれど、さすがにそこまでだとは思わない。ただ、やにわに興奮気味に語り始めたり、ぱっと意識が飛んだりすることはある。自分の制御が下手、そんな感じがするが、ムラっ気のある性格と言われたらそうだとも思える。記憶の中の母と違いすぎて、何が正常で何が異常なのか判断がつきかねている。

これは確かに病なのだろう、と確信できるのは、新しい事象をうまく覚えられないということ。少し前の記憶も、維持しにくいようだ。わたしがこのさざめきハイツにやって来て共に生活をしているということは、二度の再会で覚えたようだった。しかし、わたし本人を一目で認識するのは難しいようで、顔を合わせるとあやふやな反応を見せる。彩子さんは「いつかちゃんと覚えるわよ」と言うけれど、どうにも不愉快《ふゆかい》な気持ちは消えない。わたしだと思い出すたびに、母が奇妙な表情を浮かべるのだ。例えるなら、食事の中に嫌いな食材を見つけたときのような感じだ。苦手だけど食べなくちゃ、そんな覚悟が見える。

母にとって、わたしはいらないもの。毎朝、それを確認している。だから、本来はここを出ていくほうが正しいのだと思う。一緒にいて傷つくだけなら、離れたほうがいい。けれどそうしなかったのは、もちろん行くあてがないこともあるけれど、彩子さんがいたからだ。

何日目のことだったか、わたしを思い出した母が『うげ』と声に出して顔を顰めた。その幼稚な拒否にわたしが反応するより早く、母の頬を彩子さんが軽く抓《つね》った。

『こら、聖子さん。それはだめ。自分がされたら嫌でしょ。それも、親に』

子どもに言うような口ぶりで、表情も穏《おだ》やかだった。ただ、母は雷《かみなり》にでも打たれたようにぶるると震え、顔を強張らせた。それから抓られた頬に触れ、わたしを見て『ごめん』と頭を下げた。

『これは、だめだね。ごめん、千鶴』

わたしは『うん』としか言えなかった。母がすんなりと謝罪の言葉を口にしたことに驚いたということもあるが、彩子さんがまっさきに叱ってくれたのが嬉しかった。

彩子さんは、わたしがここに来たときからずっと、やさしい。

『九十九彩子です。彩子って呼んでくれたらいいから』

笑う顔には少しも陰りがなくて、わたしが転がりこんできたことを歓迎しているようでもあった。嫌な顔ひとつせずにてきぱきと面倒を見てくれる。わたしのこれまで置かれていた状況を知ると、『酷い』と涙を零して抱きしめてきた。骨ばっていたけれどどこかやわらかくて、不思議な感じがした。

他にも、元夫が追いかけてくる気がして怖いからどうしても外出したくないと言うと、彩子さんは、『当然だわ！』と着替えや日用品を買い出しに行ってくれた。わたしがいちごみるく味の飴が好きだと言うと、十袋も買ってきてくれた。

母とは八つ違いらしいから、四十四歳。母が家政婦をしていた家主が、彩子さんの勤める介護施設に入所したのが縁で知り合い、友人同士になったのだという。そのとき、彩子さんがバツイチでひとり暮らしをしていると知った母が、さざめきハイツへの入居を勧めた。

家賃光熱費、タダでいいわよ。その代わり、家事をしてよ。私、仕事で誰かの生活のお世話を毎日してるでしょう？　だから私も誰かに生活のお世話をしてほしいのよぉ。そんな感じで言われ、家事が得意だった彩子さんは喜んで受けたのだそうだ。実際、彩子さんは外で働いているにも拘《かかわ》らず、家の中のことを完璧にこなしている。広い家の共用スペースはいつも清潔に保たれているし、料理も手を抜かない。芹沢さんの弁当だけでなくわたしの昼食まで作ってくれる――本人は勤め先で賄いが出て、デイサービスに通う母も施設で食事が出るというのに――気配りぶりだ。仕事から帰ってきたあとも夕飯の支度をし、デイサービスから母が戻ってくれば、母の身の回りの世話もかいがいしい。その働きは、家賃光熱費を差し引いても余り有るほどだろう。

この家での生活は、彩子さんのお陰でとても快適だ。

「あらま、こんな時間」

キッチンの後始末をし、洗濯物を干し終えた彩子さんが、壁かけ時計を見上げて言った。

「そろそろ行こうかしらね」と通勤用のリュックを背負う。

母は二十分ほど前に、デイサービスのお迎えがやって来てすでに出かけている。二十代前半だという青年が送迎担当で、わたしは顔を合わせていないのでどんなひとか知らないが、母は彼のことを〝ともちん〟と呼んでいる。毎朝、「ともちん、ともちん。今日は何をしようか」と甘える声を聞くから、顔がいいのかもしれない。その声を聞くたびに、曖昧《あいまい》な不快さがある。親に女を感じたくないのか、わたし以外にはにこやかな様子を見せるのが不愉快なのかは、分からない。

「キッチンに、千鶴ちゃんの分のお弁当あるから、食べてね。じゃあいってきます」

「はい、いってらっしゃい」

わたしはいつも、彩子さんを玄関まで見送る。これは友好の意からだけでなく、すぐに施錠《せじょう》するためでもある。ひとりきりで、この広いさざめきハイツにいるのが、怖いのだ。弥一が怒鳴りこんでくるのではないか、窓ガラスを蹴破《けやぶ》って侵入してくるのではないか、そんな不安が日増しに膨らんでいる。そんなことあるはずがないと、分かっているのに。

「じゃあお留守番、よろしくね」

彩子さんが出ていくと、すぐにしっかりと鍵をかける。それから食堂、キッチン、洗面所、お風呂場、洗濯室、そして廊下の窓すべての鍵を確認する。ほんとうは母たち三人の部屋の窓もそれぞれ確認したいけれど、彩子さんと芹沢さんが絶対に施錠しておくと約束してくれたから、信じるしかない。一通りチェックをすませたのち、食堂に戻った。惰性《だせい》でテレビのスイッチを入れる。テレビに映し出されたのは若い男性アナウンサーで、顔よりも大きな鶏《とり》の唐揚《からあ》げを頬張っていた。お忍《しの》び来日していたらしいハリウッド俳優がＳＮＳで大絶賛したのだと、てらてらした口をして興奮気味に喋っている。

掃き出し窓のカーテンを閉め、テレビの音量を下げてから、ロングソファに腰《こし》かけた。長い長い、恐怖や孤独と闘う一日の始まりだ。

ここに来て四日目の朝スマホが鳴り響き、それは弥一からだった。絶対に出てはいけないと野瀬さんから言われていたし、わたし自身、出る勇気などなかった。病的なほどコールは繰り返されて、その次にはメッセージが立て続けに届いた。どこに行ったんだ。おれから逃げられると思ってんのか。許さないからな。早く電話に出ろ。いまならまだ許してやる。早くしろ。頼むよ、出てくれよ。心配してるんだ。メッセージと電話は数日続いたが、絶対見つけ出すからな、というメッセージのあとからは届かなくなった。

それと前後して、パン工場の岡崎さんから電話があった。退職手続きに不備があったかと出てみれば、工場の付近でわたしのことを尋《たず》ねて回る不審《ふしん》な男がいたという連絡だった。

『お金を持ち逃げされたと聞かされたひともいれば、大事な内縁の妻で行方を捜してると泣きつかれたひともいるよ』

無意識に、唸っていた。弥一に違いない。弥一なら、やりかねない。

『芳野さんの転居先は、誰も知らないんだよね？　だから、川村主任にはわざわざ連絡する必要はないって言われたんだけど、まあ一応、心配だからさ』

『わざわざ、すみません』

『急にいなくなったのって、事情があるんでしょ。おれ、相談乗ってあげようか』

岡崎さんの声が、これまで聞いたことのないねっとりしたものに変わった。

『これでも用心棒《ようじんぼう》くらいのことはできるよ。おれ、昔、レスリングやってたし。芳野さん相手に下心とかないから、安心してよ。ちょっとボディガード代くれたら、それで』

『大丈夫です』

通話を終えて、電源を落とした。

野瀬さんは、問題なくアパートを引き払ったと言った。工場も、迷惑をかけたようだがきちんとした手続きを取って辞めているし、連絡を取りあっているような友人、知りあいもいない。郵便物《ゆうびんぶつ》は野瀬さんの知りあいが運営しているというシェルターにいったん届くようにし、転送してもらうようにしている。わたしから誰にも連絡を取らなければ、弥一に見つかることはないはずだ。でも、怖い。執念深い弥一からはどうしたって逃げ出せない、そんな気がする。

ソファの上で、膝を抱える。両膝の間に顔を埋めて、「大丈夫、大丈夫」と繰り返す。スマホは、あれから一度も電源を入れていない。ここから出なければいい。外に出なかったら、誰にも会わないですむ。この空間にいれば、きっと安全だ。

自分自身に言い聞かせるように何度も「大丈夫」と呟いて、少しだけ不安が薄らぐ。しかしすぐに、虚しさが襲う。ここにこもって、弥一から逃れて、だから何だと言うのだろう。

弥一に気付かれないように、見つからないように、そんな生活をいつまで送ればいい？　いまは、生活に不便はない。食費も何もかも母のお金で賄ってもらえているし、必要なものは彩子さんが買ってきてくれる。しかし、その日々に楽しみや幸福はない。誰もいない、こんなところで膝を抱えて、ただ時間をやり過ごすだけ。いつか、心がいくらか落ち着けば、外に仕事に出る日が来るかもしれない。でもわたしはきっと、人目につかないような職種を選ぶだろう。そして、弥一の影に怯《おび》えながら、目立たぬよう倹しく暮らす。これからも、小さな飴玉をご褒美にして、楽しくもない毎日を消費する。暴力や搾取から逃れただけで、日陰で生きていくことは変わらない。

わたしなんかが生きていて、何がどうなるんだろう。この日々の先に希望が持てない。誰かと笑いあって過ごす幸福な自分が、これっぽっちも想像できない。

いや、そもそも希望や幸福がわたしの手の中にあったことがない。いつだって、誰かの握りしめているものを横目で眺め、羨《うらや》んでいた気がする。

テレビの中で、誰かが甲高《かんだか》い声で喋っている。今日はママと食べに来ました。めっちゃ大好きな俳優さんなので、これはもうどうしても食べてみたいってあたしが言ったら連れてきてくれてー。実は私も、娘の影響《えいきょう》で好きになった方なので娘にかこつけてるんですけどね。ええー、そうなの。ママったら恩着《おんき》せがましかったくせにー。娘の声は誰かに似ていて、ああそうだ中学一年生のころのクラス委員長だと思い出す。学校で初潮《しょちょう》がきて、泣きながら保健室に駆けこんだときにベッドで寝ていたあの子の名前も顔も忘れたけれど、声だけは覚えている。えー、芳野さんのママひどいよ！　生理の準備、してくれてなかったの？　あたしのママは五年生のころから、いつきてもおかしくないんだからってランドセルに生理用品のセットを入れてくれてたよ。いまなんて、あたしの生理周期までキロクしてくれてるのに。それはとても、非難めいた声だった。

わたしの家の事情を知る養護教諭が窘《たしな》めたけれど、彼女は『だって芳野さんかわいそうじゃん！』と腹を立てた。お腹の奥がぐっと握られているような痛みと、股《また》の気持ち悪さ。便座に滴《したた》り落ちた経血《けいけつ》の鮮やかさで意識がぐらぐら揺れていたわたしは、なるほど母がいたらこんな恐怖を味わわなくてよかったのかと思った。無防備に、変化に怯えることはきっとなかった。彼女のことを羨ましいと思い、そして、小さく絶望した。わたしはこれからも誰かを羨み、そして同時に憐れまれるだろう。

「母娘で同じ俳優を追っかけているって、いいですね。母娘関係もよくなりそう！」

コメンテーターの明るい声がして、耳を塞ぐ。嫌だ嫌だ。テレビを消してしまおうか。でも、無音の中にいるのも、寂しい。音が外に漏れるのも嫌なくせに。ああ、自分がどうしたいのか、全然分からない。

どれくらい、そうしていただろう。玄関のほうで、来客を告げるブザーの音がした。

ピンポン、などというやさしい音ではない。業務的な『ブー！』という大きい音で、毎度心臓に悪い。びくりとして、からだを固くする。配達のひとだろうか。

彩子さんからは、無理に対応しなくていいと言われている。配達なら夕方以降に再配達してもらえばいいんだから、と。だからこれまで一度も出たことがない。今回も身じろぎせずにいたけれど、ブザーは立て続けに二度鳴った。そしてそのあと、玄関扉を叩く音がした。がしゃがしゃとガラスが鳴る音がする。こんなにしつこいのは、初めてだ。

弥一？　まさか。でも、怖い。どうしよう。泣きだしそうになっていると、「ママー？」と声がした。それは、若い女性の声だった。芹沢さんの声ではなかったけど、確かにママと言った。母のことだろうか。

物音を立てないように、そっと玄関まで行く。すりガラスに姿が映らないよう最大限の注意を払って、窺う。女性らしきひとの影があった。

「いないのかなー、住所、あってるはずだけどなあ」

ひとりごちているような呟きが聞こえる。出たほうがいいのだろうか。しかし逡巡している間に、女性は諦めたようだ。声のわりに重たそうな足取りで、帰っていく気配がした。

この日、一番先に帰ってきたのは彩子さんだった。片手に買い物袋を提《さ》げている。

「ただいまあ。今夜はとろとろの中華丼《ちゅうかどん》よー。うずらの卵入りにする予定」

彩子さんの顔を見ると、ほっとする。暗く淀んでいた空気がさっと塗り替えられるような気さえする。

「おかえりなさい」

買い物袋を受け取ると、彩子さんは「なんだか湿気がすごいわあ」と眉を寄せる。

「この建物、通気性が良くないのよね。部屋の窓をいくつか網戸《あみど》にしてちょうだいな。換気しないと。千鶴ちゃん、湿気が酷いときはエアコンの除湿を入れなさいよ？」

言いながら、彩子さんは廊下の窓をいくつか開け始めた。それから食堂に行って掃き出し窓を開け、庭を覗く。わたしが買い物袋をダイニングテーブルに置き、中身を広げていると、「ねえ。洗濯物、勝手に取りこんじゃったの？」と冷えた声で言われた。

「あ、ごめんなさい。夕立が、きたものだから」

彩子さんは自分の仕事――特に家事をひとに任すのを嫌う。先日、気を利かせたつもりでキッチンの掃除をしたら、初めて不機嫌《ふきげん》な顔を見せた。『私がするからやめて』と強く言われ、とても驚いた。それ以来、彩子さんの仕事を勝手にしないようにしている。

「あら、そうなの。なるほど、それで湿気が酷いことになったわけか。そういうことなら、ありがとう」

彩子さんの顔が和らぎ、ほっとする。些細《ささい》なことでも、怒りを向けられると足が竦む。

「でも、庭には出られるのね。それは、いいことだわ」

「外と、繋がっていないから……」

庭は建家と壁に囲まれて、外に繋がっていないのだった。わたしが唯一、自由に歩ける場所。

「さ、夕飯作りましょうかね」

彩子さんが食料を持ってキッチンに向かう。彩子さんは、回遊魚みたいだ。いつもてきぱき動いていて、止まることがない。その背中を追うようにして、わたしは午前中の来客のことを告げた。

「ああ、それはす向かいの寮の子かな」

作業台に置いているエプロンを身につけながら、彩子さんがさらりと言った。

「さざめきハイツと同じようなかたちの建物があるんだけど、分かるかな？　ここから十分ほどのところにある自動車部品工場の女性従業員専用の寮になってるのよ。大半がフィリピン人の子たちなんだけど、夜は駅前のパブで働いてるの。聖子さんは彼女たちを応援したいって、よく料理やお菓子なんかを差し入れしてたから、彼女たちも懐いちゃって」

日本のママと呼ばれ、慕《した》われているらしい。なるほど、そういうことだったか。しかし何か違う気がして首を傾げていると、彩子さんの携帯電話が鳴った。彩子さんは作業の手を止めたくないのか、「あら、施設のスタッフだ」と言ってスピーカーで話しだす。

「はいもしもし九十九です、どうしたの？」

「お疲れ様でーす。井浦《いうら》ですけども」

若い女性の声が聞こえた。どうやら、入所者だったひとの家族が、彩子さん宛てにケーキを持ってきたらしい。しかし彩子さんは帰宅しており、タイミング悪く明日は休日。だから気を利かせたスタッフの井浦さんがさざめきハイツまで届けようとしたものの、道に迷ってしまった。そんな内容がクリアに聞こえた。

「みんなで食べちゃってよかったのに。でもわざわざありがとう。目印になりそうなものある？　そこまで行くわ。国道沿いのコンビニね。うん、了解」

彩子さんは電話を切って、わたしを拝むように手を合わせた。

「というわけで、ちょっとコンビニまでケーキを貰いに行ってくるわね。ケーキは夕飯後のデザートにしましょうね」

つけたばかりのエプロンを外して、彩子さんはばたばたと食堂を出ていった。それからすぐに戻ってきて、「忘れてた！　あと少しで聖子さんが帰ってくるの。お出迎え、お願いします」と言った。

「あ……うん」

「よろしく！　あ、鍵はかけておく！」

玄関扉が開閉する軋み音がして、施錠の気配が続いた。壁かけ時計を見上げる。母が帰宅する時間まで、あと十分というところだろうか。

母の送迎に関わったことは、これまで一度もない。たいていは彩子さん、ときどきは芹沢さんが請け負っている。規約なのか何なのか知らないが、職員と家族がきちんと顔を合わせてその都度申し送りのようなことをしないといけないらしい。軽い挨拶だけのようだけれど

──というのは毎回会話だけ聞こえていたので、知っている。

「やだな」

どんな顔をして出ればいいのだろう。きっと関係を訊かれるし、そしたらどう返答すればいい？　娘？　ばかな。言えるわけがない。母はきっとまた、あの苦い顔をするに決まってる。

そわそわしていると、ブザーが鳴り響いた。次いで玄関扉がほとほとと叩かれる。

「〝いやしの杜《もり》〟でーす！　聖子さんをお送りしましたぁ」

ともちんの声だ。どきりとして、逃げ出したくなる。しかし出ないわけにもいかず、どうにか「はあい」と声を張った。

思えばこの三週間、いやそれ以上さかのぼっても、ごくごく限られたひととしか会話をしていない。大丈夫だろうか、顔の痣はもう目立たないはずだけれど、気付かれやしないか。緊張《きんちょう》しながら、玄関へ向かう。もたもたと鍵を開けると、外から力強く扉が開かれた。

「どうもー、お疲れ様でーす！」

満面の笑みが飛びこんできた。

まさか、これが〝ともちん〟？　想像と、大きく違っている。

目の前にいるのは、相撲《すもう》部屋の新弟子のような、どっしりした体軀《たいく》の男の子だった。髷《まげ》ではなく、坊主頭《ぼうずあたま》。血色のよい、ひとの良さそうな顔つきは幼さのほうが目立つ。作業着らしい薄ピンクの服はぱつぱつで、半袖からは丸太のような腕が伸びている。その腕に、母がおまけのように巻き付いていた。

母は、裾《すそ》にコスモスの刺繍《ししゅう》の入った、パステルイエローのワンピースを着ていた。ピンク色のスニーカーを履き、服装だけ見れば高校生の女の子のようだ。

笑顔で男の子を見上げていた母が、出迎えたのがわたしだと気付いて目を見開いた。

「あれ、今日は、ええと？」

男の子がわたしを見て目を瞬かせる。どう、自己紹介しよう。新しい同居人、居候《いそうろう》、そのあたりが一番無難だろうか。

「あ、ええと、わたしは、その、あの……」

「この子は、私の実の娘よ」

母がつんと顔を背けて言った。

「千鶴っていうの。事情があって長く離れてたんだけど、また、一緒に暮らしだしたの」

男の子の豊かな頰がぷるんと揺れた。

「ええー、そうなの？　それって、すっごくいいことじゃんかー、よかった、よかったねえ」

七福神の布袋《ほてい》さまにも似た彼に、「そうね」と母が返す。

「毎日、まあまあ楽しいわよ」

「だろうねえ。あ、千鶴さん、初めまして。ぼくは百道智道《ももちともみち》といいます。みんな、もちもちともちんって呼んでくれます。お母さんにはとても、可愛がってもらっています！」

ともちんが九十度の角度で頭を下げてくる。わたしも頭を下げながら、はあどうもよろしく、というようなことをもぐもぐと言った。ふたりでぺこぺこと頭を下げあいながら、とても、驚いていた。

「もういいでしょ、あんたたち。いつまでやってんのよ」

母が呆れたように鼻を鳴らし、わたしに「ん」と手を差し出した。首を傾げると、ともちんが「ああ、ハンズトゥーハンズ。絶対に手から手へお渡しする決まりです」と母と繋がっている腕を示して見せる。どうやら、ともちんから引き継ぐ意味合いで、手を繋がねばならないらしい。おずおずと手を差し出すと、母がむんずと摑んできた。しっとりした手に包まれて、息を吞む。

「じゃあね、ともちん」

「はい、また明日ね」

ともちんは笑って、重たい扉を難なく扱って帰っていった。

扉が閉じると同時に、母がわたしの手をぱっと離した。

「なぁに、誰もいないの？」

わたしに背を向けて、さっさと靴を脱ぐ。彩子さんは少し出ていて、芹沢さんはまだ。そう言うと、ふうん、と鼻を鳴らした。背負っている、デイサービス用のリュックを仕舞いに行くのだろうか、すたすたと自室へ歩きだす。

「娘って、言うんだね」

背中に、言葉を投げた。

二度の再会以降、わたしから母に話しかけたのは、これが初めてだった。母の歩みが止まる。

「……ほんとうのことでしょ。それとも、嘘つけって言うの？」

「そうじゃ、ないけど」

でしょ。母は言って、そのまま自室に入っていった。残されたわたしは、その場にしばらく立ち尽くしていた。

それから彩子さんがケーキの箱を抱えて、次いで芹沢さんが帰ってきた。

夕食の食卓は、四人で囲む。同じ屋根の下にいる以上、共に食事を取る機会を設けなければならない、というのが母のポリシーであるらしい。芹沢さんがお店の練習会などで遅くならない限りは、いつもみんな一緒に食事を取る。

母と一緒に過ごすのはだいたいこの時間になる。最初のころは気が張って何をどう食べたのか、美味しいも不味いも分からなかったけれど、最近ようやく慣れた。母を観察する余裕も出てきたと思う。魚より肉が好きで、よく漬かった漬物が苦手。果物のキウイに少しのアレルギーがあって、口の中がかゆくなるというくせに「美味しいから」と食べてしまうのにはデジャヴを覚えた。遠い昔、母はわたしの前で誰かと同じ会話をしていた。

いちいちに驚きや懐かしさを覚えるわたしに対して母は自由気ままで、ひとりで調子よくぺらぺらと喋っていることもあれば、むっつりと黙りこくっているときもある。今日は、バラエティ番組を観て声を上げて笑っていた。同じくテレビを観ていた芹沢さんは、さほど笑えないらしい。呆れたような顔をして「ママ、えらく機嫌がいいじゃん」と言う。

「別にぃ。普通よぉ」

「うそだぁ。このネタ全然面白くないって」

やり取りを眺めていたわたしは、機嫌がいいわけではない、と思う。母はほんとうに機嫌がよいときは、わたしに話しかけてくるのだ。もっと食べろとか、たまにはお酒を飲んでもいいのよ、とか一言程度の些細な声かけだけど、タイミングを計っている気配まで分かる。それは、歩み寄ろうとしているのか、同じ空間にいる以上無視できないからなのかは、判断できない。ただ、わたしがそれに答えるとほっとした顔をする。

今日のこの感じは何だろうか。少し考えて、気まずいのか、と思い至った。これまで娘の存在に関心を示さずにいた自分が初めて、自ら肯定《こうてい》するようなことを口にした。それを気にしているのだ。なるほどそういう目で見れば、そんな気がしてくる。

母にとってわたしは何なのだろうな、とあらためて考える。何事もなかったように親しく母親面されるのは許せないし、させるつもりもない。そもそも、母親という責務を放棄したこの二十二年に対する謝罪はいまだにないのだ。すまなかった、と一言詫《わ》びるくらいのことをしてもいいのではないか。それをしないのは、きっと捨てた子ども——わたしに対する気持ちがないからだろう。だったらさっさと追い出せばいいのに、そうしない。あまつさえ、自ら『娘』だと言った。

「なに、千鶴。じろじろ見て」

わたしの視線に気付いた母が、座りが悪そうにする。

「分かった。ワンピースの柄が、気に食わないんでしょ」

意識していなかったことを言われて、母のからだに視線を向ける。夕食前に入浴をすませた母は、鮮やかなグリーンのワンピースを着ていた。子どもが描《えが》いたような謎の生きものが散らばっている柄で、こういうものは一体どこで売っているんだろう。そういえばいつも、派手派手しいものばかり着ている。

「似合ってるから、別にいいんじゃない」

わたしの知っているころと比べたら真逆のセンスだが、意外としっくりしている。単に、見慣れただけかもしれないが。すると、母がぽかんとした。その驚いた顔は何、と思って、それから自分が褒めたのだと気付いた。喜ばせたいわけじゃなかったのに。思わず唇を嚙みそうになるが、母は「ありがとう」とはにかんだ。

「こういうのが、好きなの」

服の裾をちょっと摘《つま》んで、嬉しそうに言う。

『毎日、まあまあ楽しいわよ』

ふと、母がともちんに言ったセリフが蘇る。あれは、嘘じゃなく本心からの言葉なのだろうか。だとしたら母は、娘との――わたしとの出会いと暮らしを受け入れようとしているのかもしれない。

何て、狡いひと。家族の、母娘の繫がりに甘えてる。一緒にいるだけで、過去のことがなかったことになると思ってる。

中華丼を食べるふりをして、下を向く。とろりとした餡《あん》を纏ったうずらの卵を見ながら、鼻で笑った。


翌日、彩子さんは休日だった。

しかし休みだからと、寝過ごすことはしない。いつもの時間に起きだした彼女は普段通り、出勤の芹沢さんと、デイサービスに行く母を送りだした。

「さあて、今日は天気もいいし大物を洗おうかな。千鶴ちゃん、リネン類出しなさい。寝るとき、気持ちいいわよぉ」

「彩子さんって、すごいですね」

大きく伸びをして言う彼女に感心する。

「どうしてそんなに何でもてきぱきやれるんですか。完璧主婦ってやつだと、思います」

家事に自分以外のひとの手を入れず、しかもそこにひとつの手抜きもない。完璧以外の言葉がない。彩子さんはきょとんとして、それから「嬉しい」とやさしく笑った。

「実は、頑張《がんば》ってるのよ、私。みんなに、そう思ってもらえるように」

「変なこと、言うんですね」

思わず笑うと、彩子さんの顔に陰りが差した。

「頑張らなかったせいで、何もかも失っちゃったからさ」

それはとても、小さな声だった。

どういうことですか、と訊こうとして、やめる。彩子さんがバツイチだということを思い出したのだ。もしかしたら、彼女は家事の手を抜いたとか、そういうことが離婚原因になったのかもしれない。

思えば弥一もそうだった。わたしの家事が不十分なせいで不自由な生活を強いられたと怒った。生活が汚いから、仕事がうまくいかなかったんだ。立て続けに失敗したのはお前のせいだ。離婚してやるから、お前のせいでできた借金全部清算していけ！　そう怒鳴り散らしたのだった。自分は、食後の食器ひとつ片付けてくれなかったくせに。

嫌なことを思い出してしまい、慌てて意識を切り替える。「シーツ持ってきます。枕《まくら》カバーもいいですか」と自室に駆け戻った。彼女の家事に対する執着心を思えば、根っこの深い問題なのだろうなと思った。ただ、彩子さんのことがまた少し身近に感じられた。

それからふたりで家中のリネンを洗い、干した。庭に洗濯物がはためくのを眺めると、心地よさを覚える。

昼食にはかき玉うどんを食べ、食後には昨晩残ったフルーツタルトとアイスコーヒー。わたしがピンクグレープフルーツが苦手だと言うと、彩子さんがわたしのタルトからひょいと取って食べ、代わりにハート形にカットされたイチゴをくれた。

これまで誰かと食べ物をシェアするような経験がなくて、こそばゆさのようなものを覚えていると、彩子さんが「何だか、母娘っぽいわね」と笑った。

「あ、あ、確かに。そういう感じがします」

「だよね。私、こういうの、憧れてたんだよねえ」

彩子さんがぽつんと呟いた。分かる、わたしもです。思わず、そう答えそうになった。

彩子さんはわたしの理想の母だ。ここに来たときからずっと、こういう母であってほしい、というイメージを崩すことがない。母がもし彩子さんのようで、そしてこんな風に一緒に穏やかなひとときを過ごせたなら、わたしはもっと安らかな気持ちで、ここで日々を過ごせただろう。いや、彩子さんみたいなひとなら子どもを捨てたりなどしないか。

「私ね、実は娘がいるの。捨てられちゃったけど」

　ぽつりと落とされた言葉に、驚く。フォークに乗せたハートが転がり落ちた。

「聞いてくれる？　私ね、娘を妊娠《にんしん》したとき、酷い妊娠中毒症になっちゃったのよ。初期のころからずっと入院してたの。妊娠ってすっごくハッピーなイメージだけど、私のは悪夢だった。もう、ずーっと寝たきりで、点滴漬け。酷いときはトイレも行けなくって、おむつよ。こんなことでほんとうに赤ちゃんが産めるのかなって不安は常にあるし、ときどきは死にたいって思うくらいからだが辛《つら》かった。でも、なんとか産めた。からだは少し小さかったけど、とっても大きな声で泣く、健康な赤ちゃんだった。あのときは、嬉しかったなあ」

　グラスに刺さったストローを、彩子さんがゆっくりとかき混ぜる。氷がカラカラと鳴った。

「待望の初孫だ！　って夫の実家は大喜びだった。長い間ベッドで寝たきりだった私のからだはぼろぼろで体力もなくなってたんだけど、育児のフォローがしたいから同居しようって言ってくれてね、とても有難《ありがた》かった。実際、退院した私は何にもしなくてよかったの。ゆっくりからだを休めなさいって、甘やかしてくれたのよ。私は全然母乳《ぼにゅう》が出なかったんだけど、義母はすぐにミルクを買ってきた。母乳信仰の強いひとって年配のひとに多いんだけど、義母は『そんなの古臭い考えだわ』って言ってくれた。子どもが無事に育てば何だっていいの。母親ひとりが育児を背負うのも、おかしなことなのよ、そんな風でね。いいひとだと、あのときは心から感謝した」

　彩子さんはゆっくりと続ける。からだの調子を取り戻すのが先、そう言われて、自分でもそうだなと思って回復することに注力した。だけど、甘えすぎていたのだろう。気が付いたときには、娘はすっかり義母の子どもになっていた。

「私がお世話すると、ギャンギャン泣くのよ。何をするにも義母じゃなきゃダメ。いずれお母さんっ子になるわよ、と周りは言ってくれたけど、そんな日は来なかった。ママ、よりも、ばあばって呼ぶ声のほうが甘いの。だんだん疎外感《そがいかん》を覚えてきて、家に居づらくなって、外に働きに出た。娘に可愛いお洋服を買ってあげよう、おもちゃを買ってあげよう。そうしたら私に懐いてくれるかもしれない、そんな気持ちもあった。でも、ねえ。全然だめだった。おもちゃを買うと、注意されるのよ。もので子どもを釣るなんてだめよ、って。夫は嫉妬《しっと》なんてみっともないって笑うし、私の実家の両親は、人間のできた姑さんと張り合うなんてばかじゃないかって私を叱った」

カラカラ。氷がだんだんと小さくなっていく。

「もう、仕事しかなかった。最初はただのパートだったけど、介護福祉士の資格を取って、ケアマネージャーの資格も取った。家のことをしなくてよかったから、独身と同じくらい働いたの。勤務先では、そりゃあ重宝されたものよ。だからどんどん仕事にのめりこんでね。家に帰らずに施設に泊まりこんで仕事することもあった。そんなある日、家に帰ったら、誰もいなかった」

慌てて連絡をしたら、家族四人で温泉旅行に向かう途中だと義母に言われた。

「美保《みほ》の――娘は美保っていうんだけど、美保の誕生日だからお祝い旅行に出かけてるのよ。あなたは仕事でどうせ帰ってこないと思ったの。義母にそう言われて、愕然とした。ちゃんと覚えてたわよ。プレゼントだって用意してた。でも、前日までは確かに帰宅できなかった。

容体が急変した入所者さんがいて、病院に搬送したり、ご家族に連絡を取ったり、忙しかったのよ。必死にそう言ったけど、電話は切られて、繋がらなくなった」

ふふふ、と彩子さんが笑う。

「翌日の夕方、帰ってきた娘にプレゼントを渡したら、いらないって言われた。『ママ、どうせ慌てて買ってきたんでしょう？　そんな気持ちのこもってないもの、ちっとも嬉しくないの』って、義母のセリフをそのままトレースした感じだった。声のトーンも、ため息の混ぜ方も。こんなに深く影響されているのか、ってぞっとしたわ」

「同居を解消するとか、そういうことはしなかったんですか？」

「しようとしたのよ。夫に、親子三人で暮らしたい、いちからやり直したいってお願いしたの。でも、遅かった」

彩子さんの夫は、自分の両親と娘の四人で家庭がきちんと回っているのだから、不満なら君が出ていけと言ったという。娘との間に溝《みぞ》ができかけていると思っていたら、夫との間にもあって、その溝は簡単に埋められないほど深くなっていたのだ。

「君が全部おふくろ任せにしていたのが悪いんだろう？　そう言われたの。そしてそれを誰も……私の親ですら、否定しなかった。みんなが、私が頑張らなかったからだって言った。娘も、そう。美保は私が出ていくとき、これからは頑張ってねって笑ったのよ。『ママ、自分できちんとしなきゃダメよ』って義母の手をしっかりと握って」

彩子さんの目の縁が、ほんのり赤い。

「どこからやり直せばよかったのか、分かんない。でもずっと許せないでいるのよ、ひとに甘えて手を抜いた自分を。そのせいで失ったものが、大きすぎた」

だから、きちんとしていないと嫌なの。ひとに任せると、不安になるのよ。彩子さんはそう言って、氷が解けて薄くなったアイスコーヒーを飲んだ。

「彩子さんが悪いとは、わたしは思いません」

無性に腹が立った。同じく捨てられた者として、共感してしまうのかもしれない。でも、あまりに酷い話だ。許せない。

「家族を家族が切り捨てるって、なんなんでしょう！　家族の繋がりって、必要なのに、何にも分かってない！」

弥一の両親は子どもに無関心なひとたちだった。天涯孤独《てんがいこどく》状態のわたしとの結婚を否定しなかったが、借金の返済に苦しんでいるときも助けてくれなかった。成人後の子どもの人生に対して、親に責任などない、ときっぱり言っていた。彼らのことは、いまでも恨んでいる。あのひとたちがもう少し息子《むすこ》に情と関心を持ってくれていたら、わたしはあんなにも殴られずにすんだかもしれないのに。

「ありがとう。怒ってくれるなんて、嬉しいな」

彩子さんが微笑む。

「でも、親子でも、言うことが違うのね。聖子さんには、引きずっても仕方ないって叱られるの」

家族だからって、固執《こしつ》しちゃだめよ。一緒に家族を運営できないと思った時点で別れて正解。あんたは間違ってないんだから、引きずるのやめなさいよ。母は彩子さんにそういう風に言ったのだという。

　さすが、娘を置いて出ていったひとのセリフだな、と呆れる気持ちになる。『家族』を『運営』だなんて突き放した言い方、よくできるものだ。

「まあ、姑さんの悪口だけは十分言ってくれるんだけどね。嫁《よめ》の具合が悪い隙に子どもを奪ったあげくに離婚原因にまでなるなんざ、ろくでもない因業《いんごう》ババアだって」

　思い出したように、彩子さんがくすくすと笑う。因業ババア、という言葉の強さに、わたしも思わず笑った。

「それは的確な言葉だと思いますけど、でも下品すぎる」

「聖子さんはときどき、すごーく口が悪くなるのよねえ。ねえ、昔からそうだったの？」

　彩子さんの顔が少し明るくなっている。だからわたしはその話題に応えた。

「まさか。『ちょームカつく』って言うだけで怒られたの、覚えています」

　幼稚園で覚えてきた言葉を家で披露《ひろう》して怒られたことは、何度もあった。父と祖母が顔を顰めて、それを見た母が『お口が汚いよ』と注意するのだ。

「ええ、信じられない。ほんとうに？」

「わたしのほうが、信じられないですよ。あぐらをかいたり、手で口元を隠さずに欠伸《あくび》をしたり、そういうことでもしょっちゅう怒られました。いまじゃあのひと、どれも自分でやってますよね。ああでも、あれは祖母の手前があったのかなあ」

　話しながら気付く。祖母は躾《しつけ》に厳しいひとだった。両親がいなくなってふたりきりになってからは特に酷くなって、箸《はし》の上げ下ろしひとつで怒鳴られたものだ。お陰でマナーなどはしっかり身についたけれど。

「おばあさんって、聖子さんのお姑さんにあたるひとね？」

「真面目を通り越した偏屈なひとで、いろんな決まりを山ほど作ってました。Tシャツを着るときは下に必ず同色のキャミソールを着ることとか、つま先の見える靴と三センチ以上のヒールは禁止とか。そうそう、就職が決まったときにデパートに行って、店員さんに相談して化粧品を揃《そろ》えたんです。わたしにとっては、清水《きよみず》の舞台から飛び降りるほどの勇気がいったんですけど」

化粧の仕方も、化粧品の選び方も、まったく分からなかった。相談する相手もいなくて、だから必要に迫られてのことでもあった。貯金をかき集めて、心臓をどきどきさせて行った。

「すごく素敵《すてき》なピンク色の口紅《くちべに》を薦《すす》められて、自分でも似合ってると思ったんです。でも、ファンデーション以外のものは一度もつけることなく、祖母に捨てられました。どれも派手だって。しかも、口紅はこれじゃないとダメだって渡されたのは、祖母とお揃いのくすんだサンドベージュでした。笑えるくらい、似合わなくて」

唇だけ黄色く浮いているように見えて、塗らないほうがましだった。でも祖母は、女が塗っていい色はこういう控えめなものだけだと言って、譲らなかった。

「聖子さんがそういうお姑さんと暮らしてたってことよね？　信じられない」

「それが、母と祖母はわりとうまくいってたんですよね。似た者同士っていうか、感覚が似ていたっていうか。母が出ていくまで、いい関係だったと思います」

祖母だけでなく、父とも不仲ではなかったはずだ。父や祖母の性格上、冗談を言って笑いあうなんてことはなかったけれど、声を荒らげることもなかった。祖母が母を「控えめでいい嫁」だと周囲に自慢するのを聞いたこともある。嫁姑問題なんて無縁そうでいいわね、なんて羨ましがられていた。

「母が家を出たあと、近所のひとたちもずいぶん驚いてました。誰が見ても仲良し家族だったのにどうしてなの、って」

「へえ、不思議ねえ。私の知ってる聖子さんなら、そういうひとと真っ向から喧嘩《けんか》しそうなのに。いつから、変わったんだろう」

彩子さんの呟きに、はっとした。そうだ、あまりの変化に驚いてばかりだったけれど、母がいまの母になったのは、いつからなのだ？

少し考えて、「ああ」と声が出る。きっと、あの夏だ。藍色一辺倒だった母が、日を重ねるごとに色合いを増して明るくなっていった。あの日々が、母の変化の瞬間だった。

母は、変化したから出ていった？　いや、家を出たそのときはまだ藍色だったはずだ。ではどうして、どこで変化するきっかけがあったのだろう。あの夏に、きっと何かあったはずだ。でも、分からない。

「千鶴ちゃん？　あの、どうかしたの」

彩子さんがわたしの顔を覗きこんだそのとき、ブザーが鳴った。いつも通りの大きな音に、びくりとする。彩子さんが「私が出るから大丈夫よ」と立ち上がった。

「宅配便かしらねえ。はいはぁい、すぐに出ます」

ドアの近くの戸棚から印鑑《いんかん》を取り、彩子さんが出ていく。わたしはグラスの底に残った氷を口に流しこみ、ごりごりと嚙んだ。

玄関で、小さな悲鳴が聞こえた。

「彩子さん……？」

いまのは、彩子さんの声だった。立ち上がり、食堂から踏み出しかけた足が止まる。

だめだ、怖い。でも。

「ママ」

若い声がして、はっとする。聞き覚えがある。そうだ、昨日も来た子だ。

弥一ではない、そう分かった途端に足が動いた。慌てて玄関に向かうと、彩子さんがひとりの女性と向かいあっていた。真っ青な顔をした彩子さんがわたしに気付き「千鶴ちゃ……」と縋るような目を向けてくる。初めて見る表情に驚いて、「どうしたんですか！」と大きな声が出た。

「何、ママのともだち？」

思いのほか、子どもらしい声で女性が訊いた。見れば、まだあどけない顔をした少女だった。定規で線をひいたようにぱつんと切り揃えられた黒髪が艶々しており、同じくらいの黒さの瞳は、大きくくりくりとしている。そして、彩子さんによく似ていた。

「まさか、みほ、ちゃん？」

「なんだ、ウチのこと知ってんの？」

「あ、いまちょうど……ほんとうにちょうど、聞いていて」

「へえ。どうせ、いい話題じゃないっしょ」

彼女が唇を歪ませて笑う。口ぶりも、嫌みだった。しかしわたしの意識は、別のところに向かって動けなかった。タイトなサロペットを着た細身の彼女のお腹が、膨れているように見えたのだ。

「美保……そのおなか……」

彩子さんが震える指先で示すと、美保ちゃんは「ああ」と自身のお腹をぐるりと撫でた。

「あ、わかる？　ウチ、妊娠してんの。それで、ママに援助してもらいに来たんだ」

彩子さんが強張った顔でわたしの手を掴む。母親の表情に対して、美保ちゃんはにっこりと笑ったのだった。

とりあえず食堂に招き入れて、わたしがオレンジジュースを出すと、彼女は遠慮のない様子でずるずると飲みながら話を始めた。

美保ちゃんは十七歳。ナンパで知り合った六つ年上の会社員と付き合っていて、妊娠してしまった。堕胎《だたい》しろと無理やり産院に連れていこうとする祖父母の元から逃げ出し、高校を自主退学。男と同棲《どうせい》を始めたものの、お金がない。仕方なく、母親である彩子さんを頼ってきたのだという。

「パパがさー、ずっと前に、一応ママも親なんだから居場所を教えとくって言って、それでケータイにメモってたんだよね。役にたったたわー」

動悸《どうき》が収まらないといって、彩子さんは椅子に深く腰かけて天井を仰いでいた。わたしがコップに入れたお水を渡すと、一息に飲む。顔色は、まだ戻りそうにない。

「あ、彼氏は響生《ひびき》くんっていうんだ。もーすぐ籍入れる予定。お仕事頑張ってくれてるんだけどね、ひとりじゃ大変じゃん？　これからベビたんも生まれるし、お金どんだけかかるか分かんないし。ウチも響生くんを支えたいんだけど、かといってこのからだじゃバイトもなかなかできなくってさ。だから知りあいのとこ回って、お金集めてんの」

　そう言って、彼女はショルダーバッグをぽんぽんと叩く。中には、友人たちから貰ったお祝い金が入っているらしい。深く呼吸をした彩子さんが、「ねえ、持田《もちだ》の家とはきちんと連絡を取ってるの？」と訊いた。

「じいじが響生くんを誘拐《ゆうかい》犯として訴えるー！　とか騒《さわ》いでたから、それはちゃんと連絡したよ。ウチの意思で出ていって、二度と帰る気はないってことも言った。そしたら、そんなばかな孫はこっちから勘当《かんどう》してやる、ってさ。勘当って何時代だよ、ウケる」

　けらけらと美保ちゃんは笑い、それから「パパは、もう好きにしろって。パパは、再婚してからウチのことどうでもいい感じだしね」と続けた。彩子さんが「え」と声を上げる。

「再婚って、どういうこと。知らないわよ、私」

「知らなくて当然じゃん？　何年も前に別れた元嫁にいちいち報告する義務はないっしょ。パパは二年前に再婚して、いま一歳の『夢人《ゆめと》』って男の子がいるよ。ウチをばあばたちに預けっぱなしで、自分は暢気に新婚サマやってる感じ。ばあばたちも、夢人のこと跡取《あとと》りだっつってめっちゃ可愛がってる」

　彩子さんはそれらを一切聞かされていなかったらしい。茫然自失《ぼうぜんじしつ》、といった様子の彩子さんに、美保ちゃんは「そんなことよりさ」と空になったグラスを置いて手を出した。

「お金ちょうだい。一応親なんだから、それくらいのことしてよね」

「待ちなさい、美保。そんな、あなたまだ十七歳で、どうやって子どもを産んで育てていくっていうの」

彩子さんが慌てると、美保ちゃんがすっと目を細めた。眼差しが冷たい。

「何、別れた娘にはお金出す気ない、っていうの？」

「あるとかないとかじゃないの。出産ってすごくすごく大変なのよ。そんな簡単に、お金でどうこうなるものじゃない」

「ママは、そうかもね。何もかも人任せで、ただ産むだけだった」

美保ちゃんの棘《とげ》のある言葉に、彩子さんが息を呑んだ。

「偉《えら》い偉い妊婦様で、寝てばっかりだったって聞いてるもん。ウチが生まれたあともさ、自分のことばっかりだったもんね。ウチのことなんてどうでもよかったんでしょ？　とにかく、余計な説教はいらないからお金ちょうだいってば」

ずい、と美保ちゃんが手を差し出してくる。

「ウチも生きてかなきゃなんないの。お金、ちょーだい」

彩子さんと美保ちゃんが、見あった。先に視線を逸らしたのは彩子さんで、立ち上がると「待ってて」と言って食堂を出ていった。美保ちゃんが大きなため息をつく。

「はー、しんどい」

独《ひと》り言《ごと》のように呟き、それからわたしをちらりと見る。

「何？　軽蔑《けいべつ》してる？　それとも説教したい感じ？　でもそういうの、いらないんで」

目を逸らした。軽蔑しているといえば、もちろんそうだ。よくもまあ、酷い扱いをした母親に金の無心などできるものだ。

しかし、この子は母親を捨てたのに、また再会できたのだなと思った。

わたしが十七歳のころ。父を亡くして一年くらいで、我が家の財政は逼迫《ひっぱく》していた。金目のものはほとんど売り払っていたから、広い屋敷はがらんとしていた。ぴかぴか豪華《ごうか》なのは先祖代々を祀《まつ》っている仏壇《ぶつだん》だけで、祖母は暇さえあればいつもそこで念仏を唱えていた。そしてあれは夏休みだった。うだるような暑さで、外を見ればアスファルトの上の景色が歪んで見えた。祖母は町内婦人会の寄り合いに出ていなくて、わたしはその隙を狙って仏壇のどこかに仕舞われている手文庫を探した。漆《うるし》塗りの手文庫は祖母の金庫ともいえるもので、家の権利証や通帳、実印などが収められていた。その中にきっと、母の行方を記すものがあるはずだと、思ったのだ。

母に、会いたかった。

祖母とふたりの生活に、ほとほと嫌気が差していた。祖母は愚痴《ぐち》ばかり、それももう亡くなった遠い親戚や母のこと、希望の見えない毎日のことで、そしてわたしの話には耳を貸してくれなかった。大事なひとり息子を喪い、孫娘を抱えて明日を乗り越えなければいけない祖母の気苦労も分かるけれど、わたしだって、わたしなりの苦労があった。クラスメイトの当たり前が、わたしにとっては憧れだった。例えば放課後みんなでカフェに行くこと、お揃いのバッグを持つこと。流行《はや》りの映画を見て、話題のお菓子を食べて、そんなことはわたしにとって叶わない贅沢だった。

そして、わたしの悩みに耳を傾けて、わたしを認めてくれる存在が、欲しかった。明日への不安ではなく、明日への希望を語ってくれるひとが、欲しかった。

　こめかみから、汗が流れる。息を殺しながら、手文庫の中を探った。赤ん坊の父を抱く若き日の祖母の写真や、古い手紙。父の学生時代の通信簿。手の平サイズの桐箱に収められた、しなびたへその緒《お》。祖母の生きてきた分の思い出があった。けれどその中に、わたしの求めているものはなかった。

『何、してるんだい』

　呆然としていると祖母の声がして、振り返るとへたりこんだわたしを冷めた目で見下ろしていた。

『ひとの物を漁るなんて、あの女の血かね』

『お母さん、どこにいるの』

　訊くしか、手はなかった。

『知らないよ。知っていても、会わせるもんか。あの女には、絶対会わせないよ』

　祖母はわたしの傍までやって来て、頰を打った。枯《か》れた手はばちんと小気味よい音を立てて、でも少しも痛くなかった。

『あの女を母親と慕うのは、いい加減やめなさい。向こうはどうせ、あんたのことなんて忘れてる』

　その言葉のほうが、痛かった。

　あのとき、母の居所が分かれば、何か変わっただろうか。

「はー、無視かよ」

美保ちゃんが大げさにため息をついて、はっとした。しかし、彼女に言えることなど何もない。あなたは困ってるときにきちんと会えてよかったね、なんて言ったたって仕方ないことだ。

沈黙《ちんもく》が落ちた空間に彩子さんが戻ってきた。手には茶封筒がある。

「はい、これ」

美保ちゃんが封筒を奪い取る。中を確認するように封を開ける美保ちゃんに、彩子さんは「急に来られても、持ち合わせがそんなにないの」と言った。

「だから、次に来るときには連絡をしてちょうだい」

封筒から彩子さんへ目を向けた美保ちゃんが「連絡?」と呟く。

「へえ。まだくれる気あるんだ」

彩子さん、と思わず止めそうになる。そんなことしちゃ、ダメだ。捨てた人間にやさしくなんてしなくていい。でも、言えなかった。彩子さんの顔は、あまりにも切実だった。その顔を見て、このひとはどんな再会であれ、「母娘」という関係を取り戻したいのだなと思った。

わたしの母とは、違う。少しだけ、彩子さんが遠くなった。

「もちろんよ。その代わり、来る前に連絡をくれることと、あなたが直接ここまで受け取りにくること。それが条件」

封筒の中に、携帯の電話番号とメールアドレスを書いた紙を一緒に入れてあるから、と彩子さんが言うと、美保ちゃんは少し考えるそぶりを見せたあとに「ふーん、分かった」と頷いた。

「これからどんだけお金かかるか分かんないしねー。じゃあ、今日はこれだけってことで」

美保ちゃんはバッグの中に丁寧に袋を仕舞って、それから「帰る」と立ち上がった。

「そろそろアパートに戻んないと、響生くんが心配するから」

「待って。あの、その相手の男のひとは、ええと、いいひとなの？」

彩子さんが遠慮がちに訊くと、美保ちゃんは「ウチのこと世界で一番大切だって言ってくれる」と返した。

「それだけでじゅうぶんでしょ」

言い捨てて、彼女は玄関へ向かった。近くまで送っていく、と追いかける彩子さんを「ウザい」と拒否して、美保ちゃんは帰っていった。扉が閉じたあと、彩子さんはその場にへたりこんだ。顔を覆い、「どうなってんの」と呻《うめ》く。

「え、ええと、彩子さん、食堂にとりあえず戻りましょう。わたし、熱いお茶でも淹れます」

「いまは、いいわ。それよりも、あの子の父親に連絡してみる。詳しい事情を聞かないと……」

よろりと彩子さんは立ち上がった。それからわたしに、「電話をしているとき、一緒に聞いていてくれない？」と泣きそうな顔で言った。

「あのひとたちと話していると、私はいつも自分が正しいのか間違っているのか、分からなくなるのよ。だから、お願い」

わたしは黙って、彩子さんの手を握った。

彩子さんはわたしに縋るようにして美保ちゃんの父親——元夫の剛臣《たかおみ》さんに連絡を取った。スピーカーから聞こえてくる剛臣さんは、腹だたしくなるような酷い男だった。正しいとか、正しくないとか、議論する余地もない。

『道を外してしまったのは本人の資質の問題だよ。こちらはきちんと育てていた』

剛臣さんはそう言い放ち、そして『そもそも君が育児放棄したことが問題だったんじゃないんですか』と彩子さんを詰った。

『母親のいない歪みが、美保をあんな風にしたんだと思うね』

「何それ。私からあの子を取り上げたのはお義母《かあ》さんだし、お義母さんたちと別居して家族としてやり直そうとお願いしたのを却下したのはあなたじゃない。私は望んでいたのに、育児に参加させてもらえなかったのよ」

大げさなため息が聞こえた。

『離婚前にも言ったけれどね、君は母性が足りないんだ。我が子を思う母親だったら、なりふり構わず育児の主導権を握ったんじゃないか？ そうじゃなかったから、おふくろに預けっぱなしだったんだろう。それにね、中毒症だったか何だったかもう覚えてないけど、あれは単なる甘えでしたね。いまの嫁を見ていて、よく分かった。何があっても、体調が少しくらい良くなくても、我が子は自分の手で育てるんだって、彼女はいつも頑張ってる。おふくろを頼ったりなんかしない。気概ってのがあるんだよ。ほんとうの母親の姿とはこういうものなんだって、ぼくは感心したものですよ』

「私は死にかけてたのよ？　覚えてないの？　あのとき産院の先生や看護師さんが何度も説明してくれたじゃない！　それに……」

『ああ、昔のことをいまさら論じるのは止めようか。無駄だよ。とにかくね、君は育児放棄した側なんだ。君に、美保を育ててきたぼくたちを責める権利はない。美保が金の無心に来たんだったら、それくらいしてあげなさいよ。いままでたいした養育費も払ってこなかったんだからさ、少しくらい彼女に渡しても安いものでしょう』

　あまりにも話が通じない。彩子さんの目から涙が零れた。

「……ねえ、待ってよ。まだ十七の子どもが家を出て子どもを産むって言ってるのよ。そんなの簡単にしあわせになれないことくらい分かるでしょ？　どうして何もしてあげないの。中途半端に手放すなら、どうしてあのとき私から取り上げたの」

『被害者ぶらないでほしいなあ。それに、君が知らないだけで、ぼくたちは彼女に堕胎を勧めたし、人生をドロップアウトしないですむよういろんな策を講じようとした。できることはしようとしたよ。でも、だめだったんだよ。美保はそれら一切を拒否して、逆にぼくたちに泥《どろ》をかけるようにしていなくなった。まあ、状況をいまごろ知ったような人間が、責任だ何だといちゃもんをつけてくるのは止めてくださいよ。とても、不愉快だ』

　最後は怒鳴る勢いだった。ぶつんと通話が切れ、無機質な音が響く。彩子さんが顔を覆って呻いた。

「酷い……」

　彩子さんにどんな言葉をかければいいのか分からない。『母』として、『娘』を心配している、ただそれだけなのに、どうして理解されないのだろう。捨てられた側というのは、どうしてこんなにも報われないのだろう。わたしは何も言えなくて、震える背中をゆっくりと撫でることしかできなかった。

そしてそれ以降、美保ちゃんからの連絡は、なかった。

3　追憶のバナナサンド

わたしが越してきて、二ヶ月が過ぎた。始発電車で目覚めることもなくなり、終電まで眠れないということもない。庭の木々は赤く染まり、中学校では連日マラソン大会の練習が行われている。

わたしはまだ、さざめきハイツの中から出られないでいた。門扉の内側までが限度で、そこから先に踏み出そうとすると、足が竦み、脂汗が噴き出る。踏み出した途端、弥一が現れるような気がするのだ。

スマホの電源は入れていないので、弥一から連絡がきているかは分からない。元の住まいからはだいぶ離れているし、このまま見つからないだろう、と思う。もしかしたら諦めてくれているかもしれない、と期待すら持っている。でも、どうしても怖いのだ。弥一が、あの恐ろしい笑顔で現れる映像を鮮やかに思い描いてしまう。

一度見つかってしまった経験があるからだろう、と言ったのは様子伺いの電話をくれた野瀬さんだった。シェルターに逃げ込んだ女性には、もう安全だと分かっていてもフラッシュバックに悩まされるひとが多いらしい。恐怖から逃れられた安堵感《あんどかん》の大きさと、その反動は比例すると教えられた。

いつになったら、ここから外に出ていけるのだろう。いつまで、弥一の影に怯えなくてはいけないのだろう。空を飾るひつじ雲を窓の内側から見上げる。

「ねえ千鶴。秋の味覚って美味しいわよねえ」

ふいに声がかかって、振り返る。デイサービスが休みの母が、昼食の汁椀を口に運んでいるところだった。目だけ、ぎょろりとわたしに向けている。

「秋なら、庭でも見てれば？」

先日まで芳香を漂わせていた金木犀《きんもくせい》の花は散ってしまったが、いまは樹木の周りにクロッカスがぽこぽこと花を開いている。適当に球根をばらまいたとしか思えない咲きようだが、しかし花は可愛らしい。

「味覚っつってるでしょう。例えばお芋《いも》とかさ。ほこほこしてて、いいと思わない？」

母が、ずずず、と味噌汁《みそしる》を啜る。

この二ヶ月間、大した変化はないけれど、母との関係は少しだけ変わっていた。母はわたしの顔をしっかり覚え、会話の回数が増えたのだ。しかし決して、仲が深まったわけではない。よそよそしさは抜けないし、距離感も変わらない。少しだけ、気負いが減った程度だろうか。

「言いたいことが分からないんだけど？」

距離感が変わらないのは、簡単に変えられない、という理由もある。ここに来た当初、母に拒絶《きょぜつ》されたことがどうしても頭から離れない。近づきすぎて拒否されるなんて、絶対に嫌だった。だから、聞きたいことは何も聞けていないし、話しかけられてもつっけんどんに返答をしてしまう。

そして母もまた、わたしが求めている会話をしてはこない。

汁椀から口を離した母が、「たまには外食でもしてさ、季節を感じなさいよ」と言った。

「若い女が毎日毎日、化粧もせずにただぼーっと家の中にいて、退屈でしょ」

母がわたしの生活に言及したのは、初めてだった。いつも当たり障りのない会話だった。

「急に、なに」

「急ってこともないわよ。あんたが毎日家にこもってるの、気になってたのよ。毎日毎日、何にもすることない感じでさ。ていうか、あんたの元の旦那ってひとさぁ、実はあんたにそんなに固執してないかもよ？　もう忘れて好き勝手なことやってるかもしれない。なのに、あんただけ引きずってたとしたら、それって無駄じゃない？」

一口大に切られた厚焼き玉子を、ぱくりと食べる。もぐもぐと動く口の端に、味噌汁のネギが張り付いていた。

「自分の人生は、自分だけのもの、よ。誰かのために無駄に消費しちゃだめよぉ。自分で、輝《かがや》かせないと。ね、たまには出かけなさいよ。あのね、国道沿いに美味しいスイーツの店があってさ――」

窓ガラスに、拳をぶつけた。大きな音がして、母がびくりとする。キッチンにいた、同じく休日の彩子さんが「どうしたの⁉」と飛び出してきた。

「わたしは、あんたと違う」

茶碗《ちゃわん》と箸を手にして、ぽかんと口を開けた母を睨みつけた。

「そんな風に簡単に切り換えられない。ねえ、心を斬《き》りつけられたことある？　からだの傷と全然違うの！　痛みが、発作みたいに、タイミングも計ってくれずに何度も何度も襲ってくるの。いつ治るのか分かんない。一生治らないかもしれない。ただ、痛むたび絶望して死にそうになるの。そんなことも分かんないくせに、痛みを無駄とか言わないで！」

怒りで、涙が滲む。わたしは好きで、ここでただ外を眺めているわけじゃない。ぼんやり過ごすことを良しとしているわけじゃない。わたしなりの、あがきがある。

しかも、自分の人生は自分だけのもの？　あんたは大昔、そう言ってわたしを捨てたことを覚えてる？　小さな娘の心より、自分の人生を選んだろくでなし。

母がむっとしたように茶碗をテーブルに強く置いた。

「失礼ね。私だって痛みくらい知ってるわよ。だからこそ、教えてあげてんの！　傷口ってのは、痛いの痛いの飛んでけって撫でるだけじゃダメなの。汚れた傷口をたわしでこすってごみを出さないといけないときだってあんのよ。そんで、そっちのほうが案外傷が治りやすかったりして」

「ひとの痛みをごみ扱いしないでよ！」

もう一度窓ガラスを叩くと、彩子さんが「落ち着いて！」と声を上げた。

「聖子さん、言い方を考えてあげて。千鶴ちゃんが酷い傷を負ってここに来たこと、覚えてる？　あんな目に遭《あ》ってるんだもの、まだ怖くて当然よ」

母が彩子さんに顔を向ける。

「ねえ、それっていつまでが『当然』なの。半年、一年？　そのときこの子はすぐに自立できるの？　私はいつまでこの子の面倒を見なきゃいけないの？」

彩子さんが「どうしてそんな言い方するの」と顔を顰めた。

「まだたったの二ヶ月よ。日にち薬って言葉もあるし、時間が必要な問題だってあるのよ」

「まだじゃなくて、もう、よ。長ったらしいったらないわよ！　イライラする！」

母がテーブルを打つ。がしゃんと皿が鳴った。

ああ、このひとはわたしの傷なんて、どうでもいいのだ。自分にとって目障りか、そうでないかだけが大事なのだ。どこまでも、自分本位なひと。

「それに、恵真にはきちんと生活費を入れさせてるじゃないの。あの子もいつか、優遇されているこの子に対して不満を感じると思う」

「何言ってるの。恵真ちゃんはそんな子じゃないでしょう。むしろ、そんな風に言われたら怒るわ。あの子はやさしいから」

「やさしかったら、なんなの。生活能力のなさを誰かの善意で補わせていいわけ？」

「だからどうしてそんな言い方」

彩子さんと母が言いあいを始める。それを「もういい！」と叫んで止めた。

「家を出ればいいんでしょう。いいよ、出るよ」

ここまで言われて、どうして平然といられるだろう。こんな家、出ていってやる。食堂を出ようとすると、彩子さんが「気にしないで」とわたしを追いかけてきた。

「聖子さん、今日はちょっと機嫌が悪いのよ。だから、気にしないでいいの。ここを出ても、行くところなんてないでしょ？」

「あ、出かける気になった？　それなら、国道に出て右手にある『あずさカフェ』って店で、スイートポテトパイ買ってきてぇ」

母の声が飛んだ。そんな意味じゃない、と怒鳴ろうとすると、「お腹いっぱい食べたいから、ホールで買ってきてよね。余ったら今日の夕飯のデザートにしましょ」と言う。のほほんとした口ぶりは、わたしをばかにしているのか。

「聖子さん！　いい加減ふざけないでちょうだい」

「ふざけてなんかないわよ。出かけるって言ってるんだから、パイくらい買ってきてもらったっていいでしょ。ほら、彩子さん。この子にお金渡して。はやく！　はやくーっ！」

母が駄々っ子のように、テーブルを叩き始めた。はやくして、はやくぅー！

何かのスイッチが入ったらしいその様子に、彩子さんが躊躇う。わたしはため息をついて、彩子さんに手を出した。

「行く」

「でも……」

「行きます」

それから彩子さんにお金を貰い、玄関まで出た。

「あのこれ、少しは気分が落ち着くと思うの」

彩子さんがつばの広い帽子《ぼうし》とマスクを手渡してくれる。一瞬断りかけて、しかし受け取った。深く被り、マスクをつける。ゴムを耳にかける手が、情けないくらい震えていた。

「ほんとうは、ついていってあげたいんだけど……」

彩子さんが背後を窺う。パイくらいひとりで買いに行かせろと母に先に言われてしまったのだ。

「大丈夫、です」

掠れそうになる声でゆっくりと言って、それから玄関扉を開けた。

やわらかな風が頬を撫でた。今日は日曜日だから、どこかで子どもたちが遊んでいるようだ。無邪気な笑い声が遠くから聞こえてくる。

穏やかな昼下がりだ。怖いことは、何もない。でも、足が竦む。

心配そうにわたしを見送る彩子さんを隠すように扉を閉め、数歩先にある門扉まで歩く。赤錆の門が半分、開いたままになっていた。

一歩踏み出せば、外に出る。斜《なな》め向かいには確かに古びた二階建ての家があって、それが彩子さんの言っていたフィリピン人の子たちの寮だろう。二階のベランダには、色とりどりの洗濯物がなびいていた。その隣は小さな平屋建ての家。家人の趣味《しゅみ》なのか、こちらは庭が凝《こ》っている。青の濃いリンドウが咲き乱れ、建物に似つかわしくないほど大きな石灯籠《いしどうろう》が見えた。

大丈夫、大丈夫。ここは平和だ。深呼吸をしながら足を出す。地面を踏んだ瞬間、殺されそうな恐怖を覚えたけれど、拳を振り回す弥一は現れないし、怒鳴り声もしなかった。

深く息を吐いて、周囲を見回す。緩く坂になっていて、これを下りきったところが国道との合流地点だ。

俯いて、息を殺すようにして、わたしは歩きだした。

どれだけ時間を要したのか、分からない。ただただ無我夢中で歩き、ようやく辿りついたそこはお伽《とぎ》の国から飛び出したようなファンシーな店構えだった。人気店らしく、若い女の子や家族連れがたくさんいて、反射的に逃げだしたくなる。冷や汗なのか脂汗なのか分からないもので汗だくになりながらショーケースを覗けば、季節限定だというスイートポテトパイは完売していた。呆然としていると、若いカップルがちょうど最後のひとつを購入《こうにゅう》したところだったらしい。男の子が「三ヶ月記念なんでろうそく三本ください」と頼んでいた。隣に立つ女の子がろうそくは全部ピンク色にしてくれと付け足している。

どうすればいい。売り切れだったと帰る？　行かなかったんだろうと母に詰られてしまうかもしれない。立ち尽くしていると、女性店員が「ピース売りでよろしければ、まだございますよ」と微笑んだ。見れば、ケースの隅にカットされたものが並んでいた。

「じゃ、じゃあそれを。あるだけ、ください」

「はい。では、五ピースですね」

てきぱきと詰める彼女の背を見つめながら、早くしてと願う。この場にいるのが辛い。胸焼けしたように、げっぷが止まらない。ぎゃあ、と大きな声がしてびくりとすれば、小さな女の子が足をバタバタさせて泣いていた。嫌だあ、嫌だあ、と喚《わめ》く声が迫ってくる。奥歯を嚙み締めて会計をしていると、怪訝そうに「大丈夫ですか」と訊かれた。

「具合、よくないんですか？」

「だいじょ……です」

　ダメだ、吐く。箱詰めされ、ビニール袋に入れられたケーキを奪い取るようにして店を飛びだした。店の裏側へ走り、マスクを剝ぎとる。垣根《かきね》の下に顔を突っこむようにして嘔吐《おうと》した。喉が焼け付くように痛み、汗が噴きでる。枝が顔に刺さる。何度かの嘔吐の波を越えたあと、ふうふうと息を吐きながら、汚れた口元を拭った。そうしながら、わたしはどうしたんだろうと思う。こんなに、人込みが怖かったか。ただ買い物に行くだけのことが、どうしてこんなに辛い。

　落ち着いたところで、のろりと立ち上がった。頭が割れそうに痛くて、眩暈《めまい》がする。早く、帰らなければ。ここにいたら、自身の作りだす恐怖に潰れて死んでしまう。

　坂の上のボロ屋敷が見えてきたとき、ほっとした。やっと、帰ってこられた。早く中に、と足を動かすと、ふらりと母が出てきた。わたしに気付くと、全身でため息をついた。

「もー、おそーい！　一体何してたのよ。迷子になるほどの距離でもないでしょ」

　呆れたような口ぶりで近づいてきた母は、わたしの手からケーキの袋を取った。手の平でぽんと背中を叩き、それから「やだ、汗だくじゃない」と驚く。

「ちょっとちょっと、そんな大変な仕事じゃなかったでしょ」

「こ……こ、わ……」

　怖かった。そう言いかけて、口を噤《つぐ》む。言ったたって、ばかにされるだけだ。しかし母はわたしの声音で分かったのか「怖くないわよ」とぴしりと言った。

「真っ昼間にほんのちょっとの距離出かけるだけのことを怖がってどうすんの。あんたこれから一生この家の中にいるの？　そんなわけにはいかないでしょ。自分を甘やかすんじゃないわ」

　ほら歩きなさい、と母が背中を押した。ただでさえ震えていた足がもつれて、その場に倒れこみそうになる。母が「もー」と苛立った声を上げる。

「ちょっと、弱すぎ。ほら、あとちょっとだから頑張んなさいよ」

　涙が溢れた。何でこんな目に遭わないといけないの。どうしてこんなこと言われなくちゃなんないの。

　彩子さんが出てきて、わたしたちを見て「ああ、よかった」と胸を撫で下ろす仕草をした。

「心配してたのよ。なんだ、聖子さんも気になってたのね」

「はー？　違うわよ。パイが食べたくって待ってたの！　コーヒーだって淹れてもらってたのに、冷めちゃった！」

　母はわたしを置いてずんずんと歩き出し、建家の中へ入っていった。入れ替わるように彩子さんがわたしの傍に来て、そして「大丈夫？」と顔を覗いてきた。

「やだ、顔真っ青じゃない！　大変、早く中に入って」

　彩子さんが支えるように手を添えてくれる。そうして玄関に入ると、母が「もー」とまた声を上げていた。

「ホールじゃないじゃない！　どうしてよっ」

「うり、きれいで」

　上《あ》がり框《がまち》に足をかけた途端、ふっと力が抜けた。三和土《たたき》にへたりこみ、マスクを取って深く呼吸をする。息が、うまくできない。

「あっそ。まあ五ピースあるし、よしとしといてあげる。あ、潰れてるのがあるから、それは千鶴のだからね」

「聖子さん、意地悪はもうやめてちょうだい。この姿を見て思うことはないの？」

わたしを抱えるようにして彩子さんが怒るも、母は平然としていた。

「やだ、私がいじめてるような言い方しないでよ。ねえ千鶴、ちゃんと一歩進めたじゃん。よかったね」

笑いかけられて、突然、思い出した。小学生のころの、遠足。わたしのお弁当が不味そうだと、男子に笑われた。他の子のお弁当はとてもカラフルで、かわいらしいピックなんかが彩っていたけれど、わたしのお弁当は、イカ大根とかぼちゃの煮つけが詰まっていた。白米が煮汁で染まり、茶色だけのお弁当は確かに、あまり美味しそうではなかった。

千鶴ちゃんのところ、お母さんいないんだよ。かわいそうなの。

周りの女の子たちが口々に言い、わたしのお弁当の蓋に、おかずを分けてくれた。缶詰のさくらんぼにりんご、飾り切りのきゅうり、アスパラベーコン、とうもろこし。こんもり盛られたおかずのてっぺんにはスイス国旗の旗が刺された。ほら、よかったね、とみんなが笑った。蓋を投げだしたい衝動《しょうどう》を抑えて、何度も生唾を飲みこんだ。とうもろこしが、さくらんぼの色に染まってまだらに赤くなっていた。

空っぽになったはずの胃が、痙攣した。

「やだ！　千鶴ちゃん！」

止められない。せり上がってきた胃液を勢いよく吐いた。胃が引きちぎられそうに痛い。

喉が熱い。涙が溢れる。そうしながら、彩子さんの腕の中から母を見上げた。

母は、わたしを呆然と見下ろしていて、それからはっと表情を変えた。唇が、わなわなと震えだす。

「……やだ、その目」

呟いた母は一歩引いて、それからいやいやと首を横に振った。

「私、その目を知ってる！　私のほうが間違ってるっていう目！　私を責める目！　私はその目がずっとずっと、大嫌いだった！」

ひゅう、と吐いた自分の息が、臭かった。

いま、それを言うのか。

くっきりとした黒目を持つ母と違って、わたしは色素の薄い父に似たこげ茶の瞳だ。容姿もどちらかといえば父似で、性格もそうだ。地味で面白みがない。なるほど、母は父によく似た娘が嫌いだったのか。

では、家を出ていく前から、母と娘として暮らしていたときから、母はわたしを嫌っていたのか。きっと、あの夏の日々の間も。

「あんたなんか、母親じゃない」

考える前に、言葉が出ていた。母がびくりとする。

「自分だけが可愛い、最低のひとだ」

母の顔が歪んだ。もしかして傷ついたというのか。それなら、ざまあみろ。

笑ったつもりだけれど、多分、うまくいかなかった。

「いったん横になりましょう、千鶴ちゃん。って、あら？　もしかして熱もあるんじゃないの？　顔、赤いわ」

彩子さんが額に手を当ててると、氷でも触れたのかと思うほどひんやりした。

「二階に行きましょ、横になったほうがいい」

彩子さんに抱えられるようにして、その場を離れた。母は、何も言わなかった。

「ねえ彩子さん。母親の愛ってほんとうにあるんですか？」

二階の自室で布団に転がったあと、汗や涙に汚れたわたしの顔を拭ってくれる彩子さんに訊いた。

「自分で産んだ子どもが疎ましいって、嫌いって、どうしてですか？　彩子さんは、美保ちゃんが旦那さんに似てたら嫌いになってましたか？　憎んでましたか？」

彩子さんの手が止まる。

「あのときだって、お金を渡さずに追い返してました？　二度と来るなって言いました？」

嫌な質問だと思う。でも、訊かずにいられない。彩子さんが、首を横に振った。

「……そんなこと、できない。私は、やっぱり、母親でいたい。母親らしく、ありたい」

母親らしく。そんなこと、きっとあのひとは考えつきもしないだろう。娘のために心を砕くなんて真似、できやしない。

「彩子さん、ごめんなさい。ひとりにしてください」

天井を見上げ、歯を食いしばる。彩子さんが出ていくまで必死で堪えたけれど、ドアが閉じると同時に、涙が溢れた。

人生、存在、何もかもを否定された気分だった。

辛いときはいつも——クラス内でいじめに遭ったとき。父が病に倒れたとき、亡くなったとき。祖母が亡くなったとき。弥一に、殴られているとき——心は、輝かしかった母との夏の日々に飛んでいた。

海辺の町の図書館で、ふたりでちびまる子ちゃんを読みふけったこと——母は、まるちゃんが南の島の女の子と冒険《ぼうけん》するくだりでわんわん泣いた。一面の星空を、寝転んで眺めたこと——虫よけをまったくしていなくて、ふたりともからだ中赤い斑点《はんてん》だらけになって数日痒みに苦しんだ。どこかの街の夏祭りでサイダー一気飲み大会に出場したこと——からだの大きな自衛隊員と母が対決して、母が圧勝《あっしょう》。賞品はサイダーで、母は『もう飲めないわよ!』と絶叫して会場の爆笑を独り占めした。そんな、くだらなくて愛おしい、母との濃密な時間を繰り返しなぞることで、わたしはこれまで生きながらえてきた。あの日々にはきっと大切な意味があって、だからその思い出を抱える自分はとても大事な、意味のある人間なのだと信じてきた。それは決して確かなものではない。頼りない蜘蛛《くも》の糸のような、少しの加減でぷつんと切れてしまうような儚い自信。けれどわたしは、その細いものに縋って、生きてきたのだ。それがいま、切られてしまった。他でもない、母の手によって。

声を殺して涙を流す。ずっと母を乞《こ》うてきた自分が、ただただ、哀《あわ》れだった。

ドアがノックされる音で、目を覚ました。いつの間にか、日が暮れている。瞬きをすると、瞼《まぶた》が酷く重たい。頭を動かすと、鈍い痛みを覚えた。泣きながら、眠ってしまったらしい。

きっと、酷い顔になっているだろう。

「起きてる？」

芹沢さんの声だった。

声がうまく出ない。どうにか「起きて、ます」と口にするとびっくりするくらいしゃがれていた。起き上がれば軽い眩暈がして、頭痛が増す。

「飲み物とか持ってきたの。入るね」

ドアが開いて、廊下からの光が差しこむ。芹沢さんが電気をつけようとしたのを「つけないで！」と止めた。

「あ、その、眩しいし、頭、痛いので」

「そっかそっか。ごめんね。じゃあ明かり取りにここのドア、少しだけ開けさせておいて」

芹沢さんは納得するように言って、わたしの布団の傍まで来た。手にしていたトレイを置くと、そこにはスポーツ飲料のペットボトルとおにぎりが載っていた。

「……ありがと、ございます」

食欲はないけれど、喉は渇いていた。すぐにスポーツ飲料を口にすると、水分が染みこむ感覚があった。夢中で飲んで、息を吐く。そのタイミングで、芹沢さんが口を開いた。

「あの、彩子さんから、少し聞いた。ママが、酷いこと言ったって」

微かな光に照らされた芹沢さんを見た。

仕事帰りのままらしい、今朝見送ったときと同じ格好をしていた。バラのような匂いがするのは、お店で使っているヘアケアシリーズの香りだといつかに聞いた。帰宅してすぐ、来てくれたようだった。

「あのね。ママ、千鶴さんのこと絶対嫌いじゃないよ。昔、千鶴さんの話をしたとき、嬉しそうに話してたもん。めっちゃ笑顔だった。今日のことは多分病気のせいで、気持ちが荒れてて、それで……」

芹沢さんが言葉を探す。困ったように眉根を寄せているけれど、とても魅力的な表情だ。肌はなめらかに白く、一日働いたあとなのに化粧は少しも崩れていない。顔のパーツはどれもかたちよく、バランスよく収まっている。二本の前歯が少しだけ大きすぎる気もするけれど、それすらも魅力になっている。その顔から意識を逸らすように、手元のペットボトルに目を落とした。そういえば、出会ったときもこの子はわたしを心配して水を持って来てくれたんだった。

わたしは、この子が苦手だ。

それはきっと最初からで、共に暮らしてひととなりを知れば知るほど、その度合いは増した。この子は、わたしには眩しすぎる。うつくしい容姿に、やさしい心根。ひとをまっすぐに見て、あっけらかんと笑う。たくさんのひとに、日々の生きかたを支持されている。

そしてこの子は、母を『ママ』と呼んでいる。わたしは、母をそんな風には、呼べないのに。そして母は、この子からの『ママ』を受け止めている。

母と彼女の関係が良好であるのは、嫌というほど目の当たりにした。よく軽口を叩きあっているし、ときどき些細なことで喧嘩をする。芹沢さんの帰りが遅くなるだけで母は気を揉《も》むし、休みの日ともなれば手を繋いで一緒に散歩に出たりもする。母の髪は芹沢さんが切っていて、芹沢さんは自室があるのに母の部屋で眠る。仲が良すぎると感じるほど、母娘らしい。

　母にはもうきちんとした娘が——芹沢さんがいるのだ。わたしと比べて何もかもがすぐれた娘が。それを傍観《ぼうかん》するのは、苦痛だ。

「あの、芹沢さんは、あのひととどういう繋がりなんですか」

　訊くなら、いましかない。訊きたくて、でもずっと言いだせずにいたことを口にした。母のフォローをしようとしていた芹沢さんが言葉を止めた。

「どうして『ママ』って呼んでるんですか？　別に、名前でもいいと思うんですけど」

「あ、ごめん。あたし、もしかしなくても無神経、だったよね？」

　芹沢さんが慌てる。自分の声音に棘があるのは、自覚していた。でも、うまく隠せない。

「無神経とか、そういうのは別に、どうでもいいです。ただ、どういう関係なのか、これまで詳しく聞いてなかったですよね。それが知りたいだけだから」

「ええっと、その……。あの、あたしね、実の両親がいないんだ」

　細い指が、頰を搔く。仕事柄なのか爪を短く切っているけれど、まるで桜貝のようだ。

「ふたりとも、あたしが一歳のときに交通事故で死んじゃった。それで母方の親戚の家に引き取られたんだけど、折り合いっていうの？　それがめちゃくちゃ悪くてさ。それで高校一年生のときにどうしても家を出たくて仕方なくなって、そんなときにママに会ったんだ。あたしの事情を知ったママは、『この家でいいなら住めば？　面倒くらい見てあげる』って言ってくれて、それでほんとうに、親代わりになってくれた」

三者面談や、進路相談。卒業式に、専門学校の入学式。母はそれらに、保護者として当たり前に参加してくれたのだ、と彼女は懐かしそうに言った。

「ママのことを実の親だと勘違いする友達もいて、すごく嬉しかったな。だからあたしから、『ママ』って呼ばせてほしいってお願いしたんだ。ママは最初は嫌がってたけど、しつこく頼んで、どうにか」

「へえ。それは、それは」

聞かなければよかった、そんな感想しかでない。微笑ましい思い出じゃないか。

「親を知らないって、逆にいいかもしれないですね。失望することも、傷つけられることもないから」

嫌みだと分かっていても、言ってしまった。

「それに、あのひとはわたしにとってはまったくいい母親ではないけど、あなたにとってはさぞかしいい母親なんでしょうね。うつくしいっていいですね。無条件で愛されて、しあわせだ」

止めろと言う自分がいる。みっともないから、口を閉じろと。でも、これくらいいいでしょうと言う自分もいる。

「ねえ、何でわたしとあのひとを会わせようと思ったんですか？　あなたたちは母娘としてきちんと完結してるんだから、わたしのことなんて放っておけばよかった。それをしなかったのは、芹沢さんのやさしさかもしれない。だけど、わたしからすれば傲慢《ごうまん》でしかないんです。何もかも持っている恵《めぐ》まれたひとの、善意と言う名の自己満足。そんなの、大嫌い。吐き気がする……！」

芹沢さんの顔が強張っていく。自分が酷い八つ当たりをしていることくらい、分かっている。自分の受けている理不尽をひとに──それも自分を心配してくれるひとにぶつけるなんて、最低だ。でも、どうしても浅ましい感情が消えない。彼女の持つ豊かさが、妬《ねた》ましい。

「施《ほどこ》しを与えてるのって、気分がいいですか？　いいんでしょうね。わたしはいつも与えていただく側だったから、全然分かんないんですけどね。いいなあ、何もかも持ってて。わたしは何も持ってないのに！」

「千鶴さ……」

芹沢さんの顔が、泣きだしそうにぐっと歪んだ途端、弾けるように罪悪感が溢れた。恥ずかしくなって、「あ、いや、これはあなたが悪いわけじゃなかった、ごめん。ごめんなさい」と早口で言った。

「わたしが間違ってました。自分の安全のためにあのひとを利用する、それだけでここに来たはずなのに、母親ってものに無意識に期待してたみたいで。子どもを身勝手に捨てたようなひとだもの、ろくでもないってことくらい分かりそうなものだったのに」

ペットボトルの残りを飲む。喉が潤ったからか、途端に甘さが気になりだした。口中に纏わりつくものがある。

「あのひとは、わたしがどんな情けない人生を歩んで、どんな風に苦しんできたかなんてどうでもいいんですよね。親に捨てられた子どもがどんなに歪んで育つかなんて、想像もしてなかったんだと思う。そして、わたしがいまどれだけ息苦しいかなんて、興味もない。最低なひとだ。親の責任から逃げ続ける、ろくでなしで」

「おやまあ。十代のガキのセリフかな」

突然、笑いを含んだ男性の声がして、芹沢さんとふたりで悲鳴を上げる。見れば、ドアの所にひとが立っていた。

「な、なんだ結城か。驚かさないで」

誰なのか気付いた芹沢さんが、ため息をつく。

「ていうか、女性の部屋を黙って覗くなんて趣味悪いんだけど」

「驚かせて申し訳ない。いや、聖子さんから彼女を診てやってくれって連絡を貰ったもので。千鶴さん、倒れたと聞きましたが、お加減どうですか」

結城さんは部屋に入って来ず、ドアに凭《もた》れたままわたしに向かって話しかけてきた。

「大丈夫です。それより、さっきのはどういう意味ですか。十代の、ガキとか」

「ああ。あれは、言葉の通りだけど。十代の子どもならまだしも、三十を目前にしたひとが言うことではないな、とおかしくなっただけ」

廊下の光を背にした結城さんの笑顔が、ほんのり浮かび上がる。

「親に捨てられて苦しんできた。なるほどなるほど、大変だったかもしれないね。でも、成人してからの不幸まで親のせいにしちゃだめだと思うよ」

にこにこと言われて、かっとする。芹沢さんが、わたしより先に唸った。

「あんた、千鶴さんのこれまでの事情とか、何にも知らないでしょ。なのに、そういう言い方しないでくれないかな」

「そりゃ知らないけど、知ってても言うよ。不幸を親のせいにしていいのは、せいぜいが未成年の間だけだ。もちろん、現在進行形で負の関係が続いているのなら話は別だけど、彼女に関しては、そうじゃないだろ。こうして面倒見てもらってるわけだし」

結城さんはわたしに向かって、「自分の人生を、誰かに責任取らせようとしちゃだめだよ」と続ける。子どもを諭す、そんな口ぶりだった。

「だいたい、何十年も前のことをいつまで言うつもりでいるの？　まさかおばあちゃんになっても、聖子さんの墓《はか》の前あたりでぐちぐち言うわけ？　だったら逆に感心するかな。すごい執念だ」

「ばかにしないで！」

思わずペットボトルを投げつけると、結城さんではなくドアにぶつかった。しかし彼は少しも動揺せず、それどころか「元気そうで何よりだ」とふてぶてしく言う。

「結城さんは、親は子どもを捨ててもいいって言うんですか？　子どもの、傷ついた心はどうなるんですか。捨てられた事実が心を歪めて、それが人生を左右した。わたしはそうだった。それは、非難されるべきじゃないですか⁉」

「だから、そういうのは十代で整理しておけって」

結城さんが呆れたように口の端を歪めた。

「せめてこの二十代の間でどうにかしたほうがいい。いい加減、やめな。ていうか君、あんまりにも幼稚すぎるんだよ」

転がったペットボトルを、結城さんが拾い上げる。君の言う『捨てられた歪み』ってのがそれかもしれないけど、君自身の怠慢でもあるよ。母親のせいにして思考を停止させてきたんだろうなあ。それを誰も指摘《してき》しなかったってのは、まあ不幸ではあるかもな。可哀相に。

ばん、と激しい音がした。それはドアを殴りつけた音で、殴ったのは、いつの間にかわたしの傍からいなくなっていた芹沢さんだった。

「そういうの、いちいちここに来てまで言わなきゃいけないこと？　ひとの傷を抉《えぐ》りに来ただけなら、どっか行って」

「お前、怒るところ違うだろう」

結城さんがため息をついた。

「自分を軽んじられたところで、怒れよ。タイミングが違う。ねえ、千鶴さん」

わたしを見た彼の顔から、さっきまで張り付いていた笑みが消えていた。

「君がさっき恵真に言ったことは、弱者の暴力だ。傷ついていたら誰に何を言ってもいいわけじゃない。自分の痛みにばかり声高で、周りの痛みなんて気にもしないなんて、恥ずかしいと思えよ」

そんなところから、聞かれていたのか。ぐっと唇を嚙む。

「……言いすぎた、って思って、ます。だから、それは謝った、じゃないですか」

「あれは自分がみっともないって気付いただけの、取り繕いだったろ。それくらい、自分で分かるんじゃないの？　君ね、そういうところがダメなんだと思うよ。ひとには誠意だの何だの求めるわりに、自分にはない」

結城さんの目は、明らかにわたしを軽蔑していた。

「情けないひとだね、ほんとに」

彼はいま全身でわたしに呆れ、憐れんでいる。それが嫌と言うほど分かって、からだが竦んだ。彼の前から逃げだしたい気持ちと、感情のまま怒鳴りたい気持ちがせめぎあっている。

「結城！　もうやめて。千鶴さん、あたし別にさっきの気にしてないから。大丈夫。結城、もう出ていって。あんたがいたら、休めやしない！」

もう一度芹沢さんがドアを叩くと、結城さんは「はいはい。従いますよ」と素直に出ていった。

「騒いでしまって、ごめんなさい、あたしも出ていくね。ゆっくり、休んで」

芹沢さんがドアを閉める。「あんた、まじでムカつく」と怒気を孕《はら》んだ声と「お前もな」という呆れ口調が階下に向かうのを聞きながら、膝を抱えた。

「どうしろって、いうの……」

母に捨てられた哀《かな》しみや歪みは、わたしと同化してしまっている。もはやわたしそのものだ。そのせいで苦しいのは分かっていて、引き離せるものならそうしたい。でも、わたしはその方法を知らない。薄汚れた心をどうしたら綺麗にできるかなんて、分からない。

電車が通過する。束の間の嵐の音を遠くに聞く。唇を強く嚙むことしか、できなかった。

翌日、体調は悪化していた。唾を飲むだけで喉が痛く、熱は昨日よりも高くなっていた。どうやら、本格的に風邪《かぜ》をひいてしまったようだった。

起きだしてこないわたしを心配して部屋まで様子を見にきてくれた彩子さんが、すぐに水枕や風邪薬などを用意してくれた。

「最近、朝晩が冷えこんできたものねえ。冬に向けて、この部屋にもストーブを置かなくちゃ」

「すみ、ません。めんど、かけて……」

喉が痛くて、うまく喋れないでいるわたしに、彩子さんは「たまにはこっちにしなさい。ほら、口あけて」と言う。小さく開けると、飴玉を入れてくれた。すっとしたミント味が喉に心地いい。のど飴のようだ。

「きっと昨日無理しすぎたからだわ。今日は、ゆっくり寝ていてね」

どこにあったのか、加湿器《かしつき》まで支度をしてくれた彩子さんはばたばたと階下へ降りていった。彼女の日常業務を増やしてしまったことに、申し訳なさを覚える。

天井を見上げて、小さく息をついた。寝こむなんて、いつぶりだろうか。これまでは具合が悪くても働いたものだけれど、いま、起きて労働しろと言われたらできるかどうか分からない。それは、わたしの中に『甘え』が生じたからだろう。

母と過ごすことで、わたしは無意識に甘えるようになったのだ。だから、昨晩あんなみっともないことを言ってしまった。そして、あんな目で見られてしまった。

結城の目を前にしたとき、これまで対峙《たいじ》したいろんな目をまざまざと思い出した。思えばいつも、居心地の悪い視線の前に立っていた気がする。最初こそ、あきらかな同情だった。母親に捨てられたこと。のちに、父親も死んでしまって可哀相。しかしいつからか、それが歪んでいった。学生時代は陰気でノリが悪いと言われ、数少ない友人たちからはどこか距離を置かれていた。

それもすべて母のせい。母が元凶《げんきょう》。そう思ってきたけれど、そういう目を向けさせる原因の一端はわたしにも、あったかもしれない。いや、あったのだ。わたし自身が、自分をそういう風に見せていた。だってわたしには、卑屈でねじくれた部分がある。それがここに来て、ますます酷くなってしまった。

飴をがり、と噛む。

あんな嫌な目はもうごめんだ。でもどうすればいい？　自分が変わらなければいけないのは、分かってる。でもだからって、ひとは簡単には変われない。幾重にも重ねたものを剝ぎとるのは、簡単じゃない。そもそもこの家から満足に出ることもできないわたしが、どうして自分を変えられる？　無理に、決まってるじゃない。いや、そう思うことこそ、甘えなのかな。

頭が痛い。考えれば考えるほど疼《うず》いて、だから目を閉じた。

昼を過ぎたころから、いったん下がった熱がまたぶり返した。彩子さんがキッチンにレトルトのおかゆを用意しておくと言ってくれていたけれど、階下に行く元気もなくて、ひたすらに眠った。

夢を見た。見知らぬ、しかしどこか懐かしい天井が広がっている。ぱりっとしたシーツと、少し硬《かた》い布団。ここは、どこだっけ。

『千鶴、お腹空いてない？』

母の声がする。からだが動かないので顔だけ向けてみる。耳元で氷枕がかちんと鳴った。

ほっそりとした母がサンドイッチの載ったトレイを持ってやって来るところだった。

『千鶴用のサンドイッチを作ったの。女将さんに頼んで、厨房《ちゅうぼう》をちょっと借りて私が作ったのよ』

ああ、そうだ。これはあの夏の記憶だ。連日の移動で疲れたのか、わたしは旅の途中で寝込んでしまったのだ。高熱が何日も続いて、満足に食事もとれなかった。

『早く治ってね。そしたら、次はどこに行きましょうか』

母が楽しそうに言う。わたしは、久しぶりに自分の部屋の自分のベッドで眠るのもいいなとふと思った。畳敷きの硬い布団よりも、ふわふわのベッドのほうがぐっすり眠れる気がする。それに、夏休みの少し前に祖母に買ってもらったパジャマはまだ一回も着ていないし、小学校に入ってできたお友達とも遊びたい。始業式に絶対持ってくることと先生に言われた夏休みのドリルはまだ半分も終わっていないし、お気に入りのアニメの放映は三回も見逃した。そうだ、夏休みの間にしたかったことが何ひとつできていないじゃないか。

急に焦りのようなものが湧いてきて、だからわたしは母に『帰ろっか』と言った。そろそろおうちに帰ろうよ。

その瞬間、頰に鋭《するど》い痛みが走った、気がした。

ぱち、と目を開けると、窓から差す光がオレンジ色に変わっていた。中学校のほうから部活動の声が聞こえてくるから、夕方になったのかもしれない。

思わず、頰を擦る。激痛を覚えて、それで目が覚めた気がしたのだけれど、あれは夢の中の出来事だったのか。

「へんな、ゆめ……」

しかしあれは、実際にあったことだ。わたしは確かに何日も寝込んだし、母はかいがいしく看病をしてくれた。そうだ、あれは母と別れる少し前のことだったはずだ。

「何で、痛かったんだっけ」

覚えていない。ふと、からだが楽になっているのが分かった。熱が下がったのかもしれない。喉の痛みも消えている。しかしからだに反して、頭はまだまどろんでいた。熱の名残《なごり》か、うまく機能していない。天井を眺めては、目を閉じる。

ことんことん、と音がした。のろりと目を向けると、出入り口に母が立っていた。手にトレイを抱えている。何だかさっきの夢と重なるな、と頭の隅で思った。

何、と言うより早く、母がわたしのもとへ来る。

「熱、どうなの」

トレイを脇に置いてわたしの枕元に座った母は、わたしの額に手を置いた。ひんやりした手の平が額を包む。

「微熱、かな。でもよかった。あとでお風呂入れるなら、どうぞ。あんた、汗だくよ」

「何、しに」

「様子を見にきただけよ」

すぐに立ち上がった母は、部屋を出ていこうとする。ワンピースの背中に『ババア出没注意！』と大きく書かれた悪趣味な柄が見えたと思えば、すぐにぴたりと止まる。

「やりすぎた、かも。悪意では、なかったのよ」

振り向かずに言って、母は出ていった。階段を下りていく足音が聞こえる。彩子さんの「千鶴ちゃんどうだった？」という声と「熱、下がったみたい」と答える母の声。

ゆっくりと、起き上がった。つきんと痛んだこめかみを押さえる。周囲を見渡すと、母が置いていったトレイが視界に入った。思わず、「え」と声を出す。

竹製のトレイの上に、牛乳が注がれたコップとサンドイッチの載った皿があった。そのサンドイッチのひときれを取り上げ、「ああ」と唸る。

真っ白い食パンに挟まっているのは、スライスしたバナナ。

「うそっこ、バナナサンド」

それは、幼稚園のときから、体調を崩すと母が作ってくれたサンドイッチだった。薄い食パンにマヨネーズをたっぷりと塗り、スライスしたバナナを挟むだけのシンプルなもの。食べると、あまじょっぱい味が広がる。

「懐かしい……」

ひまわり組で一緒だった千賀子《ちかこ》ちゃんの大好物が、フルーツサンドだった。桃やみかん、パイナップルをパンに挟んでいるものだ、と園で聞いたわたしは、いつか食べてみたいと憧れていた。我が家のサンドイッチといえば、ハムやきゅうり、たまごサラダにツナマヨがせいぜいで、それ以外を知らなかったのだ。そんなときたまたま風邪で発熱し、食欲がないわたしに母が訊いたのだった。食べられそうなもの、ない？

拙《つたな》いながら一所懸命千賀子ちゃんの話をして、フルーツサンドが食べたいと言った。それも、わたしの一番好きな果物であるバナナを挟んでほしいと。

母は、フルーツサンドを知らなかったのか。それとも生クリームを買いにいく暇がなかったのか。その辺りの理由は分からないが、母がわたしに作ってくれたのは、マヨネーズたっぷりのバナナサンドだった。

初めて食べたバナナサンドは嬉しくて、美味しかった。わたしは母が作ってくれたものを全部食べた。そのとき一緒に牛乳もたくさん飲んで、そのお陰なのかあっという間に回復したものだから、そのふたつはわたしが体調を崩したときの定番食となったのだ。

その後、千賀子ちゃんから『生クリームだよ。マヨネーズなわけないじゃん』と笑われて、『ちづるちゃんの家のやつはうそっこだよ。うそっこバナナサンド』と言われた。わたしは不思議とそれにカチンとすることなく、母もまた『うそっこバナナサンドってわりといい名前だわ』と納得したものだから、我が家の中で『うそっこバナナサンド』と呼ばれるようになった。

「覚えて、たんだ」

母は、サンドイッチを三角ではなく長方形に切る。あの宿で作ってくれたサンドイッチも、長方形だった。彩子さんはいつも三角にカットするから、これは母が自ら作ったのだと思う。力加減を間違えたのか、パンがつぶれている箇所がある。病気が悪化してからは、包丁は持たないと決めたと、いつかの食事のときに訊いた。

涙が一粒、零れた。

何の涙なのか、分からない。自分さえも忘れていた懐かしい味だったから、それだけかもしれない。甘くてしょっぱいサンドイッチを食べ、牛乳を飲む。美味しいと、思った。

熱はそのまま下がり、翌朝はすっきりとした目覚めを迎えられた。迷惑をかけてしまった彩子さんに詫びるべく、いつもより早めに階下へ降りる。何か手伝わせてください、と言ったものの、「病み上がりなんだから」と断られてしまった。

彩子さんの作ってくれた朝食――ポテトサラダとスモークサーモンのサンドイッチはうつくしい三角形をしていた――を食べながら、時間をちらちらと窺う。

「彩子さん。あの、芹沢さんは」

「ああ、お休みなのよ。だから今日はふたりのお昼はハヤシライスを作っておいたから、一緒に食べてね」

ありがとうございます、と返しながら、少し困ったなと思う。一昨日のことをもう一度きちんと謝りたいのだけれど、朝のばたばたしたタイミングを狙おうとしていたのだ。ふたりきりの時間が長いのは想定していなくて、でもそういう狡いことを考えてしまう自分が嫌になる。

母の寝室《しんしつ》のほうから、どん、と何かが落ちる音がした。母はベッドで眠っているらしいが、もしかしたら落ちたのだろうか。

「恵真ちゃんがベッドの下にお布団を敷いて寝てるはずだけど、もしかして潰されちゃったかしら」

たいへん、と彩子さんが様子を見に行く。

母と顔を合わせるのも、少しだけ気まずい。サンドイッチの食器を階下に持って降りたころには母はもう自室に戻っていて、顔を合わせていないのだった。美味しかったとか、懐かしかったとか、言うべき？　いやでも……。

悶々《もんもん》としているうちに、母が彩子さんに連れられてきた。やはり、寝ぼけてベッドから転がり落ちてしまったらしい――幸い、芹沢さんの上ではなかったそうだ。

「あれ、彩子さん。どうか、したんですか？」

彩子さんが手を引いた母は、ぼんやりとしていた。寝ぼけている、というのとは少し違うような気がする。どこかの回路が一本切れているような、違和感。

「今朝はちょっと、調子が悪いみたいねえ」

彩子さんが母をソファまで導くと、母はそこにどすんと座った。目が、固定されているかのように動かない。何も持っていないのに、両手で何かを揉むような仕草まで始めた。

「夜中はこうなることもあるんだけど、朝からなんて、珍しいなあ」

母は彩子さんの手でどうにか身支度を整え、彩子さんの手作りのバナナスムージーをほんの少し飲んでから、デイサービスへと出かけていった。

「気にしてないよ、全然」

彩子さんが出勤したあとに起きだしてきた芹沢さんは、わたしが謝るとあっさりと笑った。

「それより、からだの具合はいいの？　熱、すごく高かったんでしょう」

「それはもう、平気です。でもその、ほんとうに、ごめんなさい」

頭を深く下げると、「いいっていいって」と言う。

「ママのことで苦しかったの、分かってたから。それに、あたしのこと不愉快だっていうのも、分かるし。あ、コーヒー淹れるからさ、一緒に飲もうよ」

芹沢さんはダイニングテーブルの上にコーヒーの道具と湯沸かしポットを並べた。ミルで豆を挽き、ペーパーフィルターとドリッパーを用意する。首の細いドリップポットに沸いた湯を入れ、それからゆっくりと、「の」を書くようにして湯を落とした。

「丁寧に、やるんですね」

キッチンには、母が誰かから貰ったという全自動のコーヒーメーカーがある。わざわざ手間をかけなくても、と思うが、芹沢さんは静かに手を動かす。豆の豊かな香りが、テーブルの向かいに座るわたしのところまで届く。いつもばたばたとしている彼女からは想像のできなかった穏やかさで、少し驚いた。

「落ち着きたいときにしか、しないんだ」

湯を含んだ豆の膨らみをじっと見つめながら言う芹沢さんの顔は、真剣だった。

あの日、やっぱり傷つけたのだ。すみませんでした、と言うと芹沢さんは首を緩く横に振った。

「ほんとに、いいの。千鶴さんを連れてきたのは、あたしの意思だったんだから」

ガラス製のコーヒーサーバーに、ぽとぽととコーヒーが落ちる。何か言おうとして、でもうまく言葉が出てこない。芹沢さんをそっと窺う。

休日のときの彼女は、いつもすっぴんだ。その姿を最初に目にしたときには、とても驚いた。化粧をしていなくてもうつくしく、むしろ肌に透明感が増しているように思う。頬にはそばかすが散っていて、カラコンを外した瞳は黒だ。そしていつもさまざまなウィッグで飾られている頭は、少年のように短く刈《か》りあげられている。服装も、性別を不明にするようなぶかぶかの服ばかり着ていて、まるで中性的な美少年のようだ。あまりのギャップに言葉を失ったわたしに、彼女は『こっちのが楽なもんで』と笑ったものだが、いまだ慣れない。生まれつきうつくしい人間は自身の美に執着しない、という話を聞いたことがあるけれど、彼女を見ているとなるほどどと思う。

「千鶴さんとは一度きちんと話をしなきゃって思ってたけど、なかなかできなくてごめん」

芹沢さんの視線は、湯を落としているドリッパーに注がれている。

「あたし、千鶴さんのこと避けてたんだ」

え、と声が出た。そんなこと、気付きもしなかった。

「覚悟して連絡をしたはずなのに、ここに連れてきたはずなのに、勝手にショック受けてた。想像が、足りなかったんだと思う」

サーバーにコーヒーが溜《た》まっていく。それを眺めながら、芹沢さんが続ける。あたしはね、ママと千鶴さんが気持ちのいい再会をして、ここでみんなで仲良く暮らすようになるっていうのを思い描いてたんだ。ほんとうの母娘なんだから、会った瞬間に何もかも理解しあえる、そんな風に思ってたのは、あたしのばかな考えだった。ふたりがぎこちないのを目にするたびに、あたしの責任みたいなのを考えてしまって、それで避けてた。

芹沢さんが寂しそうに笑う。その顔を見ながら、一昨日、彼女が両親がいないと言っていたことを思い出した。確か一歳のころだと言っていたから、親というものの記憶自体、ないのかもしれない。あらためて酷いことを言ってしまったんだと悔やむ。

「その……いくら親子っていったって、そんなに単純なものじゃ、なくて」

「うん、そうなんだね。千鶴さんはいつも哀しそうにしてるし、あのママが泣いてる。そういうの見て、よく分かった」

ドリッパーを脇に置き、ふたつのカップに淹れたてのコーヒーを注ぐ。ふわっと湯気が立った。

「待ってください。泣く？　あのひとがいつ泣いたっていうんですか」

驚いた。わたしの前ではそんなそぶり見せたことがない。芹沢さんはわたしの前にカップを押し出しながら「千鶴さんがいないとこで、泣いてる。夜なんかは特に」と静かな声で言った。

「うそでしょ。信じられない」

「こんなうそつかないよ。どうしたらよかったんだろうって、泣いてる」

芹沢さんが、自分のカップに口をそっとつけた。あたし思うんだけど、ママはほんとうに、千鶴さんがしあわせに暮らしているって思ってた……ううん、信じてたんじゃないかな。だからいまの千鶴さんを見て、ショックを受けてる。そのせいで、うまく関われないんだ。

わたしはカップを持ち上げようとして、しかし手が滑った。かしゃんと音がして、ソーサーの上にコーヒーが少し零れた。

「ショックって、ばかなこと言わないでください。子どもを捨てるってことの重大さが分かか」

言いかけて止めたのは、結城さんの言葉が蘇ったからだ。

「……もし、もしほんとうにあのひとが泣いているって言うのなら、それはいまのわたしが情けないから、なんじゃないですか？」

　きっとわたしは、母の思い描いていた娘像とかけ離れていたのだ。

「でも、仕方ないじゃないですか。わたしは傷を抱えて生きていく道しか進めなかった。こういう生き方しかできなかった。わたしに何も関わってこなかったひとがそれにショックを受けたとして、わたしに何ができるって言うんです」

　コーヒーを口にする。濃い色味通りの、苦みの強い味が広がった。

「きっと、会わないほうがよかったんでしょうね。母と、会うべきではなかった」

「そんな風に言わないで。きっと、ママはそんな風に思ってない」

　芹沢さんがカップをテーブルに置く。

「ママが千鶴さんのことを口にしたのは、病気になってからなんだ。それまでは娘がいたことなんて一度も言わなかった。病気が、ママがずっと隠していたことをあたしに教えてくれた」

「それは、ただ単に、一生黙っておきたかったことなんじゃないですか。それを口にしてしまったのは、本人からしてみれば不幸かもしれない」

　嫌な病気だなと思う。言いたくないこと、隠しておきたいことを明らかにしてしまうなんて。しかし芹沢さんは頭を振った。

「そうじゃないと思う。だってママ、あたしと彩子さんに千鶴さんのことを話したとき、泣いたんだよ」

　自分の勝手で捨ててきた娘のことを、誰にも言えなかった。いまやっと言えた。母はそう言って、芹沢さんと彩子さんの前でぽろぽろと涙を零したのだという。

「どうして別れたのかとか、そんな事情は語ってくれなかった。でも、遠くからでもいいから千鶴に会いたい。ちゃんとしあわせそうに生きているところを見たい、そう言ってた。あのときのママは、心から会いたがってた。だからあたし、どうにかしてふたりを会わせたいって思ったんだ」

「それはほんとうに、うそでしょう。だってわたしを見たときの反応、覚えてるでしょ？あんまりにも、酷かった」

思わず、声が小さくなる。それに反して、芹沢さんは声を大きくした。

「覚えてるよ。でもあたしは、会いたいと言って泣いた姿も、覚えてる。あの涙は、絶対にうそじゃない。それは彩子さんも、同じ気持ち」

芹沢さんと彩子さんは、母の病が進行する前にどうにかして母娘を再会させたいと思ったけれど、母は詳しい事情を尋ねようとすると口を固く閉ざした。

「会えないのは自分の罪だから気にしないでほしい、って言い張っててね。でも一年くらいかけて、少しずつ探っていった。夏休みの話は、二度ほど聞けたかな。といっても赤い自動車であちこち移動して回ったことと、花火大会の日がちょうどママの誕生日だったことくらいだけど。それでも、ラジオを聴いたときピンときたんだから、よかった」

芹沢さんはカップを両手で抱えた。

「千鶴さんとの夏休みのこととか、家を出ていった理由とか、もしかしたら他にも、ママがまだ口にできない何かがあるんだと思う。だから、うまくいかなくて、ぎこちないんだ。だからあたし、これからもっとふたりの間に入って、潤滑油《じゅんかつゆ》っていうの？　そういう役割をしたい。あたしがここに連れてきたんだもん。それが、あたしの役目なんだ」

にこりと笑う顔には、少しの陰りもなかった。

「……わたし、あなたにだいぶ、失礼なこと言いました。腹が、立たないんですか？」

わたしが、わたしに腹が立つ。芹沢さんはわたしより圧倒的に、人間が出来ている。彼女のほうが年下だけれど、足元にも及ばない。

芹沢さんが大きな目を少し見開いた。それから「うーん」と天井に視線を流す。

「そりゃあ、まったく平気ってわけではない。でもあたし、そういうところは打たれ強いってか、慣れてるんだよね。特に、自分が豊かなひとに見られる自覚ってのが大いにある」

カップに口をつけてコーヒーを啜った芹沢さんは、「千鶴さんがあんなこと言った理由は、この容姿が大きいんじゃない？」とおもむろに訊いてきた。

「あ……、は、い」

抜きんでたうつくしさだと思う。ひとは見た目だと断言したくはないけれど、うつくしさだけで人生のいくらかはイージーになることもあるだろう。

「あたしはねえ、自分の姿かたちが大嫌い」

彼女の口調に、黒い色がついた。

「いいことなんて、何もなかった。あたしね、両親が亡くなったあと、ふたつ上の従姉《いとこ》がいる親戚の家に引き取られたんだけど、物心ついたときからずっと、従姉にいじめられてた。抓られたり引っかかれたり、髪の毛は引っ張られるし、ばちばち叩かれる。おもちゃで殴りつけられて、頭を切ったこともあるよ。そのくせ、あたしが泣く前に従姉のほうがわんわん泣くの。恵真のほうが可愛いってみんなが思ってるのが嫌だ。恵真なんて大嫌いだって。叔母《おば》夫婦はもちろん実の娘が可愛いから、必死で宥《なだ》めてた。恵真はそんなに綺麗じゃないよ、こんなに汚いよ。有希《ゆき》ちゃんのほうが綺麗で可愛いわ——それを言うために、めったにお風呂に入らせてもらえなかったの」

絶句した。そんなことが、あるのか。

「小学校三年のとき、クラスメイトから臭いとか汚れてるとか、そういうことでいじめられるようになったんだ。そしたら担任教諭に呼び出されて、何か事情があるの？　って訊かれたの。生徒に人気のあるひとだったし、あたしも信頼してた。だから、お風呂になかなか入らせてもらえないことを素直に言ったのね。担任は、そういうことなら先生のおうちで入るといいよってあたしを自宅に連れて帰ったんだ。そして、きちんと洗ってあげようね、って一緒に浴室に入ってきた。担任は二十八の、独身男性」

息を呑んだわたしに、芹沢さんは眉尻を下げた。

「全裸《ぜんら》の担任にからだを撫でまわされたことだけ、覚えてる。怖くてずっと、震えてた。その後、どうやって帰ったのか覚えてないんだけど、知らないシャンプーの匂いがするって従姉が騒いだお陰で、すぐに叔母夫婦の知るところとなった。でもこの問題は、秘密《ひみつ》裏に処理されたんだ。叔母夫婦と学校側の間で話し合いがあったみたいで、担任教諭が体調不良を理由にいなくなって、それで終わり。担任があたしに何かしたっぽい、みたいな嫌な噂《うわさ》だけ、残ったけどね」

芹沢さんが立ち上がり、食器棚の中からクッキー缶を取りだしてきた。わたしたちの間に缶を置き、蓋を取る。甘いバニラの香りがしたけれど、食欲など湧《わ》くはずもなかった。

「中学三年になるころにはその噂が変に膨らんでしまって、あたしは担任と援助交際してたクソビッチってことになってた。いまも、あるのかな。ネットで、学校の裏掲示板みたいなのがあったんだけどね、ああいうところにしょっちゅう晒されてた。五千円でやれるとか、ブランドバッグでナマオッケーとか酷いうそばっかだったけど、でもそれを信じるばかな男がいるんだよね。いきなりお金押し付けられたり、おっぱい触られそうになったりして、あのときはまじで外歩くのが怖かった」

アーモンドが一粒乗ったクッキーを、芹沢さんが齧る。白い歯ががりっとナッツを割った。

「中学の、卒業間近だった。雪が降ってたすごく寒い日。とうとう、朝の登校中に無理やり車に押しこまれたんだ。大学生の男が三人乗ってて、全員ににたにた笑ってた。あのとき以上の絶望は、ないと思う。でも、たまたまそれを目撃してた男のひとが、乗ってたバイクで追跡してくれて、警察に通報もしてくれたお陰で助かったんだけどね」

聞いているだけで、胸が痛くなる。吐き気がする。

「中学校の教頭が、君自身に気の緩みがあったんじゃないかって言った。クラスメイトの女の子たちは調子乗ってるからだって噂して、警察のおっさんは綺麗な子ってのはそんな心配があるんだねえって暢気に言ってた。従姉は真っ青で、初めて心配してくれたのかなと思ったんだけど、叔母夫婦に『恵真といると私も危ないかもしれないから、恵真を追い出して』ってせがんだの。叔母夫婦はあたしをずっと持て余してたからね、あっさりと、出ていってくれって言われた。高校生にもなれば、もうひとりで生きていけるだろうって」

芹沢さんがふっと微笑む。

「いいことなんて、ないよ。この容姿で得たものなんて、ひとつもない」

「ごめ……ごめんなさ……」

何と、浅はかだったのか。彼女の明るさの裏にそんな辛い過去があるだなんて思いもしなかった。うつくしさにそんな弊害《へいがい》があるなんて、どうして想像できる。

「気にしないでいいよ。普通は、羨ましがられることだもんね。あたしがたまたま、運が悪かっただけ。あ、そうだ、得たものもあったあった。ママと、結城」

芹沢さんの顔に光が差すように、表情が明るくなった。

「実はね、バイクで助けてくれたひとってのが、結城なんだ。そして、結城のおじいさんの家で家政婦をしていたのが、ママ。結城があたしのことをママに話して、それからママとあたしを引きあわせてくれたの。あたしが叔母夫婦のところを出ていかなきゃならないって知ると、ママはすぐに、引き取ってくれた」

そのころの芹沢さんは、ひとりで眠ることすらできなかったという。

「最初のころは不安がずっとあってさ。暗やみすら怖かった。ママは毎晩あたしと一緒に寝てくれたんだ。それまであたしは誰かと一緒に寝るって経験がなくって、ママの寝息を聞くだけでも、すごく安心したなあ。あ、でもね、甘やかされただけじゃないよ。外に出られない、学校に行きたくないって言ったらめちゃくちゃ叱られた。他人の悪意に負けて自分の生き方を狭《せば》めるなんて許さない、って」

母は芹沢さんに痴漢《ちかん》撃退スプレーにＧＰＳ携帯、防犯ブザーなどあらゆるものを持たせて、通学させた。

「できない、行けないって泣いて縋ったけど、全然だめ。家の中じゃたいていのことは許してくれるのに、外の世界から逃げたいってことだけは認めてくれなかった。毎日、死を覚悟するくらいの気持ちで学校に通ったよ。それを恨んだこともあったけど、お陰で高校をちゃんと卒業できたし、専門学校だって通えた。乱暴な方法だし、ひとによっては逆効果かもしれないけど、あたしはそれで救われた。いまこうして乗り越えて生活できていることに、感謝してる。あのとき逃げることを許されていたら、いまどういう自分になってたか、分かんないな」

一昨日を思い出した。あれは、母なりにわたしを思ってのことだった？　まさか。でも、わたしに気付いたときにため息をついたのは、あれは安堵からだったような気もする……。

「あの、それで、どれくらいで普通に外出できるようになったんですか？」

訊くと、芹沢さんは「冷や汗が出なくなったのは、半年、くらいかなあ」と答えた。

「すっごく長く感じた。それからもときどき、発作みたいに恐怖の波がめちゃくちゃ大きくなるときがあって、大変だったけど。でもそんなときは結城が付き添ってくれた。って言っても、あたしが一緒に歩けないの知ってるから、二メートルくらい後ろからぴったりついてくんの。それで二度くらい警察に職質受けたことあって」

芹沢さんが思い出したようにくすくす笑い、「何で一緒に歩けないんですか？」とわたしは首を傾げる。彼女は「ああ」と肩を竦めた。

「諸々のことが、トラウマになっちゃってるんだ。あたしね、男のひとが怖いんだよね。すごく怖くて、それはいまでも治ってない」

芹沢さんは頭をつるりと撫でて、「こういうカッコしてんのも、性的に見られたくないからなんだ」と言った。

「そう、だったんだ……。あ、でも出勤のときはきちんと女性らしい服装してる、と思うんですけど」

「一分の隙もないくらい自分を飾り立てておくと、それも変な男避《よ》けになるんだよ。それに、あたしは大丈夫一番強いって言い聞かせながらメイクしてるし、鎧《よろい》着こんでるつもりで服を着てるから。でも、まだ男性客の接客はできない。シャンプーにも入れないんだよね。結城くらいかな、一対一でも落ち着いて自分らしく一緒にいられるのは。でもいまも、触れることはできないけど」

弱く微笑んで、芹沢さんは「早く乗り越えたいと思ってるんだけどね」と視線を落とした。オーナーは理解してくれてるけど、同僚《どうりょう》の中には客を選り好みするなんて調子乗ってるっていうひともいる。インスタを見て遠くから来てくれたお客さんなんか、ほんとうに申し訳ないよ。触れることもできないんだもん。職業意識が低すぎるって怒鳴られたこともあった。当然だよね、でもどうしてもできないんだ。とうとう、男嫌いの女好きだなんて噂もたっちゃった。

少年のような佇《たたず》まいの彼女を見て、いくつかのことが理解できていく。母が帰りを異常に気にするのは、こういう過去があったことを知っていたから。結城さんがわたしに怒ったのは、彼女の過去も知らずに好き勝手責め立てたから。

「ごめんなさい、何も知らなくて」

「言ってなかったんだから当然。てか、言わないとだめだったんだよね。せっかく一緒に暮らしてるんだからさ、ちゃんと理解してもらおうってスタンスでいないといけなかった。察してとか、分かってとか、そういう曖昧なのってだめだよね」

芹沢さんはわたしへクッキー缶を押し出して、「もっと話そう」と言った。

「千鶴さんも、もっとあたしに話してよ。ね」

「芹沢さんは、ほんとうに綺麗ですね」

言って、それから慌てて付け足した。

「あ、いまのは顔立ちのことじゃないです、心根のほう。わたし、芹沢さんみたいな過去があったらそんな風にひとにやさしくできない。世の中を憎んで、もっと僻《ひが》んでたと思う」

芹沢さんが「あたしのこと、聖人君子だと思ってる？」と笑う。

「んなわけないよ。あたしが千鶴さんに対して真摯でありたいと思うのは、ママの娘だから。あたしを助けてくれたママの大事なひとだから、あたしも大事にしたい。それだけだよ。他のひとにはそんなにやさしくできない。気を許すと、傷つけられることもあるからね」

最後の言葉は、ひやりとしていた。この子はきっと、わたしの想像以上に辛い目に遭ってきたのだろう。しかしその傷を押し隠して笑うことができて、必要とあらば手を差し伸べることができる。出会った当初、わたしは彼女のことを健やかに育った幸福で愚かな子だと見下げたけれど、愚かなのはわたしだった。

中央にジャムの乗ったクッキーを摘み上げて「ありがとう」と言った。

「あなたと話すと、自分の未熟さみたいのが、よく分かります」

「お礼言われるほどのもんじゃないっしょ。あ、てか、そろそろそれ、やめてほしいな」

芹沢さんが言い、首を傾げると「芹沢さんっていうのと、その喋り方」と唇を尖らせる。

「恵真でいいし、口調もタメでいいんだよ。てか、そうしてほしい。寂しいじゃん、他人行儀で」

はっとして、それから少しだけ躊躇う。

「え、ええと。恵真、さん、でいいかな」

「さん付けかよー。でもまあ、よしとするかな」

恵真さんが笑う。やさしい顔だった。

「そうだ、千鶴さん。一昨日のスイートポテトパイ、食べた？　千鶴さんの大好物だってママから聞いたけど、美味しさに感動したでしょ」

「え、大好物？」

「うん。さつまいもが子どものころから好きだったんでしょ？」

「具合が悪かったから、食べてないまま。それに、さつまいもは昔は確かに好きだったけど、苦手になってしまって」

パン工場で働いているときに、芋餡を練る作業についたことがあった。砂糖をたっぷりと混ぜこんだ餡は甘ったるいばかりで美味しくなく、そして人工的な匂いがやけに鼻についた。不快さすら覚える湯気に毎日包まれて過ごしているうちに、さつまいも自体が苦手になってしまったのだ。そう説明すると、恵真さんが眉を下げた。

「そうなんだぁ、残念。でもね、あずさカフェのは素材から拘《こだわ》ってるから美味しいんだよ。一度、食べてもらいたかったなあ」

恵真さんが言うのを聞きながらコーヒーカップを眺める。母は、わたしがさつまいもが好きだったことを、覚えていたのか。あのうそっこバナナサンドもそうだ。一昨日のあれは、母なりの、わたしへの気遣いだった、そういうことだったのか……。

「あのひとは、わたしのこと気にかけている、のかな」

「だから、そうだってば！　ママはママなりに、千鶴さんとの距離を測って試行錯誤してるんだよ」

恵真さんの言葉が、温かい。信じたい、そんな気がしてくる。

「……スイートポテトパイ、今度、食べてみたいな」

ぽつりと零すと、恵真さんが「じゃああたしが買ってくるよ」とこともなげに言う。

「千鶴さんの口に合うといいな。そんでさ、少しずつでいいから、ママと話してみない？　ふたりにはこれから、歩み寄りってのをしてみてほしいな」

素直に、頷くことができた。


「〝いやしの杜〟でーす！」

ブザーをかき消すほど大きなともちんの声がした。母が帰ってきたのだ。迎えにでようとした彩子さんを、恵真さんが「待って待って」と止める。

「千鶴さんに行ってもらおう。千鶴さん、ね？」

恵真さんが意味ありげに笑い、わたしは少し躊躇う。

「こういうのって、思い立ったらすぐ実行だよ」

確かに、タイミングを計って緊張するよりはいいかもしれない。彩子さんに「わたしがいきますね」と言って、玄関に向かった。何て声をかけよう。そうだ、「うそっこバナナサンド、ありがとう」これでいこう。そんなことを考えてから、玄関扉の鍵を開けた。

「すみません。お待たせしま、した」

扉を開けて、すぐに違和感を覚えた。ともちんの横で、母がぼうっと立っていたのだ。前回はべったりと抱きついていたのに、手を繋いでいるだけ。顔も、遠くに向けるように逸らしている。機嫌でも悪いのだろうか。

「あの、どうかしたんでしょうか」

母はわたしが出迎えたことにも気付いていないようだった。具合でも悪いのかと、ともちんを見れば「ええと、九十九さんいらっしゃいますか」とどこか困ったように言う。

「ちょっと、いろいろあったのでご報告をしておきたくて」

すぐに奥にいる彩子さんを呼ぶべく声を上げ、そういえば母の服装が違うな、と思った。今朝はダマスク柄のワンピースだったはずだけれど、赤のチェック柄に変わっている。

彩子さんが出てくると、ともちんは「実は今日、ロウベンしてしまいまして」と隣の母を気にするように小さな声で言った。何のことだろうか、と思う前に彩子さんが「うそでしょ」と反応した。

「いえ……。スタッフが気付いたときには服も壁も汚れている状態でした。本人は、最初は酷く動揺して興奮してましたが、お風呂に入っている間に意識が散漫になってきました。多分、ショックが大きすぎたんだと思うんですが」

幼いように感じていたともちんがてきぱきと話し、彩子さんは片手で口元を覆った。

「そういえば、今朝は少し様子がおかしかったんです。でもまさか……」

「薬の効きが悪くなってきているように感じます。一度病院の先生と相談したほうがいいかもしれません」

わたしは、ふたりの話に入っていけず、ただ横で聞いていた。母の病がまた進行してしまったらしい、そういう内容であることだけは、分かった。でも、理解はできない。だってそんなにおかしいとは、わたしは思わない。だってほら。視線を向けて、あ、と呟いた。

顔を寄せて話しているふたりの横で、母はだらしなく口を開けて立ち尽くしていた。その顔は、玉手箱《たまてばこ》でも開けたのかと思うほど、急激に老いている。いつから、こんな風になった。いや、わたしが、見ていなかっただけか。母を、どこかで避けていたから……。

ふいに、母がともちんと繋いだままだった手を離したいようにもぞもぞと動いた。

「あれどうしたの、聖子さん」

ともちんが、母に気付いて顔を向ける。母はぶるるっと大きく震えたかと思うと、「ああ！」と悲鳴を上げた。まるで目の前に死神でも現れたような、そんな変化だった。

「え、もしかして聖子さん」

彩子さんが言うと、母はその場にべたんと座りこんだ。

「ああ、大丈夫ですよ。もう介護用下着に穿《は》き替えてもらってますので」

母が叱られた子どものように「違う、違う」と言う。そんな母の背中をともちんは「大丈夫ですよ」とぽんぽんと叩く。それから彩子さんに向かって「こういう感じです」と言った。彩子さんは顔を青くして「よく、分かりました」と頷いた。

彩子さんがともちんから母の手を受け取り、「聖子さん、立てる？」と訊く。

「お風呂入りましょ。ああ、千鶴ちゃん。恵真ちゃんに、着替えとか持ってきてって伝えてくれる？」

母が彩子さんに支えられて立ち上がる。その顔はぐしゃぐしゃに濡れていた。泣いている、などというやさしいものではない。顔からすべての液体を絞り出すような、苦しみの顔。どうして、そんな顔をしてるの。

母は、呆然として動けないでいるわたしに気が付かないまま、わたしの横を通り抜けていく。目だけで追った瞬間、鼻腔《びこう》に嫌な臭いが届いた。

「え」

母が浴室に向かう。丸まった背を見た瞬間、ようやく気付いた。母は、失禁したのだ。それも多分、便を。

「うそでしょ」

そんなに進行しているなんて、知らない。

信じられない。でも、事実を告げるように、臭いだけが残っていた。

4　双子の三日月

母と一卵性母娘だと、よく言われていた。顔立ちがそっくりだということもあったけれど、仕草や表情、そしてやることなすことすべてが似ていたのだ。好きな食べ物や、俳優。髪形に服のセンス、何もかも同じ。

「不思議なくらい、似てるのよ」

母はよく、ひとに言っていた。誇《ほこ》らしそうな顔をして、でも少し困った声音で、どれだけ私たちに共通項があるかを語る。そして最後に、「母娘ってこういうものなのねえ」と言う。この子は私の分身じゃないかと思うのよ。

幼稚園のころまでは、話の締めに母が私を抱きしめてきたものだ。母の香りと温もりに包まれる。それはとても心地よくて、しかしどこかでどきどきしていた。母は私にとって、特別なひとだった。

母はどこにでもいるような量産型の地味な女だった。突出するような特技もないし、容姿も十人並み。とびきり素晴らしいところもなければ酷いところもない、平均的なひと。向上心や野心はない。平凡で平穏な人生を尊んでいて、でも目立つひとの噂話や流行には興味津々に耳を傾けた。それでいて、ひとに少しだけ羨ましがられるような恵まれた人生を送っていた。
地味で冴えないけれど穏やかでやさしい、田舎《いなか》の豪農《ごうのう》のひとり息子と結婚し、結婚と同時に義理の両親から一軒家をプレゼントされた。子どもは男の子がひとりと、女の子がひとり。平日はパートに出かけ、休日は野球クラブの補欠で頑張る息子の応援。これはどちらも、噂好きのひとたちと話をするのが目的だった。精肉コーナーの誰それが不倫しているとか、打撃コーチの奥さんがスナックで働いているとか、そんな話をいつもこそこそと、「モテるひとも大変ねえ」「それは、子どもたちにはよくないわよねえ」などと、どこか楽しげに交わしていた。

話題はときどき嫁姑問題や介護問題になったけれど、そのときだけは母は居心地が悪そうだった。義理の両親はとても人間ができたひとたちで、ひとり息子の嫁を大事にし、鍬《くわ》ひとつもたせることをしなかった。そして子どもに世話はかけたくないと、その当時まだ珍しかった介護付き高齢者向けアパートに早々に入所した。嫁姑問題どころか介護の不安も、母にはなかったのだ。

逆に、ダイエットや子どもの話になると、生き生きしていた。ぽっちゃり体型だった母は「酢大豆」だの「ダイエットシェイク」だのの情報を仕入れては、すぐに買っていた。何度、兄と正体の分からぬものを食べさせられたか知らないが、しかし学校で愚痴を零せば「うちも昨日それ出された！」と言われた。母は些細なことまでも、平凡だったのだ。

そんな母は、私の人生の節々で、しみじみと言った。

「あなたは私の人生をなぞっているんじゃないかしらねぇ」

あなたを見ていると、人生を繰り返しているような気がしてくるのよ。ようく、似てるんですもの。私は「当たり前だよ」と答えた。私たち、一卵性母娘だもん。だいたい同じ感じになるのは、仕方ないことだよ。

「あら。あなたはもう、自分でそんなことを言うんだから」

母はくすくすと笑う。その笑顔に私はほっとする。母が喜ぶ顔は、私をいつでも安堵させた。母の笑顔を、私はよく覚えている。

「朝よー！　さあ起きましょう、聖子さん」

遠くから声がして、意識が引き上げられる。朝。そうか、私は寝ていたのか。

からだ全体が重くて、眠りから覚めたばかりのはずの頭は芯《しん》から鈍く痛む。休息できている気がしない。飲酒などもう何年もしていないはずなのに、酷い二日酔いのようだった。

何だか、嫌な夢を見ていた。いや、懐かしい夢だったか。もう思い出せない。夢の名残を探そうとして、しかしすぐに止める。頼りない夢など追いかけても、どうしようもない。思い出せないのなら、それでいい。現実に向かおうと瞼を ゆっくり持ち上げようとしたら、しかしその瞼が動かない。水をたっぷりと含んだ砂袋がぴたりと私にのしかかってきているような息苦しさがある。どうにか動こうと身を捩《よじ》ろうとするも、恐ろしいほど緩慢にしか動かない。唸りながらからだの末端――手や足に力を入れてみる。試行錯誤していると、ひとところに溜まって固まっていた血液が動いて、どろどろと流れていく音が聞こえる気がした。それに耳を傾けているとようやく、のろりと瞼が開いた。砂袋など、もちろん乗っていなかった。私自身が砂袋なのだろうか。朝起きると化け物になっていた男の話があったけれど、私はじわじわと砂袋に変わっていく女の物語の主人公なのかもしれない。

無理やりからだを起こすと、血がまだ巡りきっていなかったらしく眩暈がした。視界がブラックアウトしかけて、腹に力を入れてどうにか耐える。深呼吸をして、それから周囲を見回す。閉じられたカーテンを勢いよく開けたひとが振り返る。日差しを背にした顔は、眩しくて判別がつかない。

「おかあちゃん？」

目を庇《かば》いながら言うと、そのひとは「何言ってるの。ほら、よく顔を見てごらんなさい」と言う。母とは違う声だった。

「あ、おはよう。ええと、彩子」

眩《まぶ》さで目を細めながら顔を見ると、母とは全然違う顔で、そしてすぐに名前が出た。そうだ、このひとは同居している九十九彩子。私の面倒を見てくれているひと。ああそうだ、そうだった。いろいろを思い出して、私の現実の位置を把握する。

「今日はとてもいいお天気よ。気持ちいい風も吹いてる」

彩子が窓を開けると、そっと風が滑りこんできた。私の頬をやさしく撫でる。

「ああ、本当ね。そうだ、今日は、私はどの家に行かないといけなかったんだっけ。井本《いもと》さん、は亡くなったんだっけ？　じゃあ阿久津《あくつ》さんか」

「何言ってんの。阿久津さんはもう何年も前にグループホームに入所したでしょ。あなたはデイサービスに行くのよ。ともちんのお迎えで」

彩子に言われて、「ああ」と呟く。胸の奥に大きな重しが落ちた。そうだ、いろいろを思い出してなどいなかった。すっかり、忘れていた。私はこれから認知症対応デイサービス施設に行くのだ。

私は、ものを忘れていく病気なんだった。

「昨日、私にフレンチトーストをリクエストしたのを覚えてる？　美味しいのができたの。早く食事にしましょう」

彩子が私に手を差しだしてきて、私がそれに応える前に私の二の腕を摑んだ。支えるように、ぐっと力をこめられる。

「あら、なあに？　そんなことしなくたって大丈夫よ」

「そんなこと言って、この間ベッドから転がり落ちたでしょ」

そうだったか。分からない。でも、ベッドから足を下ろして立ち上がろうとしたところでよろけてしまい、どすんと尻もちをついた。

「あらほんと。危ないわね、私」

驚くと、彩子が笑った。

「でしょう？　さあ、私の手を取って。身支度をしましょ」

着替えをすませ、彩子の誘導でトイレに向かう。そのあと洗面所に行き、顔を洗う。タオルで顔を拭って鏡を見ると、老いた女がこちらを見ていた。染料で染めきれていない、白髪がちらほらと目立つ頭に、弛《たる》んだ肌。眉毛はまばらで、瞼は皮が下がっている。

「あらあ、私ってこんなおばあちゃんだった？」

「すっぴんの女はそんなもんでしょ。ほら、私ももういい年よ」

彩子が鏡を覗きこんでくる。彩子は確か、私より十近く若かったんじゃなかったか。だから肌の張りが違う。そう言うと、「変わらないって。むしろ私は若いころに手入れしてなかったから、聖子さんのほうが綺麗よ」と私の頬を撫でた。

「ほら、つるつる」

「そうかしら」

化粧水をつけ、マッサージをする。まだ、手が動作を覚えているらしく勝手に動く。丁寧に頬や顎《あご》を撫でて、それから鏡に向かって笑いかけてみる。いち、にー、と声を出して。

「よし、これで、いつもと同じ。いつもの私よ」

おまじないだ。鏡の中の自分がいつから子どもを抜け大人になったのか分からないのと同じか、それ以上の頼りなさで、私は私の『いつも』を覚えていない。ただ、朝きちんと手入れをすることで、『自分』のチェックをして『自分』を守れる、そんな気がしている。それを覚えているだけ、まだましだろうか。

「大丈夫、いつも通りよ」

彩子が太鼓判《たいこばん》を押すように言ったので、信じることにする。少しだけ気持ちを持ち上げて、それから食堂へ向かう。食堂には大きな掃き出し窓があって、その向こうには広くはないけれど緑豊かな庭がある。庭先をのんびり眺められるように、カッシーナのヴェランダソファを置いてある。何年もお金を貯めて、一生ものだからと勇気を奮って買った高級家具は、寝そべるとからだ全体を包むように支えてくれる。すっかり飴色になったソファに寝転がり、木々の隙間から零れる日差しを眺めるのが、私の唯一の贅沢だ。

ドアを開けて、ふっと視線を流すと、ソファにひとが座っていた。私を見てくる。その姿が一瞬、母に見えた。

「おかあちゃ」

「おはよう、千鶴ちゃん」

隣にいた彩子が言い、はっとする。そうだ、母はもうずいぶん昔に死んだ。母のはずがなくて、そして目の前にいるのは私の娘だ。

「おはよう、千鶴。よく眠れた？」

口角を持ち上げ、明るさを意識して言う。千鶴はわたしに目を向けたまま「おはよう」と返してくれた。

「夜、あんなに歩き回ったのに元気そうだね。よかった」

言われている意味が分からなかった。

＊

母の徘徊《はいかい》が始まった。夜になると「帰らなきゃ」と外へ出ようとするようになったのだ。布団に入り、寝静まったかと思いきや、むっくりと起き上がる。誰が制止しようと聞かずに服を着替え、外出する支度を整えだす。そして、「帰る」と玄関へ向かう。

今夜も、その時間が来たらしい。階下で彩子さんと恵真さんの声がして、目が覚めた。すぐに起き上がり、階下へ向かう。母の両腕に、ふたりがしがみついていた。

「帰らないといけないのよう、離してよぉ」

「どこへ帰るの。ここがおうちでしょ？」

「ママ、ほらあたしと寝ようよ。ね？」

母は必死の形相で、靴を履いて外へ出ようとしていた。デイサービスに行くときに必ず背負っているリュックに、お気に入りの水仙《すいせん》の刺繡入りのワンピースを着て、外出支度もできていた。

母の腕がぶんと抜けた瞬間、肘《ひじ》が恵真さんの頭に当たった。恵真さんがうずくまるのを見て、慌てて駆け寄る。ぶんぶん振り回される腕に気をつけながら、母の腰にしがみ付いた。

「待って、落ち着いて！　恵真さん、大丈夫？」

正気の状態ではないからだろうか。母の力はすさまじく、油断をすると怪我の危険性もある。恵真さんが顔を顰めながらからからだを起こしたので、ほっとする。

「帰るの。離してよ。早く！」

わたしと彩子さんを振りほどこうと母が身を捩る。そこで恵真さんが「明日！」と叫んだ。

「じゃあ明日の朝いちばんで帰ろう。今日はもう電車がないの。朝いちの始発で、ね⁉」

母の動きが止まった。不思議そうに恵真さんを見る。

「始発？　ほんとう？」

「嘘なんかつかないよ。ね、彩子さん」

「そう、そうよ、始発で行きましょう。私、送ってあげるわ」

不安げに「ほんとう？」と母が繰り返す。立ち上がった恵真さんがリュックを取った。

「すぐ出られるように、リュックはここに置いておこう。服もそのまま着てたらいいでしょ。ね？」

母がのろのろと頷いた。からだの力が抜けたので、腰に回した手を離す。彩子さんが母の手をしっかりと握り、「部屋に戻りましょ」と言うと、それに従うように歩き始めた。

「恵真さん、大丈夫？」

訊くと、「頭はまあ平気。こっちが酷い」と腕を差し出してきた。見れば、白い腕に赤い筋がいくつも走っている。

「うわ、引っかかれたの」

「そう。手加減一切なし」

はああー、と大げさにため息をついた恵真さんは、「ちょっと、想像外だった」と小さく続けた。

「この病気って坂道をゆっくり下っていく感じだと思ってた。でも全然違う。いきなり次のステージに落とされたような、そんな気がしてる」

そうだね、と答えたわたしの声も、小さかった。

母の病状が進んでいる、と彩子さんから聞いたのは、ともちんから「ロウベン」の報告があった日のことだ。

『弄便《ろうべん》と言って、ウンチをね、いじっちゃうのよ。認知症が進んだひとでは、ままあることなの。私のホームの入居者さんでも、そういうことをしちゃうひとがふたりほどいる』

言葉が出なかった。わたしの目に映る母は、そんなに重度の認知症患者ではなかった。

『そりゃあ、千鶴ちゃんの前ではとても気を張っていたもの』

彩子さんが言う。幻滅されたくなかったんだと思う。彼女なりに、必死だったのよ、と。

しかし、はいそうですかと信じられない。だってわたしはまったく、気付かなかった。

『私たちも協力していたしね。いまだから言うけど、あんまり不穏なときは私や恵真ちゃんがそれとなく部屋に連れていってたの。それに、薬の効きが良かったのよね。千鶴ちゃんが来る少し前から処方され始めた薬が、とても聖子さんに合っていたの』

でもだんだんと薬の効果が薄れている、と彩子さんは続けた。

『聖子さんって心臓に持病があるの。それで、使える抗認知症薬がなかなかなくてねえ。病気の進行が速いのも、薬がないっていうのが大きかったと思うのよ。ようやくいいものに巡りあえたと思ってたのに』

心臓に病があるなんて、初耳だった。

『不整脈があるのよ。ひとより失神しやすくて、ほら、一度あったでしょ』

ああ、と答えながら、知らないことばかりだなと思った。しかしそれも当然のことで、わたしは母のことを聞こうとしなかった。母のこれまでのことや母のことを知るより、わたしのことを知ってくれと望んでいたから。

『これからどんどん……もっと、酷くなるんですよね？』

彩子さんに訊くと、『ちょうどいい機会だから、そろそろ話しておこうか』と表情を改めた。母の傍についていた恵真さんを呼び、三人で向きあった。

『まだ先の話になると思っていたけど……、私、聖子さんの意思を預かってるの』

彩子さんは一通の封筒を取り出し、その中の便箋《びんせん》を開いた。わたしと恵真さんを交互に見て、ゆっくりと読み上げ始める。

『認知症の進行によって認識能力が落ちたら、特に自分で下の世話ができなくなったら、認知症対応型のグループホームに入所します。どれだけ生きるかは分からないけれど、保険には加入してるし、貯金だってそれなりにあるので余計な心配はいりません。あなたたち――これは私を含んでのことね――に、迷惑はかけないし、また、手助けは一切不要です。この家は残すので、みんなは引き続き暮らして構いません。そして――』

『ちょっと待って！』

声を荒らげたのは恵真さんだった。

『あたしはそんなの納得できない。あたしはママが寝たきりになったって一緒にいたい。お世話だってするよ。ホームに入らなくたっていいよ』

彩子さんが恵真さんに便箋を渡す。恵真さんはそれを何度もなぞるように読んだあと、黙ってわたしに回してくれた。中に目を通す。

『私の世話をしようなどと思わないでください』

思いのほか、しっかりとした筆圧で、書かれていた。

『特に、子どもたち。あなたたちに介護をしてほしいと望んでいません。むしろ迷惑です。何なら、見舞いも必要ありません。ベッド脇で湿っぽく泣くことも、私を衰退《すいたい》していく者として不平等に扱うことも、私の人格を損ねるものでしかありません。なので、絶対にしないでください。これはあなたたちを気遣ってのことではありません。私の人生は最後まで私のものであり、私の意志によって始末をするのです。あなたたちの感傷で振り回していいものではないのです』

『嫌な言い方がほんとうに得意だよね』

便箋に目を落としていると、恵真さんがくつりと笑った。

『肝心なところでは線引いて、甘えてくれない。酷いよ』

『そういう性格のひとだからね』

彩子さんが哀しそうに言う。私も、何度も言ったのよ。せっかくのご縁で一緒に暮らしてるんだから、ぎりぎりまでお世話をさせてって。私はこんな仕事をしてるんだもの。頼ってくれて構わないのに。

わたしはその声を聞きながら、便箋の中の一文を指でなぞった。

『子どもたち……』

『ああ、それ気付いたの？　そう、千鶴ちゃんが来たあとに書き直したの』

そうか。ではこの『不要』はまさしくわたしにも向けられているということか。

『今回のことは、聖子さんの提示したグループホームに行く条件に当てはまる。でも今日明日で簡単に入所できるものでもないのよね。だからとりあえず相談にいかなきゃいけないんだけど……』

『やめて。今日はたまたま具合が悪かっただけかもしれないじゃん』

絶対に嫌、と恵真さんが顔を強張らせた。その様子に、彩子さんが『分かってる』と頷く。

『私も、そう思ってるから。人任せにすることが嫌いなのは、知ってるでしょう。だから、ひとまずは様子を見守っていきたいんだけど、どうかしら？』

彩子さんが言い終える前に、恵真さんが『問題ない』と食い気味に返す。

『ホームになんか入れなくってもいいよ。あたしたちで、どうにでもなるでしょう⁉』

『そうね。ただ……聖子さんにはこういうきちんとした意思がある。いつかは、従わないといけないということだけ、覚えておいて。私たちの勝手な感情で彼女の意思を尊重しない、というのもきっと、よくないから』

彩子さんがわたしの手から便箋を取り、封筒にしまった。恵真さんが両手で顔を覆い、大きなため息をつく。

『あたし、ママがいなくなったらどうしたらいいんだろう』

手の中で、ぽつりと呟くのを聞く。いてくれるだけで、いいのに。傍にいてくれたらそれだけで支えになるのに、どうしてあたしには支えさせてくれないの。

わたしもまた、どうしたらいいのだろうと考えていた。母に近づいてみようとか、母のことを知ろうとか、そういうことを考えた途端に、母が遠ざかっていく。このまま永遠に、母を理解できる日は来ないのかもしれない。

でも、それでいいの？　母がまたわたしの元からいなくなるその日まで、そんなことをいうつもりなの？

『……わたしに、できることはありますか？』

彩子さんに訊いた。

『できることがあるのなら、やりたい、です。あのひとを、知らないといけないから』

どうしてそんな風に言えたのか不思議だけれど、自然と言葉が湧いた。

いまここで動かなければわたしと母の距離は広がっていくままで、縮まることはない。それに対して、恐怖のようなものを覚えたのかもしれない。

ぱっと手を離した恵真さんは驚いた顔をしていたけれど、すぐに『もちろんだよ！』と言った。

『そうだよ、千鶴さんはママのことを知るためにここに来たんだもん。このままじゃだめだよね』

『千鶴ちゃんがそう言ってくれるの、すごく嬉しい。いいことだと私も思う』

『じゃあ、その、これからはわたしも、手伝います』

どうなるのかは、分からない。でも新たな一歩を踏み出すことができた、という小さな喜びがあった。

あの日から、まだ十日。たった十日なのに、母は変わった。

弄便のことは記憶にないようで、意識が終始あやふやな状態になり、日中はぼうっと虚空《こくう》を眺めているだけ。トイレはどうにか自分でできるけれど、終わったあとはたいてい汚しているし、自発的に食事を取らなくなって介助が必要になった。しかし夜になると元気になり、「帰る」と騒ぎを起こす。彩子さんの話では、昼夜逆転という症状も併発《へいはつ》しているとのことだった。

母の主治医は、急激な悪化はさまざまなストレスによるものだろう、と診断した。まずひとつ目は便秘。母はこの一ヶ月ほど、酷い便秘状態だったようだ。レントゲンを撮ったら、胃の近くまで便が詰まっていたという。

『便が出ないというのは、精神的にも大きな負担となるんです。排せつ物を溜めこむことは、さまざまな悪影響を及ぼすものです。彼女は便を掻きだすことで楽になろうとしたんでしょう。そして我に返ったときに、自分の行為に激しいショックを受けた。これが、ふたつ目のストレスでしょう。彼女はまだ若い。受けた衝撃は大きかったことでしょうね』

医師は付き添った恵真さんと彩子さんにそう説明をし、下剤を処方してくれた。そのお陰で直接的な原因は取り除けたけど、母の心は戻らない。

「さて、と。明日も仕事だし早く寝なくちゃ」

恵真さんが大きな欠伸をして、はっとする。

「代わろうか、わたし」

「ううん、大丈夫。てか、起こしてごめんね。おやすみ、千鶴さん」

恵真さんが伸びをして、母と彩子さんのいる部屋に戻っていく。それを見送ってから、わたしも自室に戻るべく、階段を踏んだ。

母の徘徊が始まってから、わたしたちは母に必ずふたり付くように決めた。ひとりでは到底母を抑えられないので、ふたりがかりというわけだ。明日はわたしと恵真さんが担当することになっている。

「わたしも、早く寝よう」

明日もまた、夜中に起こされて眠れなくなる可能性がある。

その予想は、残念ながら的中した。今晩、母の「帰る」コールは夜中の一時に起きた。母のベッドの下に二組布団を敷いて眠っているのだが、母に遠慮なく踏まれて目が覚めた。

「帰る」

げほげほと噎せるわたしには無反応なまま母は言って、部屋を出ていこうとする。恵真さんがすぐに起きだして、「だめだってば」と母を止めた。

「もう真夜中だよ。外は真っ暗だってば」

「帰りたいんだもん」

ぐいぐいと、母が歩いていこうとする。その足はしっかりしていて、ぼんやりし通しの日中とはまるで別人のようだ。

「もう寝ようよ。ね？　あ、そうだ。スマホで映画でも観ようよ。ママの好きなやつ！」

恵真さんが宥めすかすように言うも、母は耳を貸さない。玄関の上がり框で押し問答をしていると、母が「外に出たいのよ！」と叫んだ。

「外？　外でいいのね？　じゃあ庭に出てみようよ。そしたら外が暗いのが分かるでしょ」

恵真さんが言い、母の手を引く。

「ほら、こっちから外に出てみよう。ね」

「外に行けるの？」

母の気が逸れる。ふたりで目くばせをしあって、食堂に母を連れていった。わたしが窓を開け放ち、外履きのサンダルを二足並べる。ひやりとした夜風がさっと室内に流れこんできた。

「ほら、ママ。外だよ」

母が引き寄せられるように掃き出し窓へ向かい、サンダルを履く。恵真さんも急いで履いた。

「どう？　暗いでしょ。どこにも行けないんだよ」

「帰らなきゃ」

母はそう言って、狭い庭をぐるぐると歩き始めた。

庭は外に出ていく心配をしなくていい。しかし木の枝や根があるから怪我をしないとも限らない。恵真さんがうしろをついて回り、わたしは明かりを少しでもとカーテンを全開にした。

「恵真さん、大丈夫？　代わろうか」

「だいじょーぶだいじょーぶ。そこで見てて。あ、食器棚の上に非常用の懐中電灯があるんだ。それで足元照らしてくんない？」

「分かった」

言われた通り、ふたりの足元を照らす。母はときどきふらつきながら、しかしぐるぐると歩き続ける。

「ねえママ、どこに行きたいのー？」

恵真さんが母の背中に言うも、母は返事をしない。でも、ぶつぶつと何か呟いているようだった。

「あれ、何か言ってない？」

わたしが言うと、恵真さんが母に近づく。口元に耳を寄せ、すぐにぐいと押し戻された恵真さんは、「おかあ?」と首を傾げた。それからまた、耳を寄せた。

「あ、分かった。おかあちゃん。おかあちゃんって言ってる」

「おかあちゃん……。ああ、母方の祖母のことだ」

「わたしが幼稚園の年長クラスのときに亡くなったんだけど、母とすごく仲が良かったの」

母方の祖母については、ぼんやりとしか覚えていない。わたしが物心つくころに癌《がん》を患い、入退院を繰り返していたのだ。芳野の祖母は、嫁が実母の看病のために頻繁に出かけることに関しては文句を言わなかったが、子どもはむやみに病人に近付くものではないという考えだったため、わたしは見舞いにいった記憶がほとんどない。普段は幼稚園へ、幼稚園が休みのときは、芳野の祖母と父がわたしの面倒を見てくれていた。

「自分の体調が思わしくないのに、七五三のときには着物を仕立ててくれて、会ったときにはレースのワンピースなんかをプレゼントしてくれた。娘と孫思いの、いいひとだったと思う」

着物もワンピースも、わたしが着てみせると祖母は嬉しそうに笑っていた。ねえ、聖子。とっても似合ってるわね。まるであのころの聖子が戻ってきたみたいだわ。あのとき、母も一緒に笑っていた。子ども心に感心するほど、そっくりな笑顔だったのを覚えている。

「祖母と母はとてもよく似ていたの。父方の祖母なんか、ふたりを見ていつも……ええと、何だったかな」

祖母がよく口にしていた言葉があったはずだけれど、思い出せない。

「いまだと友達母娘って呼ぶ感じの関係だったのかな。昔の、娘だったころのことを思い出しているのかもねー、ってうわ！」

根に躓《つまず》いた恵真さんの足元に「気をつけて」と懐中電灯を向けながら、そういえば祖母が亡くなったことが失踪《しっそう》の原因だと言うひともいたなと思い出す。ああ、母方の伯父《おじ》が『後追い自殺を考えているのでは』と騒いでいたんだ。母が元気に生きていると判明してからは没交渉になったけれど。

「いまも呼ぶくらいだから、きっとすごく好きだったんだろうな」

思わず口にすると、恵真さんは「子どものころに、帰りたいのかもね」と言った。

日中に、彩子さんの持っている認知症関連の本をいくつか読んでいるのだが、その中で、認知症患者の『帰りたい』は具体的な場所を指していないこともあると書いてあった。場所ではなく瞬間、あの時代のあの場所、そんなものを指していることがあるのだという。であれば、母が帰りたがっているのは祖母と共に生きていたころなのだろうか。

きっと、わたしと過ごしたあの夏では、ないのだろうな。

帰りたいよぉ、と言う背中が、やけに遠くに見えた。

それから二時間。母は歩き通したのちにしぶしぶといった様子でベッドに入ってくれた。疲れ切っているのだろう、すぐにいびきをかきだしたのを見て、恵真さんとため息をつく。

「こんなに早く寝られるなら、大人しく寝てよね、ママぁ」

「疲れに対して、鈍感になってるのかな」

ともかくも、眠れるときに寝てしまおうと恵真さんとそれぞれの布団に潜りこんだ。すぐにも眠れそう、と思ったのだったが、突然、来客を告げるブザーが鳴り響いた。

「え、何」

いまは夜中だ。こんな時間に来客なんてありえない。飛び起きると、隣で眠っていた恵真さんもからだを起こした。顔を見あわせる。

まさか、弥一。

反射的に想像してしまって、身震いする。そんなわけ、ない。

再び、ブザーが鳴った。彩子さんの部屋のドアが開く気配がして、恵真さんも部屋を出ていく。

「せっかく聖子さんが寝たのに、誰よもう」

「壊れてるわけじゃ、ない、わよね」

ふたりの声にようやくからだが動いた。いびきをかいている母を確認してから、わたしも廊下へ出た。

玄関先の電灯は消していて、すりガラスの向こうは黒く染まっている。

「誰か、いるんですか」

彩子さんが声を張る。わたしは恵真さんの後ろに回って、服の袖を摑んだ。

「ママ……」

とてもか細い、子どもの声がした。恵真さんが「お化け！」と短く悲鳴を上げて、わたしは彼女の薄い背中に顔を押し付けた。

彩子さんがぱっと動き、玄関扉に向かった。

「美保⁉」

その名前に驚いて顔をあげる。開けられた扉の向こうに立っていたのは、まさしく美保ちゃんだった。

「こんな時間にどうしたの⁉　からだに障るでしょう！」

美保ちゃんは、寝間着のようなグレーのスウェットの上下を着ていた。大きなバッグひとつを手にして立っている。誰、と恵真さんが小さな声で言った。

「何があったの、美保」

「とりあえず、タクシーにお金払って」

美保ちゃんが背後を指す。門扉の前に一台の車が停まっていた。彩子さんが「待ってて。ふたりとも、この子を食堂へお願い」と言う。まだ震えが止まっていなかったけれど、美保ちゃんに「中にどうぞ」と声をかけ、恵真さんに「彩子さんの娘さん」と伝えた。

「え、え、まじで？　でも、え？」

驚いた恵真さんが美保ちゃんを見て、そのお腹でもう一度驚く。そうしながらも、緊急事態だと気付いたみたいで、「熱いお茶淹れる！」と食堂に走っていった。

わたしは美保ちゃんの手からバッグを受け取り、食堂の椅子に座らせた。美保ちゃんの顔色は悪く、どこかやつれていた。以前よりも痩せているのではないだろうか。先日のような潑剌さはない。テーブルに投げられた視線は、何も映していないようだった。

「寒く、ない？　これ、よかったら使って」

ロングソファに置いていた毛布を渡すと、美保ちゃんは黙ってそれを受け取った。お腹を守るように被せる。

支払いを終えた彩子さんが戻ってきて、「事情を説明できる？」と訊いた。その顔は酷く青ざめていた。

「タクシーの運転手さんが、何かに怯えているようだったって。あなた、彼氏に暴力でも振るわれたんじゃないでしょうね」

お茶の支度をしてきた恵真さんが顔を顰める。美保ちゃんは、ゆっくりと首を横に振った。

「響生くん、いなくなっちゃった」

二週間前、美保ちゃんは恋人である加納《かのう》響生に、新居を準備するからビジネスホテルに仮住まいしてほしいと言われた。生まれてくる子どもと三人で住めるように広い部屋を用意するためとのことで、美保ちゃんはそれに従ってひとりでビジネスホテルに泊まっていた。加納は、新居に移ったら籍を入れようと言ったらしいが、しかし、約束の日になると連絡がつかなくなった。

「スマホは繋がらないし、迎えに来てもくれない。ふたりで住んでたアパートに行ったら、引き払われてた。響生くんの友達に連絡したら、おれたちも探してるんだ、って。響生くん、みんなからお金を借りまくってたみたい」

加納は、美保ちゃんが集めたお金も持っていったという。

「彼の勤めている会社に連絡はしてみた？」

「知らないもん。ウチは外資系って聞いてたけど、友達はパチ屋でバイトしてたって言うんだ。いちお、そのお店にも連絡してみたけど、加納なんて男は働いていません、って」

「……じゃあ、実家のご両親とか」

「会ったことない。ベビたんが産まれたら三人で挨拶に行こうって話してた」

彩子さんの顔色が、もはや紙のようになっていく。恵真さんがそっとため息をついた。

これは間違いなく、騙されたうえに、逃げられている。

「響生くんにも何か事情があったのかもしれないでしょ。もしかしたら帰ってくるかもしれないから少しの間ならいていいよって、友達のひとりが住ませてくれてたんだけど……」

友人というのは男で、酔った勢いで手を出されそうになったのだ、と美保ちゃんが言い、彩子さんが「ああ」と悲痛な声を漏らした。

「ウチのお腹を見て、冷めたっつってやめてくれたけど、でもやっぱ怖くて同じ部屋にいられなくて。だから、逃げてきた」

お金もなくて、行くところもない。美保ちゃんが思いつくのはここしかなかった。

「みんなはウチが捨てられたんだって言ったけど、ウチはずっと信じて待ってたんだ。でもなんか、今日のことで認められた。ウチ、響生くんに捨てられたんだ。ウチのこと愛してくれる、たったひとりのひとだったのに」

湯飲みを両手で抱えた美保ちゃんが、ため息をひとつついた。

「これから、どうしよ」

重たい空気が満ちた。あまりにも絶望的な状況だった。彩子さんの元夫や義父母はいったい何をしていたのか。放り出すにしても、相手の男の精査くらいしてもいいのではないか。しかし、完全に赤の他人のわたしがおいそれと口出しできるものでもない。恵真さんも何も言えないのだろう、苦虫を噛み潰したような顔をして、お茶を飲んでいる。

「産むしか……、産むしかないでしょう」

沈黙を破ったのは、彩子さんだった。

「そんなにお腹が大きくなって、どうするも何もない。ここで、産みなさい。美保の面倒は、ママが見るから」

美保ちゃんが「へえ」と呟いて口元を緩めた。

「意外。お金渡されて、どっか行けって言われるだけかと思ってた」

「そんなこと、するわけないでしょ。持田の家だって戻れないんでしょ？　ここで、私と生活しなさい。いいわね？」

言い方が気に食わなかったのか、美保ちゃんがふん、と顔を背ける。

「あのひとたち、外面《そとづら》いいから家の前で騒げば家の中には入れてくれるはずだもん。つか、このボロい家より、向こうのがマシだしー。ここ、古すぎてやばくない？」

美保ちゃんが改めて食堂内を見回す。その視線が恵真さんで止まったかと思えば「は？　まじ？」と声のトーンを上げた。

「別人、じゃないよね？　ＢＲＯＯＭ《ブルーム》のエマさんに、めっちゃ似てる」

「は？　あたしのこと、知ってんの？」

恵真さんの顔が引き攣る。美保ちゃんはそれに答えず「え、まじ？　ホンモノ？」とスマホを出した。「一緒、写真いいすか」と操作し始める。

「えー、めっちゃすごい。ウチ、ＢＲＯＯＭのインスタ、フォローしてんの。ＭＩＨＯＭＩ

HOってアカウントで、ときどきコメもしててー」

「ちょっとちょっと、やめて」

スマホを向けられた恵真さんが、慌てて手で制した。

「あたし、お店のアカウント以外に自分の写真載せるつもりないんで」

「えー、いいじゃん。ママのお友達なんでしょ？　ね、ちょっとだけ」

「嫌って言ってるでしょ！　こんな無防備な状態、すっぴんの写真を撮られるなんて絶対に嫌。ていうか、それくらい常識で分かりそうなもんでしょ！」

「うわ、塩対応きた。冷たいってまじなんだー、こわ。つかほんとは坊主なんだ。ウケる」

「ちょっと、美保！　いまはそんな話をしてる場合じゃないでしょ」

美保ちゃんは「ここに住んでもいーよ」と彩子さんに顔を向けた。

「そっちの地味系オバサンと一緒ってのは嫌だけど、エマさんがいるなら話は別。自慢になるし。ここにいる」

恵真さんが「は？」と顔つきを険しくしたが、彩子さんが「ごめんなさい」と頭を下げる。

「この子、行くところないのよ。向こうの家、本気で勘当してて、もう孫じゃないって言って。だから向こうには戻れないの」

「ママ、余計なこと言うなし。てか、連絡したんだ」

美保ちゃんがうえー、と舌を出して見せ、しかし「つーことで、よろしく。エマさん」とへらりと恵真さんに笑いかけた。恵真さんは無表情で立ち上がった。

「彩子さん。反対はしないけど、あたしは何も手伝えそうにないんで、ごめんね」

ママのところに戻るわ、と恵真さんは美保ちゃんを見ずに部屋を出ていった。

「怒らせちゃったー。つかママ、なんでエマさんと知り合いなわけ？　あのひと、プライベート全然分かんなかったんだよね。まさかママと暮らしてるなんて、どんな運命だよ。つーか、この家、他に誰かいんの？　男は勘弁してほしー。まじで男こりごりー」

美保ちゃんは、恵真さんを怒らせたことなどてんで気にしていないようだった。そんな彼女に、彩子さんが「まずはあなたの現状をいろいろ聞かせてちょうだい。出産予定日はいつなの」と尋ねた。スマホを触りだした美保ちゃんが画面に視線を落としたまま首を傾げる。

「確か、二月の終わり？　二十六、いや二十二だったかも。覚えてない」

「は？　待ちなさい。もしかして、産院行ってないの？」

「そうだけど？　ばあばたちに連れていかれたときの一回だけ。だってお金なかったんだもん。ぎりぎりになってからでいいかなって思って」

まるで、他人事《ひとごと》のような口ぶりだった。この子はどうも、自分の置かれている状況の深刻さが分かっていない。楽観的というよりは、無知ゆえに危機感がない。

そして美保ちゃんはどうやら母子手帳も貰っていないらしかった。

「手帳とかまだいらなくない？　だってウチめっちゃ健康だし、具合悪くないもん。それに、健診だっけ？　それ健康チェックのことっしょ？　別に行かなくても問題ないっしょ」

「あなた、事の重大さを分かってる？　あなたのお腹の中に命が育ってるのよ。責任もって育てていかなきゃいけない、大事な命なのよ。それを病院にも行ってないなんて」

「分かってるよ？　だから、ばあばたちがベビたん殺そうって言ったときに逃げたんじゃん。

大事なベビたんの命を、ちゃんと守ったもん」

「そういうことじゃないでしょう！」

「じゃあ、どういうこと？　産んだあとのこと？　でも、あんただってウチを責任もって育ててないじゃん」

美保ちゃんの声のトーンがぐっと上がった。

「産むだけ産んで、そのあとは放っておいて、よく偉そうなこと言えるね」

「放って、って。私は」

「知ってるし、覚えてるよ。ばあばやじいじにウチのこと任せきりで、仕事ばっかしてたあんたのこと」

美保ちゃんの口ぶりに、明らかな棘がある。彩子さんが低く唸った。

「あれは、仕方なかったの、よ……」

「仕方ないが通用するんなら、ウチだってその言葉使うよ。仕方ないじゃん、ウチはまだ無力な未成年だもん。それでも命の大切さを知ってるから、何があっても産もうとしてたんじゃん。男に捨てられたって、ちゃんと産むよ」

美保ちゃんが湯飲みをテーブルに叩きつけた。

「親として、なんて言うんだったら、これからちゃんとウチの面倒を見てよね。これまで放置してたんだから、当然だよね」

彩子さんは、ただ顔を歪めていた。

何を、どう言えばいいのだろう。間違っている、そう言いたいけれど、的確な言葉が出ない。ただ、とんでもない子がやって来た、と思った。

しかし、母は切り捨てたのだった。

「てめえで責任もとれないくせに、いっちょ前にセックスだけはしてんじゃないわよ」

翌朝の朝食の席で彩子さんが母に美保ちゃんを紹介した。母は最初こそぼうっとしていて、美保ちゃんのことも見えていないようだったが、ひと通りのことを聞くと、ふっと瞳に輝きが戻った。と思うと美保ちゃんに向かって、先の言葉を放ったのだった。

「え、聖子さん。頭がはっきりしてる?」

彩子さんが驚くも、母は美保ちゃんに目を向けたまま続けた。

「未成年に手を出すクズと、そのクズに引っかかるばか女のセックスなんてねえ、生み出せるモンは不幸しかないんだよ。それを何、覚悟をもって産むアタシ、みたいな美談にしようとしてんだ。美談にしたいなら、自分のケツくらい自分で拭いてみろってんだ」

ばぁか、と母が顔を大げさに顰めてみせる。元に戻ったようにも見えるけれど、あまりに饒舌《じょうぜつ》すぎる気がした。よく見れば、目つきがおかしい気もする。美保ちゃんが「なにこのひと!」と叫んだ。隣に立っていた彩子さんの肩を摑んで揺らす。

「ひどい! なんで初対面のひとにここまで言われなくちゃいけないの? ママ、何か言ってやってよ」

「その初対面のひとの家に住むつもりなんでしょ? それに、何が『ママ』よ。自分から追い出した母親に、よく甘えられるもんだ」

美保ちゃんは「は?」と眉を寄せた。

「だって母親だよ？　何が悪いの」

「悪いね。だってあんたが捨てたんでしょ⁉」

「ウチが捨てた？　あー、そういう話になってんだ。はいはい、ウケる」

美保ちゃんはわざとらしい笑い声を上げて、「親のくせに被害者ってわけね」と顔を歪めた。

「確かにウチは、一度はママのことといらないって思ったけど、それが何なの？　親ならどんなことがあっても子どもの前から逃げんなって話じゃん。何言ってんの」

彩子さんが唇を噛んだ。母が眉間に深いしわを作る。

「父親のほうはきっぱり、あんたを捨てたんでしょう？　父親にも同じこと、ちゃんと言ったんでしょうね？」

母の問いに、美保ちゃんがぷっと噴き出した。

「言っても意味ないし。今回のことでよく分かったけど、男って何にもしないじゃん。パパもじいじも、昔から基本役立たずでばあばの言いなりだったし。まあ、パパからはわりとお金貰えたからまだ許せるかなって感じ。でもさ、母親は違うじゃん。自分でこうしてお腹の中で子どもを育ててるわけでしょ？」

美保ちゃんが自身のお腹を撫でた。

「父親と母親は違うの。母親だけは、子どもから逃げちゃだめだよ。何があろうと、子どもと一緒に生きていくのが当然じゃん。てことは、ママはいったんは逃げたけど、ウチの世話をするべきでしょ？　つーかさ、ママのせいでウチはいろいろ可哀相な目に遭ったところもあるし、その詫びって感じじゃん？」

自信ありげな顔を、ほんとうに幼いな、と眺めた。母親に対して、とても捻《ひね》くれた感情を向けている。視野の狭さからくる思いこみで、母と己の歴史や距離感を歪めている。自分を歪めたのは母だけではない、と気付かなければいけないのに。

そこまで考えて、はっとした。この子とさして変わらないことを、わたしも考えていやしなかったか……。

「それは違っ」

何か叫びかけた母が、急に噎せた。からだを折って激しく咳《せ》きこみだしたので、慌てて水を渡す。感情が高ぶりすぎているのかもしれない。

「美保、あなたがいたら聖子さんが落ち着かない。とりあえず私の部屋に行ってなさい」

彩子さんが言うと、美保ちゃんは「そーする。こっちも気分悪いし」とすぐに部屋を出ていった。母はまだ何か言いたそうに、背中に向かって口をぱくぱくさせていたけれど、彩子さんが「ごめんなさい、聖子さん。朝から嫌な話してしまった」と遮《さえぎ》る。

「あなたの考えはよく分かる。美保の態度もよくない。けど、でもあの子はいま誰かが手を貸さないと生きていけないの。幼いあの子を手放した、私のせいでもある。だからお願い。ここに置かせてちょうだい」

顔を真っ赤にして、ぜいぜいと肩で息をしていた母が彩子さんの襟元《えりもと》を掴んだ。それから「自分のせいだなんて、あの子の前で決して言わないで」とすごむ。

「あの子はいま、自分で選択した人生の障害《しょうがい》を、彩子のせいにしてやりすごそうとしてる。

あの子の問題はあの子自身のもの。彩子は関わりあいがないんだから、いまごろ母親面して背負ってあげちゃだめよ。あの子にきちんと背負わせないと、あの子のために」

「ちょっと待ってよ。そういう言い方、ないでしょ」

　彩子さんが、母の手を振り払った。

「私を頼って来てくれたのよ。それを、無視しろって言うの？　そんなのできるわけないでしょう⁉」

「無視しろなんて言ってない。あなたには本来無関係のことなんだから、わきまえて接しろって言ってんのよ」

「無関係って……だいたい、子どもに対してわきまえろって、何て言い草⁉」

　信じられない、と彩子さんが頭を振る。

「あなたは、そうなんでしょうね。千鶴ちゃんに対して、決して寄り添わない。知らん顔か、酷く突き放すだけ。でも、それも当然よね。あなたは捨てた側で、私は捨てられた側なんだもの！」

　こんなに激高する彩子さんを見たのは、初めてだった。彩子さんの目に赤みが増すにつれ、母が落ち着いていく。

「あなたはいいご身分よね。捨てたくせに、娘が頼って来てくれたんですもの。そりゃあ強気にも出られるでしょうね。でもね、私は望んでいたのに、捨てられたの！　娘がずっと恋しかった。いつだって、母娘に戻りたかった。だからいま、ただただ嬉しいの。聖子さんとは、根本が違う。娘のためなら、何だってしてあげたい。子どもを捨てるような非道なひとには、決して分からないでしょうけど！」

まくし立てるように言ったあと、彩子さんがはっとした。わたしもよく経験する、言いすぎたという後悔だ。母は、その顔を静かに見返していた。

「母親のありようも、それぞれだものね」

母がため息をついた。

「支配的なことを言ってしまって、悪かったわね。私のことはいいから、あの子のところへ行ってあげて。ああ、ここに住むことは、構わない。お好きに、どうぞ」

彩子さんは言葉を探すようにしていたけれど、黙って食堂を出ていった。

今日は、彩子さんは仕事を休み、美保ちゃんを引き取るべくいろんな手続きに回る予定だと聞いていた。しなくてはいけないことが山ほどあると言っていたから、すぐにでも出かけたいはずだ。母の送り出しは、わたしが請け負うことになっている。

しかし、これからどうなるのだろう。ふたりがここまで衝突したのは、初めてのことだった。特に、彩子さんがあんなに感情的に母を詰るなんて。

「……ええと。とりあえず、食事、温めなおそうか？」

気持ちを切り替えて、母に訊く。母は朝食をほとんど食べなくなったのだが、少しでも何か口にしてほしいと彩子さんが食べやすそうなものを作っている。今朝は鶏たまごおじやだけれど、すっかり冷え切っていた。

「だいじょうぶ。もうデイサービスのお迎えが来るでしょ」

母の瞳から、光が消えていく。口ぶりも、ゆるやかになる。興奮したあとの揺り返しのような、静かな湖のような瞳。束の間の覚醒《かくせい》だったのだろう。

「じゃあ、お薬飲んでおこうか」

母はいくつかの薬を飲んでいる。ケースから朝食分の薬を取り出して、母に手渡す。母はそれらを一粒ずつ飲んだ。

電車が通過する。建家が激しく揺れる。母はガタガタと鳴るガラスに目をやり、電車が通り過ぎるまで、そうしていた。

「……さっきの彩子は、正しいかもしれない。私は非道に、あんたを捨てた。だってそれは、まさしく自分のためだったもの」

ふいに、ぽとりとテーブルに載った言葉を理解するのに、少しの時間がかかった。それから、ぞわりと鳥肌が立つ。どうして。どうして、いま、その告白をするのか。

母が、自身の両手をじっと覗きこむような仕草をした。

「あの、善良で真面目なひとたちと、あのひとたちと同じような顔をして一生を過ごせないと思った。あの家の中での私は、私じゃなかった。穏やかで控えめで、個性のない主婦でいるのは、ほんとうは苦痛だった。私は私らしく、生きたかった。ううん、私のために、私らしく生きなきゃいけないと、思ったの」

それは、これ以上納得するもののない理由だった。

父と釣り合っていたころの母と、再会した母は別人のようだ。そうか、これが理由で、母は家を出たのか。あの家が、あの家族が、嫌だったのか。でも、どうして？

「どうして最初から、ありのままの自分でいなかったの？　あれが偽物の姿だったというのなら、そんなことしなければよかったじゃない。わざわざ、どうして……」

意味が分からない。最初から自分らしく生きて、自分に合う男性と結婚でも何でもすればよかったのだ。どうして、そんな無駄なことをする。

長い沈黙の後、母が、子どものような口調で言った。

「おかあちゃんが、怒るの」

＊

母の口癖は「わかる」だった。テレビドラマを見れば「わかるわ」と相槌《あいづち》を打ち、近所のおばさんたちと愚痴を零せば「わかる」と頷いていた。ときに怒りながら、ときに泣きながら「わかる」と言う母は、ひとに好かれていた。友人は多く、いつも誰かが母を訪ねてくる。共感性の高い母に話を聞いてもらうためで、たいていのひとは満足そうに帰っていった。いいお母さんだね、とみんな口々に言った。理解があって羨ましいと言う友人もいた。でも私は、母が怖かった。母は私にだけ、「違うよね？」と問うたのだ。

最初に言われたのは、幼稚園の入園式のこと。私が三歳のときだ。黒のベロアの靴を履こうとした私に『違うよね？』と母が言った。

『それは、違うよね？』

靴は二足あって、もう一足はピンク色で、当時大好きだったアニメのキャラクターがプリントされたものだった。

『そっち、きもちわるい』

語彙《ごい》がないころだったのでそう言ったけれど、伝えたかったのは、履き心地が悪いということだった。長時間履くと小指の辺りがじんじんと痛んでくるのだ。

そのとき突然、母が私の太ももを抓った。ぎゅうぎゅうと爪を立て少しの手加減もない。

『違うよね？』

真顔になった母は、キャラクターの靴を私の前に置いた。有無を言わさぬ、そんな迫力があった。爪が太ももに食いこむ。痛い痛いと半泣きで訴える私の声は、ちっとも届いていないようだった。いつもはやさしく微笑んでいる目がお人形のそれ——ガラス玉のようになり、何も映していない。

『違うよね？』

痛みから逃れたくて、慌ててベロアの靴を脱いで、ピンク色のほうに足を入れた。そうしたら、母の目に感情が戻った。やわらかく、弧を描く。

『うん。そうだよね』

入園式では、私と同じ靴を履いた女の子が何人もいた。母は他の母親たちと話を始め、そこで誰かの母親が『子どもってこういうとき、親が選んだもの着てくれないわよね』と言った。うちの子の足見てちょうだいよ。奮発してフォーマルな靴買ったのに、全然履いてくれないの。キャラものとか、こんな日くらいは勘弁してほしいわ。

『わかるわ、うちもなのよねえ』

母のため息交じりの声に、耳を疑った。でも何も言えなくて、太もものあたりをずっと擦り続けた。その晩、靴の痛みに耐えた小指は真っ赤になり、翌日まで疼いた。

それから何度も、「違うよね？」と言われた。真顔で、からだのどこかを抓ってくる母は、まるでロボットのようだった。「違うよね？」を繰り返し、ひたすらからだを抓り続ける機能に従うロボット。子どものころはただただ恐怖だった。痛みよりも、母の豹変《ひょうへん》のほうが怖くて、だから私は、母に従った。そして母の「違うよね？」は多岐《たき》に亘《わた》った。とても細かいことから、私を決めつけることまで。例えばイカ焼きじゃなくて、綿菓子。デニムパンツではなく、プリーツスカート。恭子《きょうこ》ちゃんじゃなくて、恵子《けいこ》ちゃん。母の選ばせたいものを選ぶまで、母は何度だって「違うよね？」を繰り返し、何度だってガラス玉の目になった。そのときは決まってふたりきりで、母を止めるひとはいない。

私の恐怖の中での選択は、のちに「わかる」になった。わかる、うちの子もそうなの。わかるわー、やっぱりそうなるのよねえ。母が感情豊かに相槌を打つのを見ながら、たったそれだけのために私はあの目に晒されるのか、と思った。

母の前では従っておいて、のちに父や祖父母に直訴するということも試《ため》したけれど、そのときには母はほたほたと涙を零して私の翻意《ほんい》を責めた。どうしておかあちゃんの気持ちをわかってくれないの。わたしはいつだってあなたのことを考えて言ってるのに。あなたを幸せにしたい、その一心なのに。周囲は、私のほうが悪いと言った。

母は私を共感の道具にし続けたが、父やみっつ上の兄にはそういったことはしなかった。特に兄などはとてものびのびと過ごしていたように思う。母は兄の選択に対して気を揉むことはあれど、否定などした例《ため》しはなかった。

あれは、小学校一年生のこと。お兄ちゃんはどうして何でも自分で決められるの、そう尋ねた私に、母は当然のように言った。

『だってあの子は、男の子じゃないの』

男の子って別物よ。でもあなたは女の子、おかあちゃんの娘でしょう？　おかあちゃんと一緒じゃないとおかしいじゃない。その目には少しの疑問もなくて、ぞっとした。

『私はおかあちゃんじゃないよ。お兄ちゃんといっしょ。おかあちゃんとはべつのにんげんだよ』

思わず言うと、母は瞬時にガラス玉の目になった。爪は私の太ももを捉え、牙を剝いた。

『違うでしょう？』

泣こうが喚こうが、必死に縋ろうが、母は一切手を緩めなかった。任務を遂行するためのロボットだった。永遠とも思える拷問《ごうもん》のあとに、『おかあちゃんと私はいっしょ』だと叫んだ。おかあちゃんと私はいっしょです。同じです。必死で繰り返した私を、母はぎゅっと抱きしめた。

『ようやく「わかって」くれたのね。わたしの「わかる」はあなたの「わかる」なのよ』

嬉しいわ、そう言う母の腕の中で、私は絶望していた。私は永遠に、この母の「わかる」に従わないといけないのだと。そして諦めてもいた。母に染まっていくことを。あの日、私の太ももには二つの三日月形の傷痕《きずあと》ができたけれど、私はそれが消えるまで、消えてなくなったあとも、誰にも言えなかった。

そうして、気づいたら一卵性母娘だと言われていた。私は母そっくりになっていた。誰かの――特に母の求める大多数の「わかる」を選ぶのは、楽だった。否定されることはとても少ないし、理解者もすぐに得られる。突出しなければ、打たれることもない。それなりのしあわせがあり、それなりの達成感がある。大きく傷つくこともない。だから、いつの間にかそのぬるま湯の中でぼんやりと暮らすことをよしとしていた。

そして、母の「わかる」に従うようになってからはガラス玉の目が現れることはなくなった。抓られるどころか、撫でられ抱きしめられるようになった。けれど、すっと感情が消える瞳と、太ももに刻まれた双子の三日月が忘れられない。自分が何かするたび、ロボットが現れるような気がした。きっと一生、私はその感覚と付き合わないといけない。それだけが、ぬるま湯の中に一滴混じった毒だっただろうか。

母の望む高校に行き、就職した。母の好みそうな、父と似た条件の相手と見合いをし、母が望んだから結婚もした。娘を産んだときは、母は涙を流して喜び、『あなたはやっぱり私の分身ね』と言った。このころには、母と共に喜んでいた自分がいたように思う。

母が病に倒れたときには共に泣き、共に世を儚んだ。母の哀しみ苦しみに寄り添い、一日でも生きながらえることを願った。しかし母は数年の闘病の果てに亡くなった。

葬儀《そうぎ》のとき、これから何を指針にして生きればいいのだろうと思った。私の背中を見つめてくれる母はもういない。母がいなくなっても、私はきちんと、母が喜ぶように生きていけるだろうか。

誰にも言えない恐怖と闘っているとき、ひとりの弔問客《ちょうもんきゃく》が私に話しかけてきた。

『あなたたちは仲良しの一卵性母娘だったわねえ。でもね、お母さんから卒業しないといけない時期が来たのよ。自立して、頑張りなさい』
それは、善意からの激励だったのだろう。そのひとは私の手を握り、しっかりしなきゃダメよ、と涙を零した。あなただって、もうお母さんなんだからね。
嵐が起きた。長く、頭の中を覆っていた霧《きり》が吹き飛ばされていった。視界も何もかも、クリアになっていく。朝目覚めたときのような、いや、生まれ落ちたばかりのような、そんな気がした。
卒業？　私は母から、あの目から解放されたのか。もうロボットに怯えなくていいのか。ぐいと下から服を引かれて視線を落とす。可愛らしい女の子が、わたしを見上げていた。

*

「怒るって、なに」

母の目が、彷徨っている。遠い過去を、渫《さら》っているのだろうか。

「おかあちゃんは私のことを、もうひとりの自分だって思ってた。私が少しでも思い通りのことをしないと、『違うでしょ』って言ってガラス玉みたいな目になるの。そして万力みたいに、私の太ももを抓るのよ。謝ったって、許してくれない。思い通りになるまで、爪を立ててくるの。芳野に嫁《とつ》いだのは、おかあちゃんが気に入ったから、それだけよ。それだけで、私は好きでもない男のひとと結婚した」

ばかよねえ、と母が笑う。その視線はどこまでも遠く、わたしを捉えていない。

「自分がおかしいと気付いたのは、おかあちゃんが死んだときのこと。でもそのときには、何もかも遅かった。自分らしくっていう言葉はどこまでも遠くて、おかあちゃんらしく、って言葉はとても、しっくりきた。私はよくできた、おかあちゃん二号で、それ以外の個性ってのは、もう失ってしまっていたの」

遠い記憶の祖母を思い返す。母によく似ていて、そしてとても仲睦《なかむつ》まじそうに見えた。

ふと思い出した。芳野の祖母がよくそう言っていた。あれは一卵性母娘だよ。

「一卵性、母娘」

母が目を細めた。

「嫌な言葉よね」

ふらりと母が立ち上がる。よろけそうになったので慌てて支え、顔を覗く。ぼやけた表情で、感情は窺えない。

わたしのほうが、倒れてしまいそうだった。わたしが〝よく知った〟つもりでいた母は、母じゃなかった。祖母の呪《のろ》いで動く、偽物だったのだ。変化、どころではない。

それはとても残酷な事実で、そして逃げたのは仕方がないのかもしれない、と思えた。

父と祖母、母を取り巻いていたすべてのひとが、そんな理由を突き付けられても納得しなかっただろう。一卵性母娘の片割れを喪って気が動転しているのだ、と言ったに違いない。きっと、娘のわたしでさえも。だって、これまでの姿が偽りだったと言われて、どうして受け入れられる？

「おかあちゃん二号だった私は、おかあちゃんが作った世界を塗り替えるより、その世界から抜け出して……新しく生まれ変わるほうが簡単だと思った」

あの夏、母は日ごとに変化していた。あれは祖母からの解放で、そして真実の自分を取り戻す過程だった。母が再び生まれるための、夏だったのだ。

「どうしてわたしを、一度は連れていったの？」

母の目に、ふっと光が戻った。

母の望まぬ結婚だったという。父を特別愛していたわけでもないのだろう。となれば、その男との間の子どもを愛せないのも理解できる。母は、わたしの目が嫌いだと言った。

「気紛れの、道連れだったの？」

芳野の祖母の言葉を思い出す。そんなはずがないと何度となく打ち消してきた言葉が、まさかこんなにも的確であったとは。あまりの皮肉に笑うと、母がわたしをしっかと見てきた。瞳の芯に、わたしがいる。

「おかあちゃん二号のときに産んだ子どもなんて、新しい人生に必要ないもんね」

「あれは、あれは……っ！」

母の口が動きかけた。しかしぴたりと止まる。目がぎょろぎょろと動き、口が言葉を形作ろうとするも、音は出ない。

「そっか。事実、なんだね」

自分の声は、案外冷静だった。母のほうが動揺していて、それを見つめているからかもしれない。

「……出て、こないの」

母の顔が歪んだ。息ができないような、身動きが取れないような、そんな苦悶の表情。限界の傍にいる顔。

「ちゃんと、話したい。伝えたいって、思うの。答えたいものは、ここに、あるのよ」

母が自分の頭を叩く。「ここに、ここにちゃんとあるの」食いしばった歯の隙間から、母が絞り出すように言う。ここに、記憶の海があるの。思い出したいものはただ掬《すく》い上げればいいって、分かってるの。でも、掬えないの。掬い方が、分からないの。

「どうして、どうして？　さっきまで、とてもうまくいってたのに。できていたのに！」

「もういい、もういいよ。やめなよ」

ごん、ごんという音が、わたしの心を殴っているようだった。

きっと、思い出さないままでいい記憶なのだ。母にとって、わたしは愛せない子どもで、だから捨てた。それは、覆しようのない事実だろう。それをあえて、母の口から明かしてもらわなくったっていい。

「もういいよ、無理に、思い出さなくて」

でもせめて、わたしが捨てられたことに納得のできる理由があればよかったなと思う。仕方ない、そう思えたら、わたしはわたしと同化した哀しみや、それに蝕まれて歪んだ心を昇華できたかもしれない。全部は無理でも、少しだけでも。

でも、もうそれは永遠にできそうにない。わたしはきっと、これからも心のどこかで自身を見下げる感情を持て余しながら、生きていくのだろう。

「あるのよ。ここに！」

　母の声が、濡れている。

　わたしは、母のいう記憶の海を想像する。どこまでも深くて、広大な海。五十二年分の、母の歴史。そこに潜れたらいいのに。母の記憶に沈み、つぶさに見ることができればいい。そうしたら、母に嫌な告白を求めて苦しめなくてすむ。そしてわたしはきっと、どんなものを知ったとて、受け入れられるだろう。わたしがわたしを納得させられるような記憶を探り、こじつけて、わたしのためだけに意味を持たせるから。わたしを救える記憶だけを、掬うから。そうすればきっと、過去の何もかもを認め、受け入れられる。

　そんなこと、叶いっこないけれど。

「もう、いいんだよ。もう、いい」

　苦悶の顔をのろりと解き、表情を失った母は、小さな声で言った。

「私、もうグループホームに入る。もう、自分が、あやふやなんだもの」

　諦めたような、呆然とした呟きだった。ひゅう、と自分の呼吸音が聞こえた。

「そう。またわたしを捨てるんだね」

　母が目を見開いた。わたしもまた、そうだった。

　情けなさを伴う激しい後悔。わたしはどうして、そんなことしか言えないのだろう。こんな風に言いたいわけじゃない。でも、口が動く。

「二度も捨てるだなんて、許さない。そんな我儘、絶対許さない」

　母の目から光までも消える。その様子を、眺めた。

　わたしたち母娘の再会には、果たして意味などあったのだろうか。

5　永遠の距離感

五人での生活が始まった。

彩子さんは目まぐるしい忙しさだと、傍で見ていて思った。何もかも宙ぶらりんだった美保ちゃんの生活を安定させるべく、朝から晩まで駆けずり回っていたのだ。役所に行き、かつての義実家に行き。警察に加納のことも相談したという。

その結果、美保ちゃんは母子手帳を発行してもらい、大学病院の産婦人科で分娩《ぶんべん》予約も取ることができた。お腹の子は女の子で、そして美保ちゃんは酷い貧血だという。鉄剤を処方されて、彩子さんは「早く分かってよかった」とため息をついた。

大変そうではあったけれど、彩子さんは生き生きとしていた。彩子さんは娘を育てられなかったことがずっと心残りで、だからいまとても嬉しいのだと思う。ただでさえ何でもこなす完璧な回遊魚だったのが、ますます磨きがかかったように見える。

しかし逆に、美保ちゃんは機嫌を悪くしていった。いつもむっつりと黙っていて、部屋に引きこもって過ごしている。彩子さんが部屋から出そうと試行錯誤しているようだけれど、必要なとき以外は決して出てこなかった。

「彩子さんの完璧主義は分かるけど、そろそろ家事を分担制にしたい」

夕食のエビチリを食べながら、恵真さんが言った。

今日の食卓は、恵真さんとわたし、向かいで母と結城さんの四人で囲んでいる。美保ちゃんが全員一緒の食事は嫌だと言ってきかず、彩子さんと美保ちゃんは彩子さんの部屋で別に食事をとるようになったのだ。彩子さん自身も、母とあまり接触したがらない。先日の諍《いさか》いが、あとを引いているのだろう。母の世話も、しばらく辞退させてくれと言われた。美保ちゃんに専念したい、とのことだった。実際、美保ちゃんが大変な時期であるのは分かっているので、恵真さんとわたしは当然だと頷いた。結果、現在母の身の回りの世話はわたしと恵真さんのふたりでこなしている。

「さすがに、何もかも任せられないよ。あの子自身が赤ちゃんか幼児じゃないかってくらい、面倒見るの大変そうだもん。昨日の夜なんか、電車の音がうるさくて寝られないって泣き喚いてたでしょ？　あたしはお前の泣き声で目が覚めたわい！　って思った」

「料理は少しずつ、分担させてもらえるようになったけど、ねえ」

副菜くらいは、とわたしが作らせてもらった卵とわかめのスープを啜る。どうにも味わいが足りなくて、仕上げのごま油を足し忘れたことに気付いた。久しぶりに料理を作ったけれど、てきめんに腕が落ちている。しまった、と恵真さんを見たけれど、恵真さんは何も言わずにスープを飲んでいる。

「いい年した子が幼児みたいに泣き喚くのはどうかと思うよね。同じ屋根の下で生活してるひとのことを少しは気遣えっての」

恵真さんは美保ちゃんのことを嫌ったまま、どころかもっと酷くなり、露骨に避けるようになっていた。それは当然といえば当然のことで、先日、恵真さんがいつも通り朝の支度をしていたら、美保ちゃんに無断で写真を撮られたのだった。

『朝から全っ然余裕ないの、イメージダウンだよねー。だっさ』

『ちょっと、そういうのほんとうに止めて。嫌なの、あたし』

『これアップしちゃおっかな』

恵真さんが顔色を変えて『ふざけないで』と迫ったけれど、美保ちゃんは『顔こわ』と笑うだけ。そこに慌てて彩子さんが間に入り、恵真さんにぺこぺこと頭を下げた。

『ごめんなさい。この子、恵真ちゃんに憧れていて、それでどうにかして仲良くしたいみたいで』

『あたしを使って、話題になりたいだけでしょう。とにかく、その子に写真を消させて』

『うわー。それめっちゃ調子乗ってるコメントだし。自分の影響力すごいって感じ？』

『彩子さん、消させて！』

恵真さんは、美保ちゃんと会話する気はないようだった。彩子さんだけを見ていて、彩子さんは美保ちゃんに、恵真さんの見ている前で写真を消去させた。美保ちゃんは不機嫌そうに操作して『うっざ、うっざ』と繰り返していた。

『美保、そんな言い方だめよ。そんなやりかたで仲良くなれるわけないでしょ』

『あのさ、彩子さん。娘さんのこともう少し管理して。これ以上プライベートを脅かされるようなら、あたし一緒に暮らせないから』

恵真さんのものとは思えない、冷ややかな声だった。彩子さんは『ごめんなさい』と頭を下げた。

『マタニティブルー、なんだと思うの』

『こういうこと言いたくないけど、それ、妊婦様ってやつだから』

わたしはその間に口を挟むことができず、母は聞こえていないのか、そういうふりをしているのか、黙っていた。ただ、家の中がとても嫌な空気になってきているな、と思った。

「マタニティブルーってそんなに精神的に不安定になるわけ？　常識さえもなくなんの？」

恵真さんが結城さんに尋ねる。結城さんとはわたしの部屋で話をしたあのとき以来会っていなくて、なのでとても気まずかったのだけれど、結城さんのほうが先に『先日は失礼』と頭を下げてきた。追い詰められているひとに言いすぎだった。そう言われて、わたしも素直に頭を下げることができた。ほんとうは、あなたの目と言葉で自分の未熟なところを痛感しました、というようなことを言いたかったけれど、『こちらこそ、不快にさせて』というような薄っぺらいことをもぐもぐと口にしただけで終わった。わたしは、ひととの接し方が情けないほど未熟だ。

エビチリでビールを飲んでいた結城さんが――ここまで徒歩で来られるところに、家があるらしい――「産婦人科は専門じゃないから断言はできないけど、まあそうかもしれないな」と頷く。

「俺が以前聞いたことのある話なんだけど、胎動が気持ち悪いというひともいるらしい。腹の中に何かいる感覚がどうしても我慢できないから、せめて胎動を感じないようにしてほしいって」

「いや、それは無理でしょ。そのひと、どうなったの」

「妊娠中はノイローゼ。自傷行為にまで発展して、正産期に入るまで周囲はピリピリしてたってことだったな。でも、いざ産み落としたら可愛がってたそうだ。その話の母親に関しては、自分の中にもうひとりいるっていう状況が、受け入れられなかったんだろうな」

「ふうん、母親もいろいろだねー。うちの店のお客さんは、お腹の中にいるときが一番しあわせだったたっつってたけどな。めちゃくちゃ穏やかで、全然攻撃的じゃなかった」

「だから、それぞれだよ。ねえ、聖子さん」

結城さんが母に水を向けると、もそもそと口を動かしていた母が頷いた。

「いいことも悪いことも、それぞれね」

「へえ、ママ、結城がいると頭がはっきりしてる。愛の力だねえ」

恵真さんが笑うと、結城さんが顔を顰めた。

「あのねえ、恵真。俺はただのボーイフレンドのひとりだよ」

「何でよ。椋本工務店の社長と別れてまで付き合いだしたんだから、それはもう、恋人でしょう」

結城さんに対する緊張が抜けなくて、会話を控えていたわたしが思わずへえ、と声を漏らすと、恵真さんが「聞いてくれる?」とわたしの方を向いた。

「椋本工務店の社長って、ここのリフォームをお願いしたとき以来の仲だから、もう五年くらいの付き合いだったんだ。すごくいいひとでママともとても仲良しだったのに、最近になって、フラれちゃったの。その代わりに可愛がられるようになったのが、結城」

「いや、前の男のことはともかくとしてさ。ボーイフレンド。俺はお友達のひとりだよ」

「ママ、他に相手いないよ。ぜーんぶ清算して、結城だけ残したの」

「いやそれは別に俺のことは関係なくてさ」

「ママの、本気の恋だね」

「だから、違うって」

わたしを諭したときの冷静さがうそのように、結城さんがムキになる。恵真さんはそれが楽しいのか、さっきまでとは打って変わって笑顔になった。そのやり取りを見ていて、はたと理解した。結城さんは恵真さんのことが好きで、恵真さんもまた、憎からず思っているのだ。恵真さんは過去のトラウマのせいで男性が苦手だと言っていたけれど、しかし結城さん相手だと、それをまったく感じさせない。恵真さんを助けたのは結城さんだという話だし、そんな相手と恋に落ちるというのは物語でもよくあることだ。ふたりの間にどうして母が嚙んでいるのかがよく分からないけれど、母なりにふたりの恋を応援しているのかも、と思う。

微笑ましく眺めていたわたしだったが、すぐに考えの甘さを痛感した。

お茶を零しかけた母に恵真さんと結城さんふたりが同時に手を差し出した。互いの手の甲が触れた瞬間、恵真さんが火箸を押し当てられたごとく、悲鳴を上げて手を引っこめたのだ。

「あ、悪い、恵真」

「……ううん、こっちこそ油断してた。ごめん」

それまで漂《ただよ》っていた、ほのぼのした空気が霧散する。恵真さんは、触れた部分が痛むように何度か手で擦って、小さく息を吐いた。それから、無理やり空気を変えるようにわたしに話しかけてくる。

「にしてもさー、あの子の我儘あんまりにも酷くない？」

「え？　ああ、わたしは、少しムキになって我儘を言ってるようにも感じてる、んだけど」

いますぐファストフード店のポテトが食べたい、足が浮腫《むく》んで痛いからウチが寝るまでマッサージしてほしい。美保ちゃんは彩子さんに好き放題のことを言い、そして彩子さんが困った顔をすると「ウチを捨てたくせに」と癇癪を起こすのだ。長年放っておいたんだから、少しのお願いくらい聞いてくれたっていいでしょ！

「試し行為じゃないか？」

先程のことなどなかったような顔で、結城さんが言った。試し行為とは、自分の我儘を受け入れてもらえるかどうかで相手の愛を確認すること、らしい。

「へえ、それはなんとなく分かる。そういう感じ、あの子からする」

恵真さんが再び食事を始める。空気がすぐに戻り、だから、ふたりはこういう小さな痛みを何度も受けてきたのだと分かった。触れあうと傷つくことを知っていて、でもそれを受け入れている。恵真さんの受けた痛みの酷さを改めて思う。そしてそれを認めて傍にい続ける結城さんの思いに、触れた気がする。

「でもさ、彩子さんのことを切り捨てたのは自分なのに、愛を試すって身勝手じゃん？」

「だからこそ、なんだろうさ。母親が心から自分を歓迎してくれているのか、不安なんだ」

「何もかも受け入れて、守ってもらってるのが、分かんないかねえ」

はあ、と恵真さんがため息をつく。

「高校中退までしたのに、子どもの父親は逃げたわけだろ。まあ、抱えるには重たい問題さ。ただ、恵真の写真を撮るとか、そういうのはダメだけどな」

「当たり前でしょ。次に撮られたら、まじでぶっ飛ばす」

思い出したのか、恵真さんがぶうと頬を膨らませ、それから「あの子、日中ってどうしてんの？」とわたしに訊いてきた。

「彩子さんも仕事があるじゃん。日中は、ふたりきりでしょ。どうしてんの」

「部屋からほとんど出てこない。たまにキッチンなんかで顔をあわせるけど、すぐに部屋に引っこんじゃう」

挨拶をしても、彼女は満足に応えずさっと消えてしまう。その顔つきはいつも険しく、心を開いてくれそうな気配はない。

「ふうん。意固地なもんだな。聖子さんは、どう思う？」

結城さんが隣に座る母を見る。母は黙々と食事をしている。母の食事は、わたしたちと同じものだけれど、食材を刻んだりとろみをつけたりというひと手間が加えられている。あれから自発的に食事してくれるようにはなったものの、咀嚼や嚥下《えんげ》がうまくいかずに噎せるようになった。だから、卵とわかめのスープも、水溶き片栗粉を入れてとろとろにしているし、箸ではなくスプーンにしている。

「あ、ママ。わりと食べてくれてるじゃん。よかったー。美味しい？」

「スープ、味が足りない」

母がぼそりと呟き、どきりとした。

「そうかな。俺は、美味いと思うけど。あ、聖子さんこっち向いて」

唇の端にエビチリの赤い餡がついていたのを、結城さんがティッシュで拭った。それに対しての反応はない。されるがままだった母が、ふいに恵真さんに向かって「グループホームは空いた？」と言った。

「空いたの？」

恵真さんからわたしに視線を向けてくる。その目には、敵意のようなものがあった。

「まだだよ。ママが希望しているとこは、満床！」

恵真さんがぴしりと言うと、母は「ほんとうに？」と睨みつけてくる。恵真さんが頷き、わたしも頷いた。嘘はついていない。一時的な入所なら受け入れ可能な施設もあるようだけれど、恵真さんから絶対に母に伝えるな、ときつく言われているだけだ。

母は、あれ以来ずっとグループホームに入りたがっている。子どもが我儘を言うように大きな声で「いれて！」と騒ぐこともあるし、デイサービスから帰りたがらないこともある。デイサービス先では、ともちゃんや他のスタッフに「ずっとここにいさせてよ」とせがんでいるのだと聞いた。

母がスプーンを恵真さんに投げつけた。金属のスプーンは恵真さんの額にぶつかり、恵真さんが短く悲鳴を上げた。

「いた！　何するの！」

「あんたたちが私にいじわるしてるからでしょぉ！」

「してないよ。するわけないじゃない」

「してる。してる！」

　母が大きな声を出す。結城さんが、母を落ち着かせようと背中を何度も撫でた。しかしそれも、母を落ち着かせはしない。私はホームに行きたいのに！　行きたいのに！　とひたすら叫ぶ。その声に、額を赤くした恵真さんが泣きそうな顔をする。

「どうしてよ。いいじゃん、ここにいてよ。あたしたちの傍にいてよ」

　母はその切実な声に耳を貸さない。天井に向かって繰り返し叫ぶ。ホームに行かせて！

「しんどい」

　思わず、といった風に恵真さんが呟いたのは、結城さんが帰り、母が眠った夜のことだった。恵真さんは穏やかな寝息を立てている母の寝顔を眺めていて、わたしは布団を敷いて寝支度を整えているところだった。

「ああ、彩子さんが抜けたから、寝不足なんでしょ？」

　彩子さんの負担を減らすために、夜の当番からも外れてもらったのだった。彩子さんは彩子さんで、電車の音がうるさいとかうまく眠れない、お腹が張るなどと騒ぐ美保ちゃんの相手をしているから、睡眠不足かもしれないけれど。

「今日はあれだけ荒れたあとだから、ゆっくり寝てくれるんじゃないかな。もし起きたとしても、わたしが見るから恵真さんは寝ていいよ。わたしは昼間に仮眠とれるんだし」

「ううん、そうじゃなくて。さっきの、夕飯のときさ、一瞬ママのこと叩こうとしてしまったんだ。スプーンを投げつけられたとき、手を振りかざそうとした」

恵真さんの声は、とても冷静だった。

「病気のこと、舐めてた。ママがこんなにもママじゃなくなるなんて、想像してなかったんだ。あたしのことを見る目が、他人を見る目で嫌だ。あたしの気持ちを全然分かってくれないのが嫌だ。あたしの言葉が通じなくなってるのが嫌だ。何でそんなに分かってくれないのって、手を振りあげそうになった」

恵真さんはわたしに背中を向けていて、その顔は分からない。

「あの瞬間だけなら、いい。ちゃんと乗り越えられたから。でも、怖いんだ。これから何度も……きっと何度もそういう衝動が来る。そのとき、あたしはママに手をあげずにいられるかな。越えちゃわないかな」

「恵真さんなら、大丈夫だよ」

半分は、本心だ。わたしよりもやさしい恵真さんなら、何度衝動に襲われても耐えきれるだろう。ただその繰り返しは、恵真さんの心を激しく疲弊《ひへい》させていくに違いない。母に暴力衝動を覚えたということの一度で、すでに彼女の心は傷ついている。

「ママ、こういうことを想定してたんだろうな」

恵真さんが言う。あの手紙、覚えてる？　私を衰退していく者として不平等に扱うことも、私の人格を損ねるものでしかありません、っていうくだり。あのときは、そんなことするわけないじゃんと思ったけど、きっとこういうことを言ってたんだ。病気に負けて、ママをママとして見られなくなるときが来るってこと、分かってたんだ。

「そう、かもしれないね」

わたしもこれから、母に対してそういう衝動を覚えることもあるだろう。治るならまだしも、悪化の一途《いっと》しかないのだ。病を恨み、理不尽に向き合い、自分の矮小《わいしょう》さを知ることもあるだろう。そのときにきっと、わたしも「しんどい」と苦しむはずだ。

自分自身が、離れたがっている母を縛っているくせに、なんて身勝手なのだろう。

「ねえ、少しお酒付き合ってくれない？」

恵真さんが振り返って言った。

「最近はママが気になって全然飲めなかったけど、前はときどき飲んでたんだ。ね、少しだけ」

頷くと、恵真さんは「待ってて」と部屋を出ていった。すぐに、缶ビールを数本抱えて戻ってくる。

「ねえねえ、隣のあたしの部屋来ない？　ここだとママが起きちゃうかもしれないし」

ママが起きたらすぐ分かるしさ、と恵真さんが言うので頷いた。

さざめきハイツの部屋は、どこも畳敷きの六畳間だ。押入れがひとつと、窓がひとつ。母の部屋はわたしの部屋と同じくらい、殺風景だ。病気になって、箪笥《たんす》やベッドという必要なもの以外すべて、処分したのだという。昔はお気に入りの絵画のレプリカが壁一面に飾られていたと聞いた。有名画家の風景画ばかりで、それらはすべて結城さんの知りあいの喫茶店に寄贈されたらしい。一枚でも残しておいてくれたらよかったのに、と思う。どんな景色をどんな風に見ていたのか、知りたかった。わたしは、絵画を愛でる母など知らない。

恵真さんの部屋は、可愛いものに溢れていた。棚にはさまざまな小物――飴玉のような石のついた指輪に、ビーズがうつくしい髪飾り。キラキラと輝くガラス瓶。スヌーピーやくまのプーさんといったぬいぐるみもそこかしこにいる。壁にはお姫様《ひめさま》のような格好をした異国の女の子のポスターが何枚も貼られていた。ベビーピンクにパステルブルー。リボンやレースをたっぷり使ったドレスを着た女の子たちは、人形のように愛らしい。普段の恵真さんからは想像もできない、愛らしい部屋だった。

「ここ座ってー。確かねえ、こないだお客さんから貰ったナッツがあったと思うんだ」

恵真さんがわたしに示してくれた場所に座り、部屋を見回した。それから小さく唸る。恵真さんがごく普通に育っていたら、傷つけられることなどなければ、この子はレースやリボンで自身を飾る女の子になっていたのかもしれない。やわらかな肉づきで、豊かな髪を結う。ふわふわとした服を纏って、軽やかに街を闊歩《かっぽ》する、うつくしい蝶《ちょう》のような子になっていたのかもしれない。

棚を探る背中を見る。薄い少年のようなからだに、短く刈った髪。高校生の少年だと言われたら、そうとしか見えない。

自分の浅はかさを恥じた。女性が自衛として、自身の髪を短く刈る、性を偽るようないでたちをするという、その悲惨さをわたしは真に理解していなかった。恵真さんは言ったじゃないか。鎧を着ているのだと。彼女が抜きんでてうつくしいからその言葉をさらりと流してしまったけれど、鎧とはいつだって武骨で、冷たく重たいものだ。

「可愛い部屋、だね」

ぽつりと呟くと「おかしいでしょ」恵真さんが振り返らずに言った。

「恵真さんは、こういうのが好きなんだね」

「恥ずかしいから、あんまし見ないでよ」

「どうして。いいじゃない」

「店じゃキレイ系で通してるし、キャラクターは苦手ってことにしてんの。うちの店のスタッフがこの部屋見たらボーゼンとするだろうし、美保には絶対この部屋見せらんない。あ、あったあった」

子ども部屋のような、おもちゃ箱のような部屋。恵真さんが自分の「好き」に浸れるのはこの中だけなのだろう。そこに、わたしを招き入れてくれた。彼女の気持ちが、嬉しい。

小さな丸テーブルに向かいあって座り、缶をそっとぶつけた。プルタブをひき、口をつける。キンキンに冷えた炭酸《たんさん》がすっと喉を通っていった。

細い喉を露わにして缶を傾けた恵真さんが、「話、少し聞いてくれる?」と言った。

「もちろん。どうぞ」

恵真さんが出してくれたマカデミアナッツを摘んで言うと、「ありがと」と笑った。

「ママは、たくさんのひとに愛されてる。前、千鶴さんにそう言ったとき、すっごく驚いてたでしょう」

「ああ、うん。それはいまでも、半信半疑。だって、どこから見てもごく普通のおばさんだもの。服が派手なくらいで」

言うと、恵真さんがくすりと笑った。

「ママはさ、家政婦やってたって言ったでしょ。相手はひとり暮らしのお年寄りばかりで、病気になるまで何人ものお世話をしてた。千鶴さんは詐欺《さぎ》みたいに思ってたみたいだけど、そんなことなかったんだよ。みんな、ママのことが好きだった。どんなときでもにこにこ笑って明るくて、たくましい。弱気になればめちゃくちゃ励ましてくれるし、苛つけばガチで喧嘩する。必要だと思ったら、すごい無茶もする。四年くらい前だったかな。余命宣告されたおばあちゃんが、死ぬ前にかつての恋人に会いたいって言いだしたことがあったんだ。若いころに家の事情でお別れしてしまったんだって。そしたらママ、執念でそのひとを捜し出して、おばあちゃんと再会させたんだ」

「え、探偵じゃあるまいし、そんなの無理でしょう」

「相手がわりと有名な茶道の家元だったから、どうにかなったんだよね。でもママは『これは運命ってことよ！』って言い張って、入院中のおばあちゃんを無理やり自分の車に乗っけて、高速道路で五時間かけて連れていってさ。病院抜けだして行ったもんだから、先生たちにはめちゃくちゃ怒られてた。下手したら殺人になりますよ！　って」

しかしそのおばあさんは、恋人だった男性に『一緒に季節を一巡りしたいですね』と言われて、示された余命より一年長く生きたのだという。

「運命、ね。わたしが恵真さんに会ったときも言ってたけど、そういうことだったのね」

ふっと笑うと、恵真さんが照れたように頬を搔く。

「やー、あのときはママみたいになれた！　っていう気持ちもあって……じゃなくて！　でも、そんな風に誰かのためにがむしゃらになれるママのことをあたしは好きだし、ママの周りのひともそうだったんじゃないかなって思う」

恵真さんが缶を弄《もてあそ》ぶ。

「中には気持ちが伝わらなくて怒鳴るひともいたし、ママと喧嘩するひともいた。ママが悔し泣きするところ、何度も見た。でも、最後にはみんなママにありがとうって言うんだ。あんたといられて楽しかったって。ママ、いつだって全力でそのひとのことを受け止めようとしてたから、きっとそういうのが伝わるんだろうね」

ほろ苦いビールを飲む。喉の奥が、しゅわしゅわする。

「ママに、腹が立つことないのって聞いたことがある。無理難題を吹っかけてくるひともいたし、認知症を患っていろんな制御ができなくなっていくひともいたからね。ママは出会えたからには大事にしたいでしょって笑ってた。せっかくなんだから寄り添いたいんだって。だけど、無理に近づこうとはするな、って」

誰かを理解できると考えるのは傲慢で、寄り添うことはときに乱暴となる。大事なのは、相手と自分の両方を守ること。相手を傷つける歩み寄りは迷惑でしかないし、自分を傷つけないと近づけない相手からは、離れること。母は恵真さんに、そう話したのだという。

「棘を逆立てたハリネズミを抱いても傷つくだけだし、ハリネズミも刺したくないものを刺して苦しむものだからって。だからママは自分がハリネズミになる前に離れようとしてるんだろうな」

分かるんだよ。でも、はいそうですかって言うこときけないよねえー。恵真さんが冗談めかして言う。ママがいてよかった、っていうことのほうがたくさんあるもん。ちょっとくらい心が痛む瞬間があっても、一緒にいたいよ。

先日の、母の話を思い出した。ビールを傾けて、ナッツを齧る。

「……わたしも、そう思う。もう少し、一緒にいたい」

それは、嘘偽りない、素直な気持ちだった。母がいなくなった理由も、あの夏のわたしが単なる道連れだったことも、分かった。愛せぬ子どもであったことも。一緒にいる意味など、もはやないのだろう。それでも、もう少し一緒にいたいと思う自分がいる。どうしてだか、分からないけれど。でも、まだ離れたくない。

「千鶴さんがいて、よかったな」

ふいに恵真さんが言って、驚いた。

「何、急に」

「しみじみ、そう思ったの。千鶴さんがいてよかったって心から思う」

恵真さんがはにかんだ。千鶴さんがいるだけで、すごく心強い。ねえ、あたしさ、千鶴さんのこと、心の中で『お姉ちゃん』って呼んでんの。迷惑だよね。でも心の中だけだから、許してね。

こそばゆい告白にどきりとして、頬が赤らむ。

「酔ってるんじゃない？　まだ一本目でしょう。恵真さん、お酒弱いのね」

照れを誤魔化すように言うと、恵真さんは「へへ、ばれた」と頭をつるりと撫でる。実はすごく弱いの。だからママに、家族と一緒のときしか飲まないようにしなさいって言われた。

その言葉にまた、どきりとした。

この子は家族を知らない。きっと、母が初めての家族だったのだ。そして、わたしもまた、自分の家族なのだと伝えようとしてくれている。

わたしはいつも、この子のうつくしさにはっとしているような気がする。この子は己の受けた痛みを、決して誰かのせいにしない。両親がいたら、叔母夫婦が守ってくれたら、従姉がやさしかったら。そんな風には決して言わない。自分の心を健やかに守りながら、まっすぐに、生きている。

それに比べて、わたしは、何だ。ふっと、心が暗くなる。

『二度も捨てるだなんて、許さない。そんな我儘、絶対許さない』

そう言ったあと、母の瞳から涙が一粒、ころんと零れた。不意打ちのような涙は、わたしの罪悪感を膨らますに十分な強さがあった。

あのとき、母はわたしに告白するために自分自身と闘っていた。必死に、海に潜ろうとしていた。それが叶わなくて辛くて情けなくて、自分を見限った。その果てが『ホームに入る』という一言だった。母には、わたしに対する精一杯の誠意があった。なのに、わたしはそれが分かっていたのに、責めた。

なんで、わたしはこうなのだろう。変わりたい、変わらなきゃと思うくせに、口からはいつだって、身勝手でひとを傷つける言葉が出る。

「恵真さんは、いい子だね」

ゆっくり、意識して口にした。

「わたしはそんな子から、お姉ちゃん、って呼ばれたくない。惨めな気持ちになる。だから、絶対に呼ばないでほしい」

恵真さんの顔が、僅かに曇る。胸が鈍く痛んだ。

「だから……心の中でだけ、呼んでよ。それなら、受け止められるから」

大丈夫、きちんと言えた。そのことにほっとして、でもこの小さな達成感もすぐに、もっと大きな嫌悪感で塗り潰されてしまうのだろうなと思う。わたしはいつまで経っても成長できない。塞がりかけた瘡蓋《かさぶた》を自ら剝いでは血を流し、痛いと叫ぶような、そんなことしかできない。そんな情けないこと、嫌だけれど。でも。

「嬉しい」

恵真さんが、わたしの手にそっと触れた。ためらいがちに、握りしめてくる。

「お姉ちゃん、憧れてたんだ。だから、すごく嬉しい。ありがとう」

恵真さんの目は赤く、しかしとても綺麗だった。その笑顔に応えようとしたわたしの顔は、そのひとかけらほども、うつくしくなかっただろう。

お酒に弱いというのは事実らしく、その後、恵真さんは缶ビールを一本半飲んだところで沈没してしまった。そのまま自室に眠らせ、わたしだけ母の部屋に戻ったのだが、布団に入って一時間後、母がトイレに起きた。手を引き、トイレまで導く。母が個室から出てくるのを待って、ベッドに戻し、それからトイレ掃除に戻る。寝ぼけているときは、トイレを特に汚すのだった。

眠いのを堪えながら、濡れた便器周りを拭く。アンモニア臭が鼻を突く。いまでも、トイレの掃除は抵抗《ていこう》がある。こんな深夜は特にそうで、そして泣き出しそうな気持ちになる。

圧倒的な現実が目の前にある。これから先、母はきっともっと悪化する。そのときは、こんなものではすまない。寝たきりになれば介護用おむつに変わるだろうし、その交換をすることになる。そのとき、わたしはきちんとできる？　受け入れられる？　そんな不安と、母の希望を無視してこの家に縛り付けているくせに、傷つけたくせに、身勝手なことを考える自分自身の薄汚さがないまぜになって、やるせない。

わたしは、何て薄っぺらな、愚かしい人間なんだろう。

ごしごしと床を拭きながら、情けない、と呟いた。


翌日、恵真さんが目覚めたのは、お昼に差しかかろうとしていたころだった。ばたばたと音がしたなと思えば「ごめん！」と食堂に飛びこんできた。

「信じらんない。こんな時間まで寝てたなんて！　千鶴さん、ごめん！」

「気にしないでよ。仕事もして介護もして、疲れがたまってたんでしょ。それより聞いて」

今朝、母の調子がとてもよかった。いつもはほとんど手をつけなかった朝食をきちんと食べ、ともちんが迎えに来るまでの時間、ロングソファに寝そべって庭を眺める時間も取れた。そしてそのとき突然、昔旅館で仲居《なかい》をやっていたという話をし始めたのだ。どういうきっかけなのか、記憶の海から掬い上げたものがあった。

「へえ、仲居さん。初耳」

「そうなの？　多分、わたしとの夏休みのすぐあとのことじゃないかな。重たかった髪をボブまで切って、お金を稼《かせ》ぐためにがむしゃらに働いたって言ったから」

たくさんのひとに会えて、楽しい仕事だったわあ。あれはどこかの商工会議所のひとたちの慰安《いあん》旅行で、酔っぱらったお客さんが踊《おど》り出してね。私も一緒に踊ったらチップを弾むっていうもんだから、踊ったのよ。ダンスなんて初めてなもんだから、見様見真似。でもみんな大盛り上がりよ。女将さんがすっごく喜んでくれて、大入袋をもらったんだったわねえ。あの女将さん、どうしてるかしら……。母はとても懐かしそうに、目を細めていた。

母との最後の別れが、どこだかの街の小さな旅館だった。わたしと別れたあと、母はあそこで働いたのかもしれない。

「それって、いい話じゃん。てか、そういう記憶がまだまだ出てくるって、いいよね。ママの可能性はまだ、残ってる」

「だよね。わたしもそう思う」

昨晩の自分の葛藤《かっとう》が遠ざかるような、明るい出来事だ。それに、母の希望を無視している罪悪感が減った。ホームに入らなくてもまだ全然大丈夫、そんな風に思う。

「そうだ、お腹空いたでしょう。お昼ごはん、彩子さんが用意してくれてるの。支度しようか？」

「食べる食べる。あ、そうだ。ねえ、午後から髪切らせてくれない？」

恵真さんが言い、わたしは自分の頭に触れる。髪は、背中の中ほどまであるのをいつもひとつに纏めている。もう長く切っていなかった。

「ママが髪を切ったって話をしてくれたわけだし、千鶴さんもすっきり切っちゃわない？髪形が変わるだけで、気持ちも明るくなるしさ」

毛先を見れば、ぱさぱさで酷い枝毛になっている。

「じゃあ……、お願いしてもいいかな」

少しでも前向きな気持ちになれるのなら、いいのかもしれない。

天気がよく暖かいので庭先に食堂の椅子を出して、そこで切ってもらうことにした。

「腕にはわりと自信あるから安心して！」

「適当でいいよ。すっきりするだけでも、じゅうぶん」

カットクロスを巻かれるころ、少しだけ楽しくなっている自分がいた。自分に手をかけるなんて、いつぶりだろうか。

「専門学校時代から、ママの髪もここで切ってるの。一度、めちゃくちゃ失敗して、いまのあたしみたいに短くなっちゃってさー。絶対怒られる！　と思ったら『モンチッチみたいで可愛いじゃなーい』って大喜び。周囲の評価は……微妙《びみょう》だったんだけど」

「本人は気に入ってたんなら、いいじゃない」

さくさくと髪が切られていく。庭に降り積もる髪を見ながら、こんな風に簡単に嫌な自分が削ぎ落とされていけばいいのに、と思う。少しくらい痛みが伴ったって構わない。

「千鶴さんは、ママと髪質がよく似てるね」

「そうなの？　分からない」

「頑固そうな、コシのある髪」

「わたしは頑固というよりは、頭が固いんだと思う」

鳥の鳴き声がする。物干し台に寄り添うようにして伸びるイロハモミジが、鮮やかに紅葉している。綺麗だな、と思い、それから木々を愛でる余裕のある自分に驚いた。そんな中で、恵真さんと他愛《たわい》のない話をして過ごした。心が穏やかになれる、いい時間だった。

　切り終わったあとに鏡を見てみれば、すっきりした顔の自分がいた。重たかった髪が、顎のところできっぱりと揃えられている。

「わたし、こんなに髪を切ったの初めて」

「絶対にボブが似合うと思ってたんだよねー。顎のラインがしゅっとしてるからさ」

　髪がさらさらと揺れる感覚がこそばゆい。でも、とても軽くて心地いい。髪を切ったときの母も、同じ気持ちだっただろうか。

「ありがとう、恵真さん」

「いえいえ。こちらこそ、思い切りよく切らせてくれてありがとう。美容師としても、満足。そうだ、この心機一転の髪形で、あたしと散歩に出てみない？」

　名案、と恵真さんが顔を輝かせる。

「ひとりで行けなんて言わない。あたしと一緒ならいいでしょ？　この間の、あずさカフェ。あそこまでケーキを買いに行こう」

　少し考えて、頷く。ふたりなら、恵真さんがいるなら、行けるかもしれない。

　彩子さんの部屋から出てこない美保ちゃんに一声かけて――返事はなかった――建家を出る。背をすっと伸ばしたくなるような、気持ちのいい風が吹く。向かいの家の庭木が、我が家の庭のイロハモミジよりもうつくしく紅葉していた。

「手入れの方法かな。それとも日当たりかなあ。せっかくだから、景色も楽しもうよ。じゃ、行こうか」

先に門扉の外に出た恵真さんが言う。恵真さんは、短い時間で手際よくメイクをすませていた。黒髪ボブのウィッグがよく似合う。恵真さんの言う鎧も、しっかりと纏っている。この恵真さんが一緒にいてくれるのならば、きっと、大丈夫。

そう思うのに、わたしの足は動かなかった。

門扉の内側から、一歩も踏み出せない。

恵真さんから借りた帽子を深く被り、マスクもした。誰も、わたしだとは分からないはずだ。頭ではそう分かっているのに、なのに、動けない。これまでのさまざまな記憶——弥一の怒鳴り声や岡崎さんの笑う顔、あずさカフェの垣根の中などがぐるぐると頭の中を駆け巡り、繋がりをなくし、どんどんと激しい音と共に、わたしに迫ってくる。

「千鶴さん？　大丈夫？」

全身から汗が噴き出る。この間は、行けたじゃないか。そう言い聞かせても、効果はない。それどころか、あのときの苦しさや辛さ、胃液で焼けそうになった喉の痛みなどがまざまざと蘇る。垣根で作った擦り傷——いまではかげもかたちもない頬の傷が、生々しく疼く。

その場にへたりこんで、口元を押さえた。吐き気がするのか、嘔吐を思い出しているのか、分からない。

「ごめ……、無理……」

どうして、できない。ケーキを買いにいく、たったそれだけのことだ。髪を切って、心機一転して、そのふわふわした気持ちのまま、行ったってよさそうなものじゃないか。なのに、どうして。

「ごめんね」

恵真さんが、わたしの背中を撫でた。

「無理させちゃったんだね。いいんだよ、別に。ゆっくり、慣らしていこうよ」

どうやって？　門扉の外にも出られないというのに、どう慣らしていけばいい。

「どうしたらいいんだろう」

食いしばった歯の隙間から絞り出すように、呟いた。わたしは、どうしたらいい？

「焦っちゃったね。ごめん。ほら、中に入ろう」

恵真さんが支えてくれて、どうにか立ち上がる。玄関まで歩いたところで、笑い声がして振り返った。母くらいの女性ふたりが買い物袋を提げて歩いていた。あらここのお庭華やかね。うちもこんな風にしたいけど、手入れってのが苦手なのよねえ。彼女たちはとても朗《ほが》らかに、立ち去っていった。わたしがどうしても出ることのできない道を、軽やかに。

「ごめん、わたし、部屋で少し休むね」

恵真さんに言って、逃げるようにして自室に戻った。帽子とマスクをかなぐり捨てて、畳んでいた布団に倒れこむ。我慢していた涙が溢れた。

もう、普通の生活を営める気がしない。死ぬまでこの建家の中でひっそり生きていかなければいけない、そんな気がする。しかし、そんなことできるはずがない。いつまで、母に面倒を見てもらうのだ。母が死ぬまで？　死んでからは？　なんて、そんな情けないこと、考えたくもないのに。でも。

「先が、見えない……」

布団に顔を押し付けて、呻いた。自分のこれからが、黒く乱暴に塗りつぶされたように、何も見えない。分からない。どうしたいのか、それさえも。

電車が、通過する。窓ガラスが揺れる。これは、ひとびとの当たり前の営みを乗せている音なのだなと思う。いつもはうるさいだけなのに、とても尊い音に聞こえた。

夕方になるまで、動く気になれなかった。布団に背を預けて天井を眺めていると部屋のドアが鳴った。

「千鶴さん。千鶴さん」

恵真さんの声だ。どうぞ、と返事をすると、遠慮がちに開いた。

「やすんでるところ、ごめんね。ねえ、千鶴さん。あの子、知らない？」

建家のどこにもいない、と恵真さんが続けた。

「知らない、けど。どこかに、いるんじゃないの？」

みっともない顔を見せたくなくて、慌てて顔を拭う。ずいぶん前に涙は止まったから大丈夫なはずだけれど、浮腫《むく》んでいるはずだ。

恵真さんが「どこにもいないんだ」と少しだけ心配そうに言う。

「彩子さんの部屋の前を通りがかったら、ドアが開いててさ。それで、何となしに見たらいなかったんだ。キッチンとか食堂、トイレにも気配がなくて。庭にもいないんだよね」

「玄関の靴は？」

「あ、そうか。見てくる」

すぐに恵真さんが踵《きびす》を返す。顔をもう一度拭ってから、わたしもすぐに階下に向かった。

「ない、靴。外に出たみたい」

玄関にいた恵真さんが言う。ここに来たときに履いていたナイキのスニーカーがないらしい。

「どこに行ったんだろ」

「妊婦って運動したほうがいいって言うし、散歩じゃないかな」

普段は部屋から出てこないけれど、彩子さんと一緒だと出かけているし、わたしのように外に出ることに抵抗がある、というわけではないだろう。十代の子がずっと六畳の部屋にこもりきりというのもよくないし、たまには息抜きにと出かけたのかもしれない。

「そっか。そうだよね。ていうかさ、一言くらい声かけてくれてもよくない？　あたし、ずっと食堂にいたんだよ」

心配して、損しちゃった。恵真さんは不満げに鼻を鳴らした。

「もう夕方だし、そろそろ帰ってくるでしょう。わたしたちは、夕飯の準備でもしようよ」

母が帰ってくるし、その前には彩子さんも帰宅する。美保ちゃんは、彩子さんには連絡をしているかもしれない。わたしたちは美保ちゃんのことをいったん忘れ、それぞれが彩子さんから分担された家事に取りかかったのだった。

ところが美保ちゃんは、彩子さんにも連絡をせずに出かけていた。しかも、彩子さんが自室の簞笥に入れていた十万円入りの封筒——出産準備品を買うために別に置いていたらしい——を持ちだして。帰宅して、美保ちゃんの不在とお金が消えていることに気付いた彩子さんが何度も電話をかけ、メールをしたけれど、全然繋がらない。

心配している間に、時刻は二十時を回った。

「この間せがまれて買った、なんとかってブランドのマタニティウェアがないの。遊びにいったのかしら……」

返信のないスマホを握りしめて、彩子さんが何回目かも分からないため息をつく。

「最近はよくお腹が張るって言ってたのに、無理をしてないといいんだけど」

「あのねえ、彩子さん。大金、勝手に持ちだされてるんだよね？　何してるんだ、いますぐ耳揃えて持って帰れって叱るところでしょう」

恵真さんが呆れるも、彩子さんは「だってそんなことして、家出でもしたらどうするの」と悲痛な声を出す。

「向こうの家じゃ、満足に面倒見てもらえやしない。友達だって、そんなにいないのよ。私じゃないとだめなのよ。それに、ここでようやく落ち着いて暮らせていたのに」

「いやいや、全然落ち着いてないって。協調性一切なしじゃん。よく考えてよ、彩子さん」

恵真さんが脱力《だつりょく》したように肩を落とし、「彩子さん、最近おかしいよ」と言った。

「あの子のことが可愛いのは分かる。親としていろいろ頑張ってるのも、知ってる。でも、あんまりにも甘やかしすぎじゃない？　親のお金を黙って持ちだした子どもを叱れないで、どうするの。これまでの彩子さんだったら、できたはずだよ」

「何言ってるの！　あの子はいま大事にしないといけない時期じゃないの」

彩子さんが声を荒らげた。

「妊婦ってのは大変なの。命がけの仕事なの。だから私は、最大限のフォローをしてあげたい。それだけよ。まだ子どもを産んだことのないひとには、分からないでしょうけど。でも想像力を使って、気遣うことはできるでしょう？　恵真ちゃんこそ、やさしくなりなさい。そもそもあなたたちが、あの子が出ていくときに声かけしてくれてればよかったのに！」

「あの、彩子さん。気付かなかったのは申し訳ないです。だけど、わたしが仮に気付いて声をかけたって、あの子が出ていくのを止めたとは思わないです。それに、お金を持ちだしてることだって、普通気付かないですよ……」

おずおずと言うと、千鶴ちゃんまで！　と彩子さんが声を尖らせた。

「気付いていれば、私に連絡くらいできたでしょう⁉　そうしたらもっと早い段階で探すことができた。家にいい大人がふたりもいて、どちらも気付かないなんておかしいわよ！　何やってたの⁉」

それはあんまりな、言いがかりだ。恵真さんと視線をあわせ、そっとため息をついた。

「ねえママ。なんか言ってやってよ」

恵真さんが母に助けを求める。夕食を終えた母はロングソファに横たわり、暗やみに沈む庭を眺めていた。

「いつものママだったら、何か言ってくれるでしょう」

母は何も言わない。代わりにぶっとおならをして、恵真さんが「もう！」とキレた。

「だめだこれ。もういいや、彩子さんたちの問題だし、あたしはもう知らない。娘がそんなに心配なら、今後はＧＰＳアプリでも入れて管理すれば？」

お風呂入ってくる、と恵真さんはさっさと食堂を出ていった。彩子さんは、自分がパニックになっていることに気付かないのだろう。スマホをまた操作し始めた。「れんらくだけ、ちょうだい。おねがい……」無意識だろう、メッセージの内容をぼそぼそと口にしている。

彩子さんも、完璧ではない。当たり前なことに気付く。いっときは、母がこうだったらよかったのにという憧れの思いで見つめた。だけどいまは、娘に対して過度の愛情を押し付け、それに気付いていない視野の狭いひと、に見える。

「ひとってのは、水なのよ」

ふいに、母が呟いた。独り言のような様子で、だから彩子さんの耳には届かなかったようだ。

「触れあうひとで、いろもかたちも変わるの。黄にも、緑にも。熱いお湯にも、氷にも。真っ白いかき氷に熱いいちごシロップなんて、あわないでしょう。離れるなり、タイミングを計るなり、姿を変えるなり、よ」

頭がはっきりしているのか、していないのか。ただ、母とわたしのことなのかなと思った。母とわたしは、母娘として近づけばどちらかが苦しむようにできている。うまくかみあわない。じゃあ、どうすればいい。

ブザーが鳴った。

彩子さんがスマホを放り投げ、玄関に駆けていく。食堂のドアから玄関の様子が窺えるので、わたしはドアのところから顔を出した。美保ちゃんなら引っこむつもりだったが、玄関扉を開けた彩子さんが叫んだことに驚いて、動きを止めた。のそりと姿を現したのは、黒髪を金に染めた美保ちゃんだった。両手に紙袋を下げて、へらりと笑っている。

「むしゃくしゃしたから、染めてきた。もー、まじ腰痛いしお腹もめっちゃ張ってるー」

美保ちゃんは驚いて立ち尽くしている彩子さんを押しのけて中に入ってくる。そうしながら、髪の脱色に思いのほか時間を取られ、美容室の閉店時間まで終わらなかったのだということを話していた。

「エマさんの店に行ったんだけど、たいしたことないね。うまく色が抜けなくて、三回もブリーチ剤塗ったんだよ。しかも、妊婦だからってビビってんの。いやまじ仕事に徹しろって話。あ、ママ連絡しすぎだから。まじうざい」

「あのね、美保。黙って出かけておいてその態度はないでしょう。ママ、すごく心配して」

「幼稚園児じゃあるまいし、なんでいちいち言わなきゃいけないわけ？　ついでに欲しかったもの買っちゃった。イヴ・サンローランのリップと、ランコムのベースカラーでしょー。あと、マザーズバッグ欲しかったから、ケイト・スペードのトート買っちゃった。なんかすっごいスッキリしたー。あ、これ残ったお金、返すね」

バッグの中から、無造作に封筒を取り出して、彩子さんにぽいと渡す。彩子さんが中を覗いて「千円⁉　いくらなんでも使いすぎよ！」と慌てる。

「これ、あなたの出産準備のためのお金だったのよ。今度の休みにベビーベッドとか買い揃えようとしてたのに。どうするの」

「ウチのためのお金なら、別にいーじゃん。お小遣いみたいなもんでしょ。それに、マザーズバッグはベビたんのためだし、オッケーじゃん」

「お小遣いってそんな……。必要なものは、ちゃんと買ってるでしょう。欲しいものだって、できるだけ買ってあげてるつもりよ？　それに、あなたはこれから子どもを育てていかなきゃいけないの。いまはブランド化粧品やバッグに浪費《ろうひ》してる場合じゃ」

うるさいなあ、と美保ちゃんが声を荒らげた。

「この家しょっちゅう揺れるし、辛気臭いし、そんな中でずっと大人しくしてたら、頭おかしくなりそうなの！　それにママ、自分がどんだけ口うるさく言ってるか分かってんの⁉　偉そうにピーピーピーピー、嫌になる！」

美保ちゃんは紙袋のひとつを、彩子さんにぶつけた。

「ウチの足元見て、支配しようとすんな！」

「ち、違うのよ。そんなつもりじゃ」

「じゃあどんなつもりだよ。ママはウチの気持ちなんて全然分かんないじゃん。大人しくしろとか、堅実に生きろとか！　知ってる？　ウチの友達はみんな、インスタに楽しそうな写真とか動画アップしてるんだよ？　彼氏とツーショットとか、おっきなパフェをみんなでシェアしてるとことか！　でもウチは、そういうの、もうできないんだよ。こんな年から子ども産んで育てて、これから全部我慢して生きてくんだよ。いまのうちだけでも、欲しいもの買って、自慢したっていいじゃん！」

美保ちゃんが地団太を踏んだ。ママのせいだよ。ママがうちの傍にちゃんといればウチはきっとこんな風になんなかった。ちゃんと学生して、みんなみたいに普通に生きていけたんだ。ママのせいだ。ママのせい！

駄々っ子のような美保ちゃんに、彩子さんが狼狽える。

「あ、ああ、ごめんね。ごめんなさい。でも、お腹の子は、あなたが育てると決めた子でしょ？　頑張って産んで育てな――」

「はぁ？　ウチの責任だっていうの？　んなわけないじゃん。あんたがいなくなったのがそもそもの原因だから。あんたがいたらパパがいなくなることもなかった。ばあばもじいじもウチだけ可愛がってくれてた！　あんな男に騙されることもなかった！　ぜーんぶぜーんぶ、あ、ん、た、の、せ、い、だ！」

美保ちゃんが、今度はもう片方の紙袋を振り回した。勢いづいたそれを避けて、彩子さんが「ごめん。ごめんね」と泣く。

恵真さんが、脱衣所から飛び出てきた。慌てて服を着たらしい。スウェットの裾が捲《まく》れ、頭からぼたぼたと雫《しずく》を滴らせている。

「ちょっと！　黙って聞いてりゃさっきから何勝手なことばっか言ってるの！　あんた、親を泣かすんじゃないよ！」

「うるっさい！　口出しすんな！　急に母親面で構われるのも、しんどいんだよ！」

「母親面って、だって私は」

「うるさいってば！」

美保ちゃんが彩子さんに向かって紙袋を振り回す。そうして次に恵真さんに「あんたもうるさい！」と睨みつけた。

「あんたには、片親になった苦しみなんて分かんないくせに。黙っててよ！」

その声を聞いた瞬間、体が動いた。駆けていき、紙袋を振り回している方の手首を摑む。何が入っているのか、硬いものがごん、とわたしの頭にぶつかったけれど、わたしは空いている方の手で美保ちゃんの頰を抓った。いつかに彩子さんが母にしたように、軽く。美保ちゃんの目が、大きく見開かれる。

「だめだよ」

もう認めるしかない。わたしは、この子とまったく同じことを、母にしていた。わたしの不幸は、あなたのせいだと責め立てていた。

しかし、わたしの不幸はどこから来ていた？　母がいなくなったあと、わたしには父も祖母もいた。そこには確かに、少しの不自由があった。くっきりした寂しさもあった。ひとと比べて自身の貧しさを恨むこともあった。けれど、絶望するほどの孤独や苦しみは、なかった。どうしようもない飢《う》えや、途方もない恐怖もない。父は不器用な父なりに死ぬまで可愛がってくれたし、祖母も厳しくはあったけれど祖母なりの愛と責任を持って育ててくれた。わたしはきちんと、生かされてきた。

「美保ちゃんの苦しみは、彩子さんのせいじゃない。あなた自身の責任だよ」

美保ちゃんの目を見て言う。

「そして、わたしの不幸も、あのひとのせいなんかじゃない」

わたしの不幸は、母に捨てられたことではない。他でもない、わたしのせいだ。

「辛かった哀しかった寂しかった、痛みを理由にするのって、楽だよね。わたしもそう。誰かの——あのひとのせいにすると、自分がとても憐れに思えて、だから自分の弱い部分を簡単に許せた。仕方ないじゃない、だってわたしは小さなころに母親に捨てられたんだもの、って免罪符《めんざいふ》にもしてきた」

涙が出そうになるのを、ぐっと堪える。結城さんの言う通りだ。こんなみっともないこと、十代でさっさと終わらせていなければいけなかった。それがこんな年になって、いくつも年下の美保ちゃんの姿を見て、やっと理解するなんて。

「あのひとのせいにして思考を止めてきたわたしが、わたしの不幸の原因だったんだ」

美保ちゃんの瞳が、不安定に揺れた。しかしすぐに、「意味わかんねーっつの！」と、わたしの手を振りほどいた。足音も荒く、彩子さんとの部屋に戻っていく。その背中を、彩子さんが追った。

「千鶴さん、大丈夫？」

恵真さんが来て、わたしの頭を窺う。

「大丈夫。少しぶつかった程度だし」

視線を感じて、顔を向ける。母が、食堂のドアの前に立っていた。わたしの目と、ばちりと合う。

ひゅう、と息を吸った。ゆっくりと、吐く。

「ごめんなさい」

母に言う。ここに来て、何度自分の不幸の責任を取らせようとしただろう。

「あと、ありがとう」

母は一度も、詫びなかった。もし母が彩子さんのようになっていたら、いや、たった一度でも謝罪をしていたら。わたしはそれを盾《たて》にして、美保ちゃんのようになっていただろう。ほら、悪いと思ってるんなら、わたしの不幸を背負ってよ。わたしの傷を何度だって舐めて、悔やんでよ。傷つけたのは、あなたでしょ？

母が、顔を逸らした。

「いい子になるんじゃないよ、ばかだね」

母を恨む気持ちは、さっぱり消えたわけではない。傷痕になって一生残るのかもしれない。でも、それは『そういうことがあった』という跡としてだ。わたしはもう、瘡蓋を剝がしはしない。血が流れていると声高に叫ぶようなこともしない。それだけは確かだ。

＊

あれから彩子さんと美保ちゃんの間で、どんな話があったのかは、分からない。ただ、美保ちゃんはまた、引きこもりの生活に戻った。

しかしいつまた、どんな問題が持ち上がるか分からない。五人の生活は、綱渡りのような緊張感のまま、営まれていた。

わたしは、恵真さんからノートパソコンを借りて職探しを始めていた。外に出られないのであれば、在宅で何かできることはないかと思ったのだ。しかし、世の中はそんなに甘くない。学歴は高校まで、特別な資格も持っていないわたしでは、応募資格すら満たさないものばかりだった。

しかも、面接には必ず先方の指定する場所に赴かなくてはならない。門扉の内側までしか行けないわたしがどうやって、面接を乗り切れるというのだ。

「残酷な、現実……」

食堂のテーブルに突っ伏す。自分が情けない。

「すごい進歩だとあたしは思うよ」

コーヒーの香りがして、顔を上げれば休日の恵真さんがわたしの前にコーヒーカップを置いてくれるところだった。今日は全自動コーヒーメーカーを使ったらしい。

「どうにかして、働こうとしてるわけでしょ。偉いじゃん」

「全然偉くないでしょ。あれもだめこれもだめ。精神的に『何かしてる』という満足感がほんの少し、あるだけ」

ありがとう、と言ってからカップに口をつける。熱いくらいのコーヒーが、からだに染み渡る。

「それにね、『これがしたい！』っていうものがないの。これは、昔からだけど」

自分なんか、という意識が強かったせいか、わたしは自分の理想像というものがまったくなかった。クラスメイトたちは客室乗務員とか看護師、作家に、家業を継ぐ、などさまざまな夢や理想があったようだけれど、それを『みんなは家族揃ってしあわせだから』という捻くれた目で眺めていた。強いてあげれば『誰かにきちんと愛されたい』くらいで、それも曖《あい》味《まい》模《も》糊《こ》としたものだったから、弥一とのことを簡単に『これこそ愛に違いない』と思った。薄っぺらな自分が、嫌になる。

「恵真さんは、美容師になりたくてなったの？」

「あたしは、うん。昔からそう」

　恵真さんがコーヒーを啜る。幼稚園のとき、叔母は従姉の髪ばかり綺麗に結っててさ。すっごく羨ましかったんだ。そしたらある日、担任の先生があたしに編み込みをしてくれたんだよね。するするするって簡単にやってくれたんだけど、仕上がりがめちゃくちゃ可愛くって。その日はずーっと鏡ばっか見てた。そんで、あたしもそういうことをしたいなって思ったわけ。自分で、こういうことができるようになったら素敵だなって。

「いいね。そしてそれを叶えてるんだから、すごいね」

「あたしみたいに早々に夢がある子もいるだろうけど、別に早けりゃいいってもんでもないよ。千鶴さんも、これからやりたいこと見つかるかもよ。それか、やりがいのある仕事」

「やりがい、か」

　見つかる気がしない。でも、職探しを考えてみる、というのもれっきとした一歩だとしたら、その果てには何かあるかもしれない。

「そうだ。野瀬さんに訊いてみたらどうかな？」

　恵真さんがふと思いついたように言った。

「あのひと、シェルターを運営しているお友達がいるって言ってたでしょ？　千鶴さんが働きやすいような、理解のある職場も知ってるかもしれない」

　確かに、一理ある。

　スマホはもう長いこと電源を入れていないので――いい加減解約したいけれど、携帯ショップに行けないので放置している——さざめきハイツの固定電話から、野瀬さんに電話をすることにした。仕事を紹介してほしい、なんて図々しいお願いをしていいものか躊躇ったけれど一歩進む気持ちでかけ、野瀬さんはそんなわたしの電話を喜んでくれた。

「ははあ、就職活動ですか。すごい、もうそんな心境になったんですね」

「すごくなんか、ありません。だってまだ、外に出られません」

何度も、試してみた。せめて一歩。せめて。そう思うのに、足は動かない。あまり意識しすぎたのか、玄関扉の外に出るだけで緊張し、吐き気を覚えるようになったから、酷くなっているかもしれない。

「気持ちが大事ですよ。でも、無理をしないでくださいね。仕事に関しては、少し調べておきますよ。それに、近々その報告も兼ねて、そちらに伺ってもいいですか？　ぼくも、さざめきハイツが見てみたいんですよ。聖子さんにも、お目にかかりたいし」

相変わらずの好奇心のようだ。野瀬さんは、「仕事が立てこんでいるんですが、なるべく早く伺います！」と強く言って、電話を切った。

それからしばらくして、いつの間にかいなくなっていた恵真さんが戻ってきた。手に、あずさカフェのケーキボックスを持っている。

「コーヒー飲んでたら食べたくなっちゃって、ひとっぱしり行ってきた。一緒に食べよ！」

に、と笑う。恵真さんはきっとわたしのことを気にして、だからそっと行ってくれたのだろう。そのやさしさが、嬉しい。

「じゃあ、次はわたしがコーヒー淹れる。恵真さんは、待ってて」

ふたり分のコーヒーの支度をしていると、食堂から「オレンジジュース」と声がかかる。食堂を覗き、ジュースのほうがいいのかと訊けば、恵真さんは「あの子のも、買ってきたから」と気まずそうに言った。

「あたしたちだけ食べるのも、悪いじゃん」

少しだけ、頬が赤くなっている。恵真さんはほんとうに、いい子だ。

「分かった。じゃあそうしましょ」

三人分の飲み物の支度をして、食堂に戻る。美保ちゃんを呼びに行く前にテーブルを見たら、スイートポテトパイがふたつと、透明な器に盛られた可愛らしいスイーツがひとつ置かれていた。

「わあ、なにこれ可愛い」

「あずさカフェで一番人気の、くじらフルーツパルフェ。あの子、インスタやってるくらいだから、好きかなと思ったんだ」

さまざまなフルーツがバランスよく盛られたパルフェの上に、可愛いくじらのアイシングクッキーが飾られている。くじらクッキーは52種類もあるらしくて、購入時にランダムに飾られるらしい。ＳＮＳでは大人気で、このクッキーを収集しているひともいる、と恵真さんが説明してくれる。

「あたしは季節のケーキのほうが好きだし、千鶴さんと以前約束したからスイートポテトパイにしたんだけど、よかった？」

「うん、わたしはそのほうが嬉しい。でもこのクッキー、ほんとに人気なの……？」

可愛らしい目をしたくじらの口から、にゅっと人間の足が飛び出ている。足の付け根の部分は、くっきりと赤い。明らかに、食われている。くじらってひとを食べるんだっけ？　恵真さんも「多分……、当たりはずれ、ある、のかな？」と戸惑《とまど》ったように言った。

「ランダムだから、仕方ない、よね」

まあしかし、偽物というわけではないのだから、いいだろう。気を取り直して、美保ちゃんを呼びに行く。彩子さんの部屋のドアを叩き、「ケーキ、一緒に食べない？」と声をかける。テレビの音はするのでいるはずだけれど、返事はない。

「あの、恵真さんがあずさカフェの、くじらフルーツパルフェ？　っていうのを買ってきてくれたの。食堂においでよ」

テレビの音が消えた。どうしようかと思っていると、ドアが開いた。美保ちゃんが、のっそりと顔を出す。まだ金髪が見慣れなくて、ついぎょっとしてしまう。綺麗に染まった髪に痛々しさを覚えてしまうのは、わたしの感覚が古いからだろうか。

「一緒に食べない？　ね？」

美保ちゃんは緩慢に頷くと、食堂までやって来た。

「お、来たんだ。よかった。ほら、食べなよ」

支度をしていた恵真さんがテーブルを指差す。

美保ちゃんはパルフェの前に座ると、顔を明るくして、すぐにスマホを取り出した。

「これめっちゃレアなやつじゃん。ヤバくじら！」

美保ちゃんにとっては、どうやら当たりであるらしかった。いろんな角度から写真を撮り、

「やばー、すごい。めっちゃいい」と無邪気な顔をする。若い子の感性は、分からない。

美保ちゃんは何枚も撮ったあと、フォークでフルーツを刺しては口に運んだ。三往復くらいで、勢いよくぶすりと刺しこんだ。メロンがぐらりと揺れる。

「すぐ投稿しよっと」

パルフェより、インスタ優先であるらしい。美保ちゃんはスマホに熱中し始めた。その近くでわたしたちはスイートポテトパイを食べ始める。

パイは、とても美味しかった。芋本来の甘さはしつこくなく、ほっこりした食感が広がる。バターの香りが高い、サクサクしたパイ生地も、絶品だった。さつまいもへの愛が再燃してしまうほどの味だった。恵真さんにそう言うと、満足げに笑う。

その間も、美保ちゃんはタタタタと画面をタップし続けていた。

「SNSは、インスタだけ？」

恵真さんが訊くと、美保ちゃんは小さな画面に目を落としたまま「あとはTikTok」と答えた。

「ふうん。千鶴さんはそんなのやってるの？」

「まさか。スマホは死んじゃってるし、学生時代から自分のことを発信する類《たぐい》のものは苦手なの。ああいうの、何をすればいいのか全然分かんない」

「あたしも無理」

「そうなの？　だって、インスタで人気なんでしょう？」

「あたしがやってるわけじゃないんだよ、あれ。店長が、そういうのすっごく得意なんだ。

だからあたしはノータッチ。毎日、着てる服とかメイクを撮られるだけ」

わたしたちが話している間も、美保ちゃんは黙々とスマホを操作する。その手つきはとても手慣れていて、感心するばかりだ。

「あ、いい感じで反応きた。うえーい」

画面を見つめたまま、フォークを抜き取る。その拍子に、さっきまで喜んでいたはずのくじらクッキーが転がり落ちた。テーブルに落ちたそれは半分に割れ、恵真さんが「あ！」と声を上げる。美保ちゃんは無惨な姿になったくじらクッキーを見て、一瞬動きを止めた。それからすぐ「うわ、やば」と笑った。

「転落死じゃん、ウケる」

美保ちゃんは割れたクッキーもまた写真に撮ったあと、無造作に口に放った。

「ふうん、味はフツーじゃん」

つまらなさそうに言って、美保ちゃんはちらりとわたしたちを見た。視線が合うと、ため息をついてフォークを元に戻した。立ち上がり、パルフェのプラカップを手にして出ていこうとする。

「ねえちょっと待って」

恵真さんが声をかけると、美保ちゃんは「んー？」と振り返った。

「なに？」

「あなたそれ、あたしたちに失礼じゃない？」

恵真さんが、怒っていた。わたしもまた、彼女の態度に苛立ちを覚えていて、恵真さんが言わなければ声をかけていたと思う。あまりに、恵真さんの気持ちをばかにしている。

「一緒に食べようと誘ったのに、ひとりで雑に食べて、途中でふらっと出ていこうとする。失礼だよ」

「は？　勝手に買ってきたの、そっちじゃん？　ありがとー、嬉しー、っていちいち喜ばなきゃいけないいんだったら、いらないいし。そもそもウチは、頼んでないいし」

美保ちゃんが手にしていたカップをテーブルに戻した。

「ていうかさ、妊婦に甘いものとかよく無神経に買ってこられるよね。そのくせこっちのことばっか責めて、なんなの」

美保ちゃんはいきなり、スマホをわたしたちへ向けてきた。パシャ、と音がしたあと、美保ちゃんが「うわ」と画面を見て笑う。

「もはや性別不明じゃん。ていうかこれでインフルエンサーぶってんだから、ウケる。毎回加工オツカレって感じ」

「ちょっと！　やめなさい」

「はいはい。じゃーね、ゴチソーサマデシター」

言い捨てて、美保ちゃんが食堂を出ていく。フォークを手にした恵真さんの手が、ぶるぶる震えていた。

「ねえ千鶴さん。あたしこんなに怒りマックスなの久しぶり。彩子さんの娘じゃなかったら、妊婦だろうが蹴倒してる」

「美保ちゃんを、いまの若い子って括《くく》りにしたらだめだよね……」

あの子の発言が自分と重なるところがあるから、ほんの少しだけ、好意的に見るようになっていた。彼女はまだ十代で、だから早く、『母親が自分の元から去っていった』という自身で強めた呪いから解き放たれてほしいと思う。だけど、あまりに奔放すぎる。

「妊婦さんって、やっぱり大変なのかな。子どもをお腹に抱えているっていうプレッシャーは、わたしには分からないからなあ」

「それはあたしたちが分かんなくっていいことだよ。言えることは、どの母親だって、みんなそれぞれプレッシャー抱えて産んでるはず、ってこと！」

恵真さんが自分のパイにフォークをぶすりと刺した。

これ以降、美保ちゃんはますます、部屋から出なくなっていった。彩子さんは、娘との接し方を悩んでいるようだった。ときどき、思いつめた顔をするし、重たいため息をつく。相談でもしてくれれば一緒に悩めるけれど、一度衝突してしまったからか、わたしたちには決して愚痴を零さない。

そんな折、野瀬さんがさざめきハイツを訪ねてくれた。

「おや、別人のようですね、驚いた」

玄関先で出迎えたわたしを見て、野瀬さんが微笑んだ。

「顔つきがとても明るいです」

「そう、ですか？　恵真さんが髪を切ってくれたから、かもしれません」

恵真さんには直接言えないが、もし明るくなったというのならそれはあの子のお陰だと思っている。恵真さんに、どれだけ救われただろう。野瀬さんは眼鏡の奥の目を細めて笑い、

「とてもいい傾向ですよ」と言った。

それから食堂に案内する。お茶などを出して簡単に近況を報告しあったあと、彼は興味深そうに室内を見回した。

「しかしこれはまた、ずいぶん趣《おもむき》のある建物ですね。ぼく、こういうところでの生活に憧れていたんですよねえ。美人の管理人さんがいて、みんな和気藹々《わきあいあい》と生活して」

「ああ、あの漫画ですね。あたしもあの作品はよく読みました。でも、うちはあそこまで賑《にぎ》やかじゃないですけど。ね、ママ？」

母の横の恵真さん――今日は栗色のウィッグにビッグサイズのトレーナーワンピースを着ている――が母に声をかける。

母には、野瀬さんはわたしが元夫から逃げ出すために手助けをしてくれたひと、と説明していた。ぼんやりはしていたものの、「それなら出迎える」と言ってくれて、この場に同席していた。

「管理人は、私のほうが美人よね」

母は珍しくしゃんとしていた。表情がいつもよりぐっと明るい。恵真さんがそれに、嬉しそうに答えた。

「そうだねー。美人美人。野瀬さん、ママは、とてもモテたんです。病気になる前は、ひとり暮らしのお年寄り専門の家政婦をしていて、引く手あまたでした」

「へえ、それは、面白い経歴ですね。ひとり暮らし専門、と括りがあるのはまた、どうしてですか」

野瀬さんが、いつもの好奇心の塊のような顔で尋ねる。その質問に、母は「大事なひととの縁を切ったり切られたり、死に別れたり。たくさんの経験を経てひとりを選択したひとの人生に、興味があったのよ」と答えた。淀みない喋りだった。

「離婚したひとに、子どもと縁を切ったひと。すべての縁を絶った世捨てびとのようなひともいて……いろいろだったわねえ。仲良くなると、ときどき自分の人生を語ってくれるの。寂しいと泣いたり、清々しているとと笑ったり。後悔をそっと、告白してくれたり。ああいう、人生の締めくくりみたいな時間を覗かせてもらうのが、好きだったのね。あのひとたちに、たくさんのことを教えてもらった」

へえ、と思わず声が漏れた。そんな、理由があったのか。

「いろんな人間模様《もよう》を見られたのも、よかったわねえ。テレビドラマなんか、目じゃないわよ。私がほんの少しの遺産なんかを貰うと、どこからか親戚を名乗るひとが出てきたりするの。生前は一度も会いに来なかったくせに、騙してる！　なんて言うわけ。ああいう、欲にまっすぐなひとたちを見るのも、楽しかったな」

「人生の締めくくりみたいな時間、ですか。なるほど、確かにそれは興味深い」

野瀬さんが腕を組んで、うん、うん、と頷く。映画で言えば、一番味わい深いところですよ。それは、いいな。ぼくも、そういうのを聞くのが大好きなんですよ。過去の話ってところに余韻を感じてしまって。その様子を見て、母がくすりと笑った。

「あなた、気が合いそう。私が元気なとき、デートしましょうよ。あなたを夢中にさせるお話、私、できるわよ」

野瀬さんが片眉を上げ、嬉しそうに笑った。

「やあ、そんな風に誘われたの、初めてです。モテたっていうのも、よく分かります」

「あら、ダメですよ、野瀬さん。ママにはいま、ちゃんと恋人がいるんですから」

くすりと笑った恵真さんが「ママ、浮気心は出さないように。メッ！」と冗談めかして言うと、母は「あら、あんたったらひとの恋路を邪魔して」と膨れる。

「それに、結城くんはねえ、あんたに会うために私を利用してんの。分かってるくせに」

恵真さんが「なにそれ」と顔を顰める。

「ママと結城は恋人ごっこをして楽しんでるんでしょ？　違うの？」

「私はそんなに暇じゃないわよ。結城くんはいつだって、あんた目当てよ。私の男って理由があれば、いつでもここに来られる――あんたに会えるでしょ？　それだけのことよ」

気付いてたんでしょ？　と母が言い、わたしは何ともダイレクトすぎるなあ、と思う。まあ恵真さんも薄々は察していただろう、と見てみれば見る間に顔を赤く染めてしまった。

「な、何言ってんの。結城は、ママを慕ってて」

「あんた、鈍感なのもいい加減にしなさいよ。あーあ、結城くんって賢《かしこ》いくせに妙なところが間抜けよね、嫌になっちゃう。理由づけてここに来たけりゃ、医者の顔でもして来いってのよ。それか、さっさと告白くらいしておけばいいのに」

「ちょっと待ってよ！　意味分かんないし！」

「じゃあいま理解してちょうだい。私はねえ、頭でっかちな男はあんまり好みじゃないの。どちらかといえば生存本能の強そうな、熊みたいな男がいいわ」

「え、それ椋本工務店じゃん」

「それは、もうお別れしたひとです」

「何だか、面白そうな話になっていますね」

くすくすと野瀬さんが笑い、わたしは「あ、すみません」と慌てる。

「すっかり身内の話になってしまってますね。言い訳なんですけど、こんなに頭がしっかりしてるときは久しぶりで」

「いいじゃないですか。とてもいい空気で居心地がいい」

野瀬さんが言い合いをしているふたりを楽しそうに眺める。それからわたしを見た。

「芳野さんも、いい空気を纏っていますよ。少しずつ進んでいるのがよく分かります」

「……ほんとうに、ありがとうございます」

野瀬さんに深く頭を下げた。あのとき、思い出を流したことを後悔したものだけれど、間違いじゃなかった。

「なので、この空気を守りたいので、言いますね。実は、ここまで来たのには別の理由もあるんです。芳野さんの郵便物のいったん受取先にしてあるシェルターに、芳野さんの知り合いだという男性がやって来たそうです」

笑顔が固まったのが分かった。微笑ましい夢が急に何度も見た悪夢に切り替わる、そんな錯覚《さっかく》を覚えた。

「男は沢村《さわむら》と名乗り、芳野さんの親戚の依頼で芳野さんを捜している、と言ったそうです」

「……そんなひと、いません。元夫の野々原、です。きっと」

芳野の家の親戚で、わたしを探すようなひとはいない。祖母の葬儀がどれだけ寂しいものだったか。それは間違いなく、弥一だ。

「でもどうして、バレたんだろう……」

「興信所などを利用した可能性がありますね。どうも、野々原さんというひとは簡単に諦めてはくれないようだ。まさかここまでするとは思わなかった」

「え⁉　それってもうストーカーじゃないですか。そんなに執念深いの⁉」

恵真さんが顔色を変え、わたしは思わず吐きそうになる。喉奥にぐっと力を入れて、堪えた。弥一がわたしを、追っている。見つかってしまえば、そのときは……。

母が、「はああ」とわざとらしいため息をついた。

「あなたたちったら、大げさすぎなのよ。いますぐ死ぬわけじゃ、ないでしょう」

のんびりとした口調だった。状況が分かっているのか、いないのか。ただ、少しだけ吐き気が落ち着いた。そうだ、いますぐ弥一がやって来るわけではない。

「芳野さんはこれまで通りの生活を送って結構ですが、念のため、過去の知り合いとは連絡を一切絶ってください。どこの誰が、どういう風に情報を流すか分かりません。気を抜かないでいただきたい」

「それは、大丈夫です。もう長いこと、スマホは切ったままですし。あ、そうだ」

以前に、岡崎さんから電話がかかってきたことを思い出して言うと、野瀬さんが眉間にしわを寄せた。

「そんなことまで……。危険なひとだな。ほんとうは、ぼくの知り合いのデザイン事務所で、リモートで構わないのでデータ整理してくれるひとを探しているとのことだったので紹介したかったんですが、どうしましょうか。外部との関わりを増やすのはどうかとも思うし、かと言ってこのままというのも……」

「いえ、やっぱり、お仕事の話は、いいです」

僅かにあった労働への意欲がかき消えた。首に弥一の手が掛かっている。そんな想像をしてしまう。いつかその手に、力がこもる日が来る。そんな、恐怖。

「家にいたら、安全なんでしょ？　とりあえず、先のことは落ち着いてから考えようよ」

恵真さんの言葉に頷いてはみせるけれど、一体いつになったら落ち着くというの？　先のことなんて、もう考えられない……。

深夜になって、母の「帰りたい」が始まった。昼間はあんなに、調子が良さそうだったのに。廊下を往復させることでしのごうとしたものの、彩子さんの部屋から「うるさいよぉ」と不平の声が聞こえ始めたので、庭に出ることにした。

「あの子、ほんとうに何なの！」

恵真さんがぶりぶりと文句を言うが、しかし食堂に向かう。年の瀬も迫ってきたせいか、夜風はきっぱりと冷たい。びゅう、と切るような風が吹いて、わたしは母の首にぐるぐるとマフラーを巻いた。

母が「くるし」と顔を顰め、緩く巻きなおす。寒さに鈍くなったのだろうか。わたしと恵真さんが寒い寒いと上着を羽織っていても、母は気にもしないそぶりだった。

「さて、どこへ『帰る』の」

恵真さんが訊くと、母は黙って庭を歩き回る。これは持久戦になりそうだ、とわたしは庭先にダイニングテーブルの椅子を三脚運びだした。恵真さんが母の後ろをついて回っているので、椅子に座って懐中電灯を照らす。

「さすが、毎日のように眺めてただけあるわ」

恵真さんが感心したように言う。頼りない光の中で、母は躓くこともなく歩いている。恵真さんの方が、ときどき枝に頭や頬を引っかけては「うぎゃ」と声を上げた。

三人の吐く息が、白い。恵真さんに懐中電灯を渡して、わたしはキッチンに向かった。お湯を沸かし、ほうじ茶を淹れる。冷ます、ということをしない母の分だけ少し温めにして、トレイにマグカップを三つ載せて、庭へ戻った。

「さむー。あ、お茶！」

恵真さんがわたしの手元を見て、歓声を上げる。

「ママ、ママ。休憩しよう。お茶休憩。ね？」

母がわたしの手元を見た。トレイを掲げて見せると、こくりと頷いて戻ってくる。

母を真ん中にして、椅子に座った。

「はぁー。生き返る……」

「今夜は冷えるよね。雪の気配すらしそう」

恵真さんと母の三人で並んで座るのは初めてのことで、とても新鮮《しんせん》な気持ちだった。

そしてどうやら、闇に潜んでいるかもしれない何かより、わたしはよっぽど人間のほうが怖いらしい。人気のない、寝静まった庭には何の恐怖もなかった。むしろ、よく知ったひとの気配しかないことに、心が穏やかになる。

いまは、大丈夫。ここには、決して弥一は現れない。

ふと、お茶を啜っていた母が顔を上げた。

「空、きれい。雲ひとつないね」

母に倣《なら》って空を仰ぐと、確かに、うつくしい夜空が広がっていた。月はふんわりと丸く、星々がいくつも瞬いている。

「ほんとだねえ」

「明日は、晴れそうだね」

恵真さんも、顔を上げる。三人で、同じ空を見上げた。

「そうだ。ねえ、千鶴さん。明日の朝ごはんはパンにしようよ。目玉焼き食べたくなった」

「恵真さん、月を見て連想したでしょう」

「バレた。あたし半熟作るの下手だからさー、千鶴さんやってよ。コーヒーは任せて」

「ん、分かった」

「美保の分はあたしがやる。黄身バリカタにしてやるんだから」

「何それ、嫌がらせのつもりなの？」

もちろんそう、と恵真さんが笑い、わたしも笑う。ちらりと母を見れば、母も微笑んでいるように見えた。

わたしは、こういう時間が欲しかったのだ。目が覚めるような確かさで、そう思った。些細なことでいい、くだらないことでいい。母と、穏やかで温かな時間の中で笑いあう、そういう時間を、わたしはずっと求めていた。

そしていまそれは叶い、母と、誰かと明日の話ができている。それがただただ、嬉しい。

弥一への不安は拭えない。けれど、その中でようやく心が休まるときを見つけられた。明日もきっと、そういう時間がわたしにもやって来る。

「ママ、眠くなったんじゃない？　ぼーっとしてる」

恵真さんの言葉に、母を見る。母は黙って、空を見上げていた。あんまり眺めているものだから、母の顔を覗き込んでみる。恵真さんも、「ママー？」と母の顔を見た。

水音がした。ぽたた、と滴る音。はっとして見れば、母はぼうっとした顔のまま、失禁していた。椅子の下に、水たまりができていく。

「え⁉」

恵真さんががたんと音を立てて椅子から立ち上がるけれど、母は気付かない。ぶるる、と震えたかと思うと、水っぽいおならのような音がした。嫌な臭いが鼻を刺す。便も、漏らしたかもしれない。

恵真さんと、顔を見合わせる。うそでしょ。多分、恵真さんも、そう思ったはずだ。

「えっと、とりあえずお風呂場に連れていこう。あたし、ちょっと雑巾《ぞうきん》取ってくる」

恵真さんがすぐに雑巾とバスタオルを持ってくる。母の足からサンダルを脱がせ、腰回りにバスタオルを巻く。寝間着のワンピースの尻の部分が、茶色く染まっている。下痢《げり》を、している。

臭いにえずきそうになるのを堪え、母を浴室に連れていく。食堂から廊下、浴室まで糞《ふん》尿《にょう》がぽたぽたと落ちた。

「ごめん、脱がせるね」

浴室の換気扇《かんきせん》を回し、母の着ていた前開きのワンピースを脱がせ、下着を下ろす。むっと臭いが増して、反射的に顔を顰めた。

ブラトップのタンクトップまで汚れていたので、衣服をすべて剝ぎとる。蛍光灯の明かりの下で見る母のはだかは、正視に耐えなかった。だらんと垂れ下がった乳房《ちぶさ》。ぽっこりとしたお腹。陰毛は白い筋がいくつも混じり、内ももは垂れている上に便まみれ。意識が明瞭でないようで、背をぐっと丸めて立っている姿は、とても五十二歳とは思えない。あまりにも、老いていた。

なんで、こんな姿に。そんなに急いで老いなくとも、いいじゃないか。直視しないよう、顔を逸らす。

「お腹、痛かったのかな」

「そうかも。酷い下痢」

どうしてだか、恵真さんとも目を合わせられなかった。窓を開け放つ。あまりにも、臭いが酷い。そうしていると、再び激しい放屁音《ほうひおん》がした。背中で恵真さんが短く悲鳴を上げ、また漏らしたのだと分かる。

「洗い流そう」

「……うん」

恵真さんが、「千鶴さん、シャワーお願い」と言う。

「あたし、からだを洗う」

恵真さんがタオルで母のからだを洗っていく。その目が、だんだんと赤く染まり、涙が零れる。それを拭うことなく、恵真さんは黙々と、母の体を洗った。

わたしもまた、無言で湯をかけ続けた。涙は、出なかった。心のどこかが、この状況を拒否しているのだと思う。まさか、そんなはずはない。そう、思いたがっているのだ。浴室はこんなに臭く、排水溝には茶色い水が溜まり、母はこんなにも、虚ろなのに。なのに、受け入れられない。

「やだ、大変」

声がして、はっとする。彩子さんが、起きだしてきたのだ。

「漏らしちゃったのね。ふたりとも、大変だったでしょ。私、手伝うわ」

彩子さんはすぐに、事情を察してくれた。気が動転しすぎていたわたしたちに指示をしてくれ、母を手際よく洗ってくれた。専門職のひとがいてよかった、と安堵する一方、絶望もしていた。わたしたちは、これをこなしていけるのだろうか。

納戸に仕舞っていた介護用おむつ――前回の弄便のときに彩子さんが買っておいたらしい――を母に穿かせる。椅子に座らせておいて、片足ずつ穿かせるといい、と言われたのでその通りにする。

「右足、あげられる？」

母は、糸の切れた人形のようだった。目は開いているけれど、意識はない。からだは強張っていて、足を抱えようとしたら床に張り付いたように動かない。早くしないと、からだが冷えてしまうと難儀していると、母がぼそりと言葉を発した。

「え、何か言った？」

「……て」

見上げると、母の目から涙が零れていた。

「ねえ、お願い。私を、捨てて。私が、あんたを捨てるんじゃないの。あんたが、私を捨ててよ」

全身が、ぶるぶると震えている。

「お願い、捨てて。こんな……こんな姿を、晒したくないの。娘に」

ああ。やはりわたしたち母娘は近付けないのか。近くにいる、と思えた途端、遠ざかってゆく。

がたんと音がして、振り返ると廊下の拭き掃除をしていた恵真さんだった。恵真さんは黙ってわたしたちのところに来ると、屈んだ。

「あたしが足抱える。いくよ」

言って、右の太ももから足を抱え上げる。すぐにおむつを通すと、恵真さんはすぐに左を抱えた。恵真さんの横顔をちらりと見ると、唇を強く嚙み締めていた。赤い目が、ぎらぎらしている。

そのとき、こんなときなのに、恵真さんをはっきりと妹だと思った。この子は、わたしの妹だ。だって、わたしと同じ苦しみを抱えている……。

「恵真」

突き動かされるように、口が動いた。いまなら、心から、あなたの「お姉ちゃん」を受け止められる。

母を着替えさせ、片付けを終えるのに、明け方までかかった。からだも心も疲れ果てていたけれど、眠れなかった。睡剤を飲んで眠りこける母の傍らで、恵真とふたり、ぼうっと座り込んだ。会話は、なかった。

その日の夜、結城さんがやって来た。

わたしは日中にほんの少しうたた寝をしたけれどどこかぼんやりしていて、寝不足のまま出勤した恵真は顔色が悪い。母は、あれ以来ずっと、意識が曖昧だ。デイサービスでは眠ってばかりいたという。

「どうしたの、結城。ママに用なら、調子が悪いから話せないかも」

結城さんを出迎えた恵真が、母を指し示す。母は、ロングソファに横たわっていた。彩子さんと恵真で入浴を介助し、今日はどうにかお風呂に入れた。食事は、ほとんどとっていない。デイサービスでも、まったく食べなかったという。明日、彩子さんが病院に連れていこうと思う、と言っていた。

「知ってる。本人から、連絡をもらったんでね」

「は？」

恵真が眉を寄せる。

「電話をね、もらったんだ。特別コール。百道くんって子に、頼んでたみたいだよ。何かあったら俺に連絡して、と」

結城さんは母の傍に行き、「来ましたよ」と声をかけた。母は、静かに目を閉じた。

「よく分からないけど、その特別コールってどういうことなの」

「ええと、まずは彩子さんを呼んでもらえないかな」

彩子さんは、美保ちゃんと自室にいる。すぐに呼びに行くと、彩子さんも「特別コール？」と首を傾げながら、食堂に出てきてくれた。

美保ちゃん以外の全員が揃ったことを確認して、結城さんが口を開いた。

「聖子さんが、グループホームに入ります」

一番先に反応したのは、彩子さんだった。

「え、え、どういうこと？　私、手続きなんてしてない」

「ええ、知ってます。恵真が頑《かたく》なに拒んでましたし、そうなるだろうと予想はしていた。なので聖子さんと決めていたんですよ。もう恵真の我儘に付き合ってあげられないと思ったときは俺に特別コールをして、俺がすべて手続きをする、って」

恵真が「我儘って！」と叫ぶも、結城さんは耳を貸さない。

「とりあえずは俺の知り合いのホームに仮入所して、もともと目星をつけていたホームに空きができ次第移動、ということにします。聖子さんの希望を聞いたら少しでも早く移動したい、というので、来週の月曜日にします。俺がちょうど空いてるので」

来週の月曜？　壁かけカレンダーに目を走らせる。今日は、火曜日だ。

「待ってよ、結城！　そんなのあんまりにも早すぎる！」

もっと話しあおうよ、恵真がそう言ったけれど、結城さんは首を横に振った。

「君たちに任せていると、いくらでも引き延ばすだろ？　感傷的にならず聖子さんの意思を尊重するために、俺がいるんだ」

「だめだよ！　そんなの、絶対だめだ！」

恵真が言い、それから立ち尽くしていたわたしの服の袖を摑んだ。

「ねえ、千鶴さん。千鶴さんも言ってよ」

縋るような目に突き動かされて母を見る。母が、ゆっくりと目を開いた。

「ばかな子たちだね」

逸らすことなく、母が言った。

「自分の手でやることを美徳だと思うな。寄り添いあうのを当然だと思うな。ひとにはそれぞれ人生がある。母だろうが親だろうが、子どもだろうが、侵しちゃいけないところがあるんだ」

干渉するな、そういうことなのだろうと思った。でも、だからといって。

「あたしは、傍にいたい！　何でもする、できるよ。あたしの人生に、ママがいてほしい」

恵真が言うも、母は「ばか」と吐き捨てる。

「あんたの人生のために、私の人生があるんじゃない」

「わたし、わたしは……」

声が震える。何を、言えばいい？　もっと一緒にいたい？　それを口にしてどうする。昨晩のような出来事はこれからも起きるだろう。そのときわたしは、受け止められるの？　そして、母娘として、やっていけるの？

恵真が、母に縋りつく。

「そんなこと言わないでよ！　あたしたち、家族じゃん。ママは親で、あたしたちは娘じゃん。どんなに苦しくったって、離れちゃだめだ。家族は支えあうもので、離れちゃ」

「家族や親って言葉を鎖にしちゃだめよ」

静かな、とても落ち着いた声で母が言った。

「鎖でがんじがらめになって、泥沼でみんなで抱きあいながら沈むのが家族だっていうの？　尊厳も何もかも剝ぎとって、子どもたちに死ぬまでぶら下がるのが親だっていうの？　私はそんなの、認めたくない」

母が結城さんに手を伸ばす。結城さんはその手を取って、立ち上がる母を支えた。母が恵真を、そしてわたしを見る。

「私の人生は、最後まで私が支配するの。誰にも縛らせたりしない」

恵真が両手で顔を覆った。

「彩子さん、これまでのご縁の最後だと思って、お手伝いをお願いしてもいいですか？　俺はさすがに、彼女の荷物までは把握しきれていない。荷物を作ってほしいし、手続きの件や今後の流れも、相談したいし」

「それは……、もちろんよ。明日はちょうど、お休みだから。でも、ほんとうにこれで、いいの？」

彩子さんは母と結城さん、そしてわたしたちを交互に見る。母は、もうわたしたちを見ない。

母が部屋を出ていく。その背中に、恵真が「大嫌い」と叫んだ。わたしは何も、言えなかった。

6　見上げた先にあるもの

「まじかったるい。ママ、うざ」

　母は結城さんと彩子さんと三人で出かけてしまい、恵真は仕事に行く気力もなくしたようで部屋にこもってしまった。残されて呆然としていると、美保ちゃんが「お腹張って痛いかもー」と出てきたのだった。しかし彩子さんがいないと知るや、顔を不機嫌なものにした。

「ホームに入所とかよく分かんないけど、そういうのママがしなきゃいけないことなの？　もー、不愉快」

　自分を優先してもらえなかったことで美保ちゃんの機嫌はすこぶる悪い。部屋に戻るかと思ったけれど、八つ当たりがしたいのか、食堂のソファに寝転がっている。

「はー、うっぜ。まじうっぜ。ママのばーか」

　美保ちゃんはずっとスマホ画面を眺めて文句を言っている。そんな美保ちゃんの向こう、庭をぼんやりと眺めながら、わたしは母のことを考えていた。

　あのとき、母に何と言えばよかったんだろう。もう少し、傍にいさせて？　いや、言えなかった。だって、母の世話をする自信など、ない。わたしは嫌というほど未熟だし、きっと見返りを求めてしまう。母としての愛とか、そういうものを。

それに、母だって、わたしからの何かを求めていない。母はもう、自分の人生の終わりを自分で決めて、自分の力で進もうとしている。

『家族や親って言葉を鎖にしちゃだめよ』

家族とは、母とは何だろう。わたしの思う家族というのは、何があっても切れることのないものだ。それは「血」というものであり、「家」という空間と「生活」という時間を共有するもの。辛いときには支えあい、しあわせは分かちあう。思い出を重ね、存在を許しあう。

でも母は違う。家族という繋がりの前に「自分」がいる。「自分の人生」がある。

『私の人生は、最後まで私が支配するの』

強い力を宿した言葉だった。何も言えなかった。だってそんな風に、わたしはわたしの人生を語れない。

「あ、コメントめっちゃついてる。悔しいけど、人気だよなあ」

不機嫌だった美保ちゃんが嬉しそうな声を上げて、我に返る。見れば「しかし、妊婦以外のコメはお断りザンスー」と何か操作している。

「そもそも、インスタ、ってどういうものなの？」

訊くと、美保ちゃんがちらりとわたしを見た。

「はぁ？　まじでそんなことも知らないの？　十代ママとか、ウチの場合だと十七歳ママとか、そーいうタグってのをつけて写真をアップすると、同じようなひとと繋がれるんだよ。気になるひとはフォローして、相手もフォローしてくれたらオトモダチって感じ」

「へえ?」

いまいち理解できないが、容易にひとと繋がれるようになったものだ。

「おばさんも、DV夫とかモラハラ夫とかで検索してみ?　友達できるかもよ」

「……それは、結構です」

彩子さんがわたしのことを話していたのだろう。それは構わないけれど、言い方に憮然とする。それに、わたしは最新のツールを使っても、そんな悲しい繋がりの友人作りしかできないのか。美保ちゃんはそんなわたしに近づいてきて、スマホ画面を向けてきた。

「ほら、こんな風に写真アップするとさ、みんながコメントくれるわけ。おんなじ病院でベビたん産みますってひととも会えたんだ」

見れば、大学病院の出入り口らしき場所で美保ちゃんが自撮りをしている写真だった。その下に、#10代ママ　#16歳で妊娠　#○○医大産婦人科組　#シンママ頑張る　といった単語が羅列《られつ》されていて、どうやらこれがタグというものらしい。初めて見るものなので「はあ」とか「ふうん」とか呟くわたしに、美保ちゃんは「少しくらい使いこなそうよ、まじで」と笑った。

「ぎり二十代なんでしょ?　がんばりなよ」

「別に、いい。自分のことなんて発信したくないし」

どこで弥一に見つかるか分からないのに、何をアピールすることがある。

「でも、すごいのね。あれ、これこの間の……」

くじらフルーツパルフェの写真があったので思わずタップする。キラキラの加工が施されたパルフェの写真の下に、例のタグというものがずらりと並んでいる。その中に、#同居のお姉さんたちから　#綺麗で優しい　#わりと好き　という文字があった。

「あれ、これ」

「あああっ、これは別に！　何でもないし！」

美保ちゃんが急に叫んで、慌てて画面を隠そうとした。それを見て、思わず訊く。

「わりと、好きでいてくれてるの？」

「……あー……、と。こないだ、ごめん、なさい」

美保ちゃんは頰をほんのり赤く染めて、小さな声で言った。

「ウチ、ああいうときなんて言えばいいのか、分かんないんだ。お礼とか、どんな顔して言えばいいのか不明だし。あと、よく知らないひとたちとご飯食べるのも、すごく苦手。食べ方汚いって、笑われたことあって」

「そっか。そっか」

「ほんとは、もっと喋らなきゃとか思う、けど、でも年上のひとと話せるほど、ウチ、賢くないし」

「そんなこと、ないよ」

少しずつ、胸が温かくなる。誰かと食事をとるときの緊張感や、何を喋ればいいのか分からない不安は、わたしもしょっちゅう抱くものだ。この子はきっと、思っていたほど悪い子ではない。

「あと、あれ。こないだの、ウチの苦しみはママのせいじゃない、ってやつ」

「ああ」

「ほんとは、分かってる。響生くんに騙されたのは、ウチのせいだって」

美保ちゃんが、わたしからふたつぶん離れた椅子に座った。顔を背けてお腹を撫でる。

「パパが再婚したあたりから、ウチ、おかしくなってた。多分、周りの気を引きたかったんだと思う。めちゃくちゃ我儘言ったり、困らせるようなこととした。家出もしたし、援交の真似もした。でもそれ、全部意味なくて、だんだん、嫌われてった。パパはどんどん無関心になって、ばあばたちもウチのやることにうんざりした顔するようになって……。あのときからいつも、ママがいたら、って思ってた。まじ、後悔した」

この子は、わたしと話すタイミングを計っていたのかもしれない。だから、黙って頷いた。

「自分の居場所が、どんどんなくなっていくのが分かった。自分がいろいろやらかしちゃった結果、だけどさ。でも、もうどうしていいか分かんなかったんだよね。キャラ変なんて急にできないし。だから、ウチが作ったアホみたいなウチのまんま行ったれーみたいになって、そんで、響生くんに会って……」

へへへ、と美保ちゃんが笑う。お前だけだよ、とか言われることがめっちゃ新鮮で、嬉しくって、だからあっさり騙されたんだ。まじチョロい女だった、ウチ。

「美保ちゃんの言ってること、よく分かるよ。わたしも、そうだったんだ。自分を肯定してくれるのって、すごく嬉しいよね」

ぱっと美保ちゃんが顔を向けてきた。

「そうなの！　なんか、初めて自分が特別になった気がしたの！　でも……、そうじゃないんだよね。ウチは、最初はちゃんと、みんなに特別にしてもらってた。あれを取り戻したいのに、もうできないのが、辛い」

美保ちゃんは寂しそうに笑って、金髪の頭を撫でた。

「これも、そう。ぶっちゃけ、ママの気を引くため。もうねー、どうしていいか分かんないの。ママに、昔みたいに甘えられない。素直にごめんなさいも言えない。ウチ、ママなんかいらないって言った記憶、あるんだ。ママがショック受けた顔してたのも、その顔を見てちょっとだけ優越感みたいなの感じたのも、覚えてる。めっちゃ性格悪いよね。捨てた側の、酷いことをしたウチが、どのツラ下げて甘えられるのかって話なんだけど」

捨てた側は、そんな風に思うのか。

「それに、ママが、ウチのこと持て余してるの、分かるんだ。だって全然叱らないもん。妊婦だから仕方なく世話してるんじゃないかな。それで、面倒だから、衝突避けてるんだ」

「……それ、彩子さんにその通り言ってみるといいよ。彩子さんもね、美保ちゃんにどう接していいのか分からないでいるだけ。甘やかして、叱らないでいることが彩子さんなりの愛情表現だったりするんだと思う。だから、話してみなよ」

話をすれば、ふたりはもっと、いい母娘になるのではないだろうか。そうであるといい。

わたしたちも、もっと早くに出会えていたら何か変わっただろうか。せめて、母が病を得る前だったら、何か。

「……ありがとう、千鶴さん」

「あら、名前、憶えてくれてたんだ」

「それは、うん」

照れたように、美保ちゃんが頷く。意外と可愛らしいところがある、と微笑んだところで、玄関のブザーが鳴った。母たちは鍵を持っているから、来客か。

「あ、千鶴さん、無理なんでしょ。ウチ、出るよ」

これまでの様子とは打って変わって、美保ちゃんが立ち上がった。はいはーい、と言いながら玄関へ向かう。なんとなしに立ち上がり、ドアから玄関を窺った。

「どちらさまですかー?」

美保ちゃんが施錠を解き、扉を開ける。

「すみません、ひとを捜してるんですけど」

男の声がした。その声に、聞き覚えがある。慌ててドアの内側に身を隠した。

「はー? ウチ、この辺りのことよく分かんないんですけど」

「あ、妊婦さんなんだ。おっきなお腹で、大変だねー」

馴れ馴れしい声。誰だったか、と思考を巡らせ、はっとする。思わず声を漏らしそうになり、両手で口を塞いだ。

岡崎さん!

「あのさ、芳野千鶴って女のひと知らない? それか、ＢＲＯＯＭのエマちゃんって子」

「……シラネっす。つか誰それ」

一瞬の間のあと、さらりと美保ちゃんが言った。

「ええー、そうなの? 知らないの?」

「ひと捜しなら、交番行ったらどうすか？　国道沿いにでもあるんじゃん？」

美保ちゃんが言うと、岡崎さんが「そっかあ」と返すも、出ていく様子がない。それどころか、中を見回しているようだった。美保ちゃんが「え、何なの。なんかキモいんですけど」と声を荒らげた。

「これ以上ここにいすわるなら緊急コールすっけど。出ていってくんない？」

何かを示すような気配の後、岡崎さんが「あ、ごめんごめん」と笑った。

「なかなかいい雰囲気の家だなって思って。失礼しました」

扉が閉まる音と、施錠の音が続く。がちんという武骨な音を聞いた途端、力が抜けた。

岡崎さんが、わたしを捜している……。

ぱたぱたと、美保ちゃんが戻ってきた。その顔は真っ青で、彼女もきっと恐怖を覚えながら応対してくれていたのだろう。

「あ、ありがと、美保ちゃん……」

「ううん、事情、ママから訊いてたし。ねえ、まさかあれが、元旦那さん？」

「違う。でも……、もしかしたら元夫と、繋がりがあるかもしれない」

思えば、あのときの電話からしておかしかった。わたしの居場所を知りたがっている風だった。弥一が工場の周りでたくさんのひとに声をかけたのは真実で、そこで弥一と岡崎さんが繋がったのではないか。岡崎さんは女好きで、そしてギャンブル好きでもあった。彼はいつも、休憩時間にスロットの話をしていた。意気投合しても、おかしくはない……。

「怖い思いをさせてごめんね、美保ちゃん。でも、どうしてここが分かったんだろう」

わたしはここから、一歩も出ていない。出られない。誰とも繋がっていないのに、どうして見つかったのだ。

これから、どうする。まずは野瀬さんに相談する？　その前に、恵真か。顔を覆って、ため息をつく。

タイミングよく、恵真が来てくれた。ブザーを母たちの帰宅だと思ったようだ。座りこんでいるわたしと、その前に立つ美保ちゃんを見て「何かされたの⁉」と顔つきを変える。

「あのねえ、あんた千鶴さんに」

「違う。違うの、恵真。ここに、いま、前の職場の知り合いが、来た」

「は……？」

美保ちゃんに食ってかかろうとした恵真が、動きを止める。

「どういうこと、何で？」

「わたしを捜してた。どうしてだか、恵真のことも。美保ちゃんが、追い返してくれたけど」

心臓が壊れそうだ。吐き気もする。恵真が屈んで、背中を撫でてくれる。

「千鶴さんだけでなくて、あたしも？　何で？」

「分かんない」

恐怖で考えが纏まらない。何が起きているのだ。

「……ごめん、なさい」

ふいに、美保ちゃんが声を震わせた。

「え？　急にどうかしたの、美保ちゃん」

美保ちゃんがポケットからスマホを取り出す。岡崎さんに見せたままなのだろうか、緊急通報画面になっている。それを消して、美保ちゃんがスマホを触る。

「いまのキモいひと、ウチのせい、かも」

美保ちゃんがスマホを差し出してくる。画面に映っていたのは、恵真とわたしだった。スイートポテトパイが一緒に写っているので、あの日に撮られたものだ、と思い至る。その写真の下にはさっき見せてもらったインスタの画面のようにハートマークやタグが並んでいた。

「え……、これ、投稿してるの？」

「ごめん。ふたりともきょとんとしてて、映り、よかったから……」

どうやら、パルフェの写真と一緒に纏めて投稿されているらしかった。スクロールすれば、コメントが書かれてある。

『バズカットの方、まじでＢＲＯＯＭのエマさんだ』

『エマさんの愛用ピアスが見えるから、間違いない。すっぴんだよね、可愛い！』

『海外セレブかよーって感じ！　エマさん、休日もかっこいい』

たくさんのコメントが、あった。

「は？　なにこれ。あたしのこと勝手に載せたの？」

恵真が、声を尖らせた。わたしの手からスマホを取り、「ばかじゃないの？　ＢＲＯＯＭどころかあたしの名前でタグ付けしてんじゃん！　こんなの、特定されるに決まってるでしょうが！」と声を荒らげた。

「勝手にしていいことじゃないよ、これ。ていうか、何度も注意したよね⁉」

「ご、ごめんなさい」

美保ちゃんが泣きだしそうに顔を歪めた。パルフェのくじらクッキーでめちゃくちゃ反響あって、嬉しくて……。友達も、羨ましがって……。

その声が、とても遠くに聞こえる。恵真の手からスマホをとって、コメント欄をもう一度確認した。

『エマちゃんと一緒に写ってるのは、よしのさんかな？』

間違いない。これで、見つかったのだ。

夕方になって、母たち三人が帰宅した。

「いいところだったわね、あの施設。景色が良くて、スタッフもみんな感じが良かった」

「仮入所しかできないのが、残念ですけどね」

彩子さんと結城さんが満足そうに話していて、母はやはりぼんやりしている。わたしたちの様子を見た結城さんが、「なんだ」とため息をついた。

「そういう、あからさまにどんよりした葬式みたいな空気を作るなよ。笑って見送れとは、言わないけどさ」

恵真が「そんなんじゃない。大変なことになったんだ」と言う。

「千鶴さんの居場所、向こうにバレた、かもしれない」

彩子さんが、「向こうって前の御主人？　どうして⁉」と顔色を変えた。

美保ちゃんの投稿にコメントをしたひとのプロフィールを調べたら、わたしの以前の勤務先であるパン工場に勤めていて、最近になって辞めたらしい、ということが分かった。いくつかの投稿をしていたけれど、チェーンの牛丼屋の限定牛丼の写真やスロットでビッグを引き当てる動画、パチンコ情報誌と缶コーヒーの写真などで、本人を特定できそうなものはなかった。しかし間違いなく、岡崎さんだと思った。そしてこのひとは、たくさんのグラビアアイドルや女優をフォローしていて、その中に、恵真の勤めるＢＲＯＯＭのアカウントも入っていた。

岡崎さんはきっと、恵真のタグが付いた投稿を見ていて、わたしを発見したのだ。

美保ちゃんの投稿のひとつひとつを恵真がチェックしていたが、途中でペンを放り投げた。住まいが特定されそうな危ない文言をメモする、とのことだったけれど、あまりに多すぎたらしい。そのメモをざっと読んだ結城さんは、ため息をついてメモも握り潰した。

「きみねえ、ネットに個人を特定されやすいものをアップしない、っていうのは基本的なことだよ。学校で習ったでしょう」

「ごめ……なさ……」

美保ちゃんは結城さんにきつく叱られたあとで、涙目で椅子に座っていた。その隣で、彩子さんが背中を擦ってあげている。

「ウチ、こんなことになるとは、思ってなかった、です」

「ここは女性ばかりが住んでいる。よからぬことを考える者が来たとき、どうする」

「ごめんなさい。私もまさか、そんなことまでやってると思っていなくて。私のせいです。ごめんなさい」

彩子さんがぺこぺこと頭を下げる。それを、美保ちゃんが「いいの」と止めた。

「これは、ウチの、せいだから。あのひと、さっきちょっと話しただけで、キモくて、怖かった。あれ、ウチのせいだ」

「そう。彩子さんが代わりに謝ることではないですよ。しかし、これから自衛手段を考えないと。美保さんは岡崎という男にきちんと『いない』と言っているから、信じてくれればいいけど、しかしどういう反撃に出てくるか分からない。また来るかもしれないし、来たときには強行して入ってくる可能性だってある」

彩子さんの顔色が変わり、美保ちゃんがお腹に手を当てる。

「岡崎という男の目的も、単に千鶴さんかどうか分からない。まず、インスタのアカウント主である美保さんかもしれない。妊婦マニアというのは世の中にいないわけではないのでね。次に、恵真ということだってありえる。ＢＲＯＯＭのフォローをし、タグを辿ってここまで来ている以上、ファンのひとりだろう。まずは千鶴さんから懐柔《かいじゅう》して、ゆくゆくは恵真に繋げようと考えてもおかしくない。コメントを残しているひとの中には、恵真のファンを公言する男もいるようだし」

恵真がぴくりとした。美保ちゃんは気分が悪くなったのか、顔を青くして口元を押さえた。

「そして、岡崎が千鶴さん目当てだとしたら、まさしく、元夫と繋がっていることになるだろう。千鶴さんの話だと、以前の岡崎はまったく千鶴さんに興味を持っていなかったって話だから」

彩子さんが「ほんとうに、ごめんなさい」と声を震わせる。

「ちょうどいい、と思いましょう」

それまでソファに横になっていた母がふいに口を開いた。

「みんな、別々に暮らしましょう」

からだを起こしながら、母が言う。私は、ホーム。彩子たちはどこかアパートを見つけるといい。恵真も、そろそろひとりだちをするころ。千鶴はいったんシェルターに入る。

母は全員を見回して、「みんなでの生活は、おしまい」と微笑んだ。

「そんなの嫌だ。こんな急に、嫌だよ！」

恵真が泣き崩れた。彩子さんは恵真の傍に寄ってごめんなさいごめんなさいと謝り、美保ちゃんはただ、俯いて涙を零した。わたしは、母を見ていた。母も、わたしを見た。

「だいじょうぶよ」

母がわたしに言う。あんたはきっと、だいじょうぶ。

どうして、そんなことを言える？　わたしのことを、まだ何も知らないくせに。

そして、わたしに何も教えてくれなかったくせに。わたしはあなたを、あなたが必死に守ってきたあなたの人生を、もっと知りたかった。

母は、しばらくわたしを見つめていた。

＊

千鶴との最初の思い出といえば、やはり出産だろうか。でも、あまりいい思い出ではない。

生まれたばかりの千鶴を最初に抱いたのは、私でも夫でもなく、おかあちゃんだった。おかあちゃんは私の陣痛が始まったときからずっとついてくれていて、分娩室にも入ってきたのだ。

千鶴は三千八百グラムを超える、ビッグベイビーだった。膣《ちつ》を切られたにも拘らず何箇所も裂けた、傷だらけの出産だった。膣をちくちくと縫《ぬ》われていると、遠くで産まれたばかりの千鶴の泣き声がして、そしておかあちゃんの声がした。

『何だか不思議な気持ち。聖子にそっくりなんだもの。私が産んだような気がする』

胸の内に膨らんでいた、私だけの達成感や母としての喜びが、すっと消えた。これまでの苦しみも、痛みも何もかも、自分のものだったのか定かじゃなくなった。私が産んだのは、おかあちゃんの「わかる」だったのか。

おかあちゃんは芳野の家に嫌な顔をされない絶妙なバランスで、わたしの育児に口を出してきた。七五三の着物、習い事、幼稚園。強制ではなく「提案」、「プレゼント」というかたちでさまざまなことに口を出し、おかあちゃんか芳野の姑、どちらかの意見が採用された。千鶴は私の産んだ娘なのに、私にはひとつの決定権もなかった。そのせいだろう、千鶴のことはとても可愛くて宝物のように思っていたけれど、どこかで借り物のような気持ちもあった。この子は、わたしのものではない。

そうこうしているうちにおかあちゃんが亡くなって、私はおかあちゃんの呪縛《じゅばく》から解き放たれた。あの弔問客はいまでは名前も顔も思い出せないけれど、感謝している。しかしあのひとは、解放後どうしたらいいのかまでは、教えてはくれなかった。母としてきちんと生きろと、それだけしか言わなかった。

きちんと生きるためには、逃げるしかない。そう思ったのは短絡的かもしれないけれど、あのときの私は必死だった。おかあちゃんの夢を、毎夜見たのだ。ロボットみたいに「違うでしょ」を繰り返し、抓ってくる夢。おかあちゃんは自分の死後、私が目覚めたことに気付いたに違いない。早く、逃げなければ。怨念《おんねん》に、捕まる前に。

千鶴を連れていくかは、悩んだ。置いていくべきだと思った。千鶴は私の子どもだ、と言い切れるほどの自信は、とっくになくなっていたのだ。

千鶴は、とてもいい子だった。子どもらしく奔放に振る舞っていいのに、控えめに微笑み、我儘を言わない。お行儀が良くて、少し怖がりで、そしてあどけない。おかあちゃんに芳野の姑、元夫も、千鶴のことを手放しで褒め称えた。よくできた、いい子だと。私はそれが誇らしい反面、嫌だった。

私は私なりに、制限下の中であっても、千鶴を自由に育てた。千鶴の好きなように、思うように選択をさせたつもりだった。だから私の理想である自由な子どもになるのではと、心のどこかで期待していた。なのに千鶴は、みんながいい子だと褒める、私の嫌うみんなが愛する子どもになった。私の多少の干渉ではどうにもならないほど千鶴はおかあちゃんや姑に育てられたからなのか、本人の資質なのかは、分からないけれど。

この子を連れていって、どうする。私はきっと、この子をうまく愛せない。おかあちゃんの名残、芳野の血の気配、自分との圧倒的な違い、そんなものを感じて、きっと疎ましいと思う。憎んでしまうかもしれない。それはきっと、この子をしあわせにはしない。私は、この子の母親には、なれない。

　でも、この子を産んだのは他でもない私だ。この子は紛れもない私の、娘。

　逡巡の末に、私は千鶴に言った。旅に出るから、大急ぎで支度をしなさいと。

　千鶴との日々は、ただただ楽しかった。あんなに楽しい日は、なかった。初めてビキニを着たし、好きなだけビールを飲んだ。イカ焼きのげそが美味しいことを知ったし、車中泊のスリリングさにどきどきした。これまで眺めているだけだったものたちを夢中でかき集めている私を、千鶴は最初、とても驚いて眺めていた。軽蔑されたか、それとも怖がっているのか、と思えば、千鶴は嬉しそうに笑った。お母さん、素敵ね。わたし、そういうお母さんも好きだよ。

　あの子は、私がその言葉をどれだけ嬉しく受け取ったか、分からないだろう。初めて、自分を肯定してくれた言葉。それが、自分の娘であることの喜び。ああ、あのときこの子を連れてきてよかったのだと思った。私はこの子と、母娘としてやっていける。

　私の誕生日には、花火大会がある街まで行った。あのときは前日から千鶴と下調べをして、花火が一番よく見える場所を探した。しかし花火の最初のひとつが上がるまで縁日に夢中になってしまっていた。

『やばい！　ほら、ひとに取られちゃう！』

　私は千鶴の手をぐいぐい引いて、ふたりで走った。いくつもの祭《まつ》り提灯《ぢょうちん》が流れ、美味しそうな屋台の匂いが混じっては消えていく。浴衣《ゆかた》を着て髪を綺麗に結った女の子が、駆けていく私たちを見て驚いた顔をしていた。千鶴があのくらいになったら、私は千鶴の望む柄の浴衣を仕立ててあげよう。ロリータでもパンクでもいい。どんな柄で、どんな丈だって構うものか。とびきりの浴衣を用意してあげよう。

振り返ってみれば、汗だくの千鶴が笑っている。髪は乱れて、汗だくで、でも、とても可愛かった。最高の、私の娘。

ようやく辿りついた場所で見上げた花火は、ただただ綺麗だった。圧倒的で、迫力があって、そして私の誕生日をお祝いしてくれているみたいだった。そしたら、千鶴が叫んだ。大人しいあの子が、お母さん、お誕生日、おめでとー！　と。それが聞こえたのだろう、近くにいたカップルの男の子が『おめでとーございまーす！』と叫んでくれた。隣にいた女の子が驚いた顔をして、それから私に向かって『ハッピーバースデー』と笑ってくれた。

どうしようもないほど嬉しかった。いまやっと始まった私の新しい人生を、すべてが祝ってくれている。私はあの日、たくさんのひとに祝福されて生まれた。千鶴が、そうしてくれたのだ。

あれ以上の、幸福はない。あれからどんなことがあっても、どれだけ辛くても、思い出すだけで何度だって救われる思い出になった。いままでも、そして、これからも。私の生きてきた愛しい思い出たちの中で、いっとう輝くうつくしい星。

＊

野瀬さんは、連絡を取ってすぐに動いてくれた。わたしが入ることのできるシェルターを探してくれ、すぐにも連れていってくれると言った。

「ここを出る日、月曜日まで待ってもらえませんか」

美保ちゃんのアカウントは非公開にした。岡崎さんと弥一が繋がっているかもしれないけれど、美保ちゃんはきっぱりといないと言ったわけだし、弥一は人前では自分を取り繕おうとする男だ。わたしがここに住んでいるという確証もないまま、無茶をすることはないだろう。

それと何より、母ときちんと別れの時間をとりたかった。シェルターに入ってしまえば、わたしはしばらく出られないだろう。岡崎さんの出現以来、街を歩く自分など想像もできなくなった。もしかしたら、母としっかり話すことはもうないかもしれない。

共に過ごすのもあと僅かなのだから、それくらいの時間があったっていいはずだ。

彩子さん親子は、彩子さんの勤める介護施設が所有しているアパートを検討しているらしい。ほんとうはここでゆっくり出産体制を作りたかった、と彩子さんは悔しそうに言っていたけれど、娘と孫の安全が第一だと腹を括ったようだった。今日はさっそく、美保ちゃんを連れて内見や家具の調達に出かけていった。

恵真は、気力を失っている。店に出勤するどころか、部屋からも出てこない。誰が声をかけても、「放っておいて」と返してくる。わたしも一度だけ声をかけ、拒否されたけれど、よかったと思った。恵真とふたりで話したとして、何が言えるだろう。私がさざめきハイツに来なければよかった。そうすれば母と恵真はこんなに急に別れずにすんだ。そんなことしか言えなくて、そして恵真はそんな言葉に救われるわけがない。

何か事態を変えられるようなことはないか、と考えてはみるけれど、何の手立ても思いつかない。この別れを避けることはできない。もう受け入れるしかないのだと呆然とするばかり。

わたしと恵真がこんな状態であるのに、母は普段通りデイサービスに出かけた。結城さんの知りあいだという介護施設に入ると、これまで利用していた施設は利用できないのだという。だからみんなにお別れがしたい、というようなことをぼそぼそと言っていたけれど、その別れの時間をどうしてわたしたちに割《さ》いてくれないのだろう。思わず怒鳴りかけたけれど、言葉を吐き出す前に怒りが情けなさに変わって、口を閉じた。ともちんのほうが、わたしたちよりも別れの時間を使うに値する存在だというのなら、仕方ないことだ。

誰もいない食堂でぼんやりしていると、手がかじかんでいるのに気が付いた。窓の向こうを見れば、木枯らしが吹いている。気付けばすっかり冬が世界を支配している。ここに初めて来たときにはまだ夏の名残りのセミが鳴いていたというのに。長い時間ここで過ごしていたような気もするけれど、短いとも思う。

のっそりと立ち上がり、部屋の隅のだるまストーブに火を入れた。赤と青の炎がめらめらと踊る。床にそのまま座りこんで、じっと炎を眺めた。

じんわりと頬が焼かれるのを感じながら、これまでのことを思い返した。母との再会。母との生活。楽しいことばかりではなかった。恨む時間ばかりだったようにも思う。

それでも、楽しいときもあった。母の気配、匂い、笑い声。そんな些細なものに慰められたこともあった。母の香りの洗濯物を畳むとき、ただいまと言う声を聞くとき、おやすみと言うときの欠伸。

いまなら言える。

わたしはずっと、母を求めていた。母が恋しかった。母が、好きだった。だからこそ、ずっと恨んで、憎んで、自身を歪めもした。そうしてでも、求めるのを辞めたくなかったのだ。なのに、やっと会えたのに。

母はまた、わたしの前からいなくなる。

わたしはこれから、どうするのだろう。母の面影を求めて、捨てられた傷痕を撫でて、何もできずにただ生きていくのだろうか。

みんなと別れ、シェルターに入る。不安の原因からは離れられるだろう。でも、きっとそれだけ。弥一の影、岡崎さんの姿を恐れて、また一層、何もかもから隠れるようにして生きるだけ。仮にシェルターを出られる日が来たとしてもきっとそれは遠い先の話で、そのときには共に喜んでほしいひとはいない。

弥一を殺してしまおう。そう決めたあのときから、わたしは結局一歩も進めていないのかもしれない。傷のかたちを変えた、たったそれだけが前進といえるか。なんて、情けない。ぼうっとしていると、瞬く間に時間が過ぎたらしい。玄関のブザーが鳴り、ともちんの声がする。

明日は日曜日でデイサービスは休み。月曜日になれば、母もわたしもここを去る。これが最後の、ただいまだ。

「どうも！　いやしの杜でーす！」

普段と変わらない笑顔のともちんがいた。母はともちんと手を繫いでいたけれど、意識はここにあらずといった様子だった。

「今日は、ずっとこんな調子でしたねえ。最後の日だっていうのに全然笑いかけてくれなくって、さみしーです、ぼく」

ともちんが大きなため息をついて、それから母の手を両手で取る。

「元気でね、聖子さん」

母は、何も目に映していない。その顔をともちんはとても哀しそうに見つめた。

「では、最後のハンズトゥーハンズです」

ともちんから、母の手を受けとる。母は手を出してくれないので、わたしが母の手を摑んだ。母がむんずと摑んでくれたあの日が、とても遠い。遥か昔のことのようだ。

「あの、いままでお世話になりました。母、あなたのことすごく好きだったみたいです」

ともちんに深々と頭を下げると、ともちんは「いいえいいえ」と両手を振った。

「逆ですよ。ぼくが好きだったんです。聖子さん、やさしいから。新人のとき、いっつも慰められてました」

慣れない仕事でしょっちゅう叱られていたともちんを、毎度母が庇っていたのだという。

「大丈夫、あんたはできる子だからって言ってくれて。あれ、すごく嬉しかったなあ」

「あ。それ、わたしも言われたことあります」

わたしは昔から鈍臭くて、幼稚園のころなどはひとより格段に劣っていた。かけっこも、ダンスも、文字の書き取りも、抜きんでたものはひとつもなかった。祖母も父も、そのことを嘆いていたけれど、母だけは違った。『大丈夫。千鶴はできる子だから』とおまじないのように繰り返してくれた。

「なんだ、聖子さんの口癖だったのかぁ。でもいいんです。あれがぼくを支えてくれたんですから」

ともちんが、母の顔を覗きこむ。

「ぼく、大丈夫だから。できる子だからね」

母は反応しなかったけれど、ともちんはやさしく微笑んで、帰っていった。

「大丈夫、あんたはできる子だから、か」

ともちんを見送りながら言うと、母がのろりと目を向けてきた。

「わたしにもよく言ってくれてたね。わたしはともちんと違って、できる子にはなれなかったけど」

ははは、と笑うと、母が視線を逸らした。それから、母を食堂に連れて行く。

今日は、彩子さんが腕を揮《ふる》うとのことだったから、わたしは何も支度をしていない。結城さんも呼ばれているらしい。美保ちゃんは、一緒に食事ができるだろうか。恵真も。

「お茶でも、淹れようか」

母をソファに座らせ、お茶の支度をする。加湿器代わりにだるまストーブに載せていたやかんが湯気を吐いているので、それを使う。

母は茶葉をあまり蒸らさずにさっと淹れたものがいいと彩子さんから教えてもらったが、あまり実践することのないままだったなと思う。これから、浅く淹れたお茶を飲むたび、思い出すのかもしれない。

　重病人のように生気のなくなった恵真がやって来て「おかえり」と母に硬い声で言う。その声に、母は反応しない。天井を睨んでいる。

「大丈夫。千鶴は、できる子よ」

　ふいに、母が言った。茶筒を手に取ろうとしていたわたしは、止まる。恵真と、顔を見あわせた。

「千鶴はとってもいい子だもの。そうよね、おかあちゃん」

　どうしてんなことを、急に。さっきのともちんとの会話で、思い出すことがあったというの？　母に話しかけようとしたわたしを、恵真が止める。聞こう、と目で言われる。

「でも、私はいい母親じゃないの。私があの子といると、苦しめてしまう。あの子は、私の生きていけない世界での〝いい子〟だもの。私とあの子は、合わないのよ」

「どうして、そう思うの？」

　恵真が、母の独白に滑りこむように訊いた。母は遠くを見つめたまま「あの子は、私といたら不幸になる。別れるしか、道はなかった」と返した。

　どういう、こと？

「私が楽しいと思った生活は、あの子を苦しめていた。あんなに、夢のように楽しかったのに、あの子はもう嫌だと言ったの。私の生きやすい世界で、あの子はきっと生きていけない。でもあのときの私は、あの子が間違ってるんだと思って、頰を抓った」

　母が、自分の頰を抓る仕草を繰り返した。それを眺めていて、はっとした。この間のあの夏の夢。頰に走った痛みの記憶。そうだ。あれは、『おうちに帰ろう』と言ったわたしの頰を、母が抓ったのだ。

あのとき、わたしはもう家に帰りたくなっていた。毎日はとても楽しかったけれど、でも同じくらい、いやそれ以上に疲れ果ててもいた。ジェットコースターのような毎日はもうお腹いっぱいで、起伏の緩やかな、平穏《へいおん》な日常が恋しくなっていた。祖母や父、母との静かな生活に戻りたかった。だから、帰りたいと言ったのだ。

そうだ。楽しいばかりではなかった。雷が鳴り響く中での車中泊は恐ろしくてならなかったし、地元の子どもたちが遠巻きに眺める中での海水浴は緊張して楽しめなかった。知らないひとだらけの温泉よりも家のお風呂がよかったし、バーベキューのお肉より祖母がフライパンで焼くハンバーグのほうが美味しいと思った。

わたしが辟易していることに気付かずにいる母が、嫌だった。

そして、父たちが迎えにきたとき、とても、嬉しかった。

『やっと帰れるね、お母さん』

ああ。わたしは、確かにそう言った。

待って。

わたしはあの夏を、美化していたの？

うつくしい思い出に、していたの？

「私は、おかあちゃんになりたくないのに。自分を、押し付けたくないのに。でも、このまま――このまま千鶴と一緒に行けば、私はきっと、おかあちゃんになる」

あのとき、母はわたしの頬をぎゅうぎゅう抓り、そして言った。違うでしょ。違うでしょ。それをわたしは、熱に浮かされて悪夢を見ているのだと思ったんじゃなかったか。そうだ、熱が見せる、怖くて嫌な夢なのだと思った。

でも、もしこの記憶が悪夢でも何でもないのなら、なんとなく覚えている。わたしは母が怖くて、「……がいいな」と言葉を変えたはずだ。どこだったかまでは思い出せない。適当な地名を言った。そして、頬は痛みから解放された。

「千鶴は私とは違う。あの子に私と同じ生活を求めたら苦しめるだけよ。そして私はあの子と一緒にいたら何度だっておかあちゃんになる。だって、そういうやり方しか、知らないんだもの。私がいたら、千鶴を、歪めてしまう。そんなの、嫌よ」

目を閉じて、息を吐く。わたしと母は、母娘として共に生きていけなかったのだ。わたしの望む世界では母が生きず、母の望む世界では、わたしが生きられなかった。

ああ。

だからあなたは、わたしを捨てたのね。わたしのために。

涙が、零れた。

その瞬間、ブザーが鳴った。母が、びくりとする。

どうしてこんなときに！

「結城でしょ、この時間だと。あたし、出るよ」

恵真がため息をついて、出ていく。母は、ぼんやりと視線を彷徨わせ始めた。もう、この話は、聞けないのだろうか。母の心の海の奥底に沈み、二度と掬われることはないのだろうか。

いまやっと、聞けたのに。

「お母さ」

「あ、エマちゃんだぁ!!」

玄関で、岡崎さんの声がした。

「うわー、やっぱこの家だと思ったんだよ。やっと発見した。え、すっぴん？　それでもちょう可愛いじゃーん」

「ちょ……！　誰ですか、あなた」

恵真が叫ぶ。どうしてまた、こんなときに岡崎さんが現れるの。

「え、覚えてないの？　おれ、ＢＲＯＯＭに何回も行ったんだけど。ほら、エマちゃん指名してさ、断られて、出禁くらっちゃったんだけどさー」

「あ！　だって、あなた確かお店で暴れ――」

「だってせっかく行ったのにシャンプーひとつしてくれないっておかしくない？　指名料だって払うって言ったんだよ、おれ」

「ひ！　触らないで！」

岡崎さんの狙いは、恵真だったの？　いや、そんなこと言っている場合じゃない。がくがくと震えそうになる足を拳で何度か殴りつけ、次に頬を叩いて勇気を絞り出す。恵真を助けられるのは、いま、わたししかいない。

「危ないから、こ、ここにいてね」

ぼうっとしたままの母に声をかけ、それから電話の子機を摑んで玄関に向かう。

そこには、恵真の細い手首を摑む岡崎さんがいた。

「な、何してるんですか！」

お腹から、声を絞り出す。しかし情けなく声が裏返った。

「ふ、不法侵入で警察、呼びますよ！」

子機を掲げて叫ぶ。お願い、これで立ち去って、と願う。しかし岡崎さんはわたしを認めて、にたりと笑った。くるりと背後を振り返る。

「いたよ、やいっちゃん」

へ、と声が漏れた。半開きだった扉が乱暴に開かれる。のっそりと人影が現れた。

「よう、千鶴」

「ま、さか……」

喉が凍《こお》る。まさか。そんなことが起きるわけがない。しかし目の前に現れたのは、弥一に他ならなかった。

「は、離して！　なによ、やめてよ！」

「うわ、エマちゃん間近で見ると人形みたいに綺麗だなー……。あ、芳野さんこんにちは。いてよかったよ、まじで。いやー、こないだは門前払いを喰らってさー。どうしようかなってやいっちゃんに相談したら、とりあえず行ってから考えよっか、ってなって」

岡崎さんが事もなげに言う。

「ど、どうして、こんな……」

「エマちゃん、こないだお店で暴れたお詫びもかねて、飲みにでも行こうよ。ね?」

岡崎さんが恵真に顔を寄せる。恵真の顔色は真っ青で、その場にへたりこみそうになっていた。しかし岡崎さんは「もしかして男嫌いってマジ話だった? もー、それなら早く言ってよ。おれが治してやんよ」と無理やり立たせようとする。

「岡崎さんやめて! その子に触らな」

彼から恵真を引き離さなければ。駆け寄ろうとしたわたしの前に、弥一がぬっと立つ。

「おれからは逃げられねえ、っつったよなあ? ああ、岡崎くん。これ間違いなく本物のおれのばか嫁だわ。これ、礼金な」

弥一が岡崎さんに茶封筒を差し出す。恵真の手首を離した岡崎さんは「すんませんねー」と親し気に言う。

「聞いてくれる、芳野さん? おれさ、最近調子悪いんだわ。まず、工場クビになったんだよ。バイトの子何人かと付き合っただけで、食ってるなんて言われてさ。ホンなんか妊娠してやんの。バックレたけど。で、これからどうしよっかなーと思ってたところで、やいっちゃんと知り合ったわけ。元嫁見つけたら報酬《ほうしゅう》くれるって言うんで、アンテナ張ってたんだけど、まさかエマちゃん絡《がら》みで見つけるとは思ってなかった。どちゃくそラッキー」

岡崎さんが封筒を開ける。数枚の万札を確認して、下卑た笑みを浮かべた。

「はいはい、どーも。助かるなあ」

「職探しの軍資金にでもしなよ。じゃあまあこれで、この件は、コレで」

弥一が営業スマイルを浮かべ、口元に指を一本添える。岡崎さんもそれを真似するように指を立て「もちろんすよ。ていうかおれも、お持ち帰りいいですかね、コレ」と訊く。恵真は腰が抜けているのかもしれない。その場にへたりこんだまま、動けない。早く逃げて、そう言いたいのに、言えない。

「岡崎くん、そういうのがタイプなんだ。おれ、そういう頭悪そうな女はちょっと」

「へへ、おれも芳野さんは、ちょっと。じゃあさ、エマちゃん、この金で飲み行こうよ。これからさ、夫婦の感動の再会が待ってるからさー、邪魔すんのもあれでしょ？」

黄色い歯を見せて笑った岡崎さんが、恵真の手首を再び摑む。ひ！　と短い悲鳴を上げた恵真が後ずさりし、岡崎さんが「ひー、そのウブな反応、たまらんね」と大げさに身を捩る。

「岡崎さん、やめてください！」

「やめてじゃねえよ、クソが」

岡崎さんと恵真の間に入ろうとしたけれど、わたしの服を弥一が摑んだ。力任せに引っ張られ、倒れ込む。床に強《したた》かに打ち付けた肩を、蹴られた。靴先がめりこんで、息が止まる。

「なあ千鶴。あっちじゃなくてさあ、おれを見ろよ。つか、ちゃんと見たか？　おれさあ、お前を見つけるためにわざわざ金まで払ったんだぞ？　お前のために、金を使ったんだぞ」

噎せていると、もう一度蹴られる。そして、もう一度。肩甲骨《けんこうこつ》のあたりで、骨が軋む音がした。遠くで岡崎さんが「なるほど容赦《ようしゃ》ないわ」と笑う声がする。そりゃあんな顔にもなるわ。ああエマちゃん、おれはそういうのないから、大丈夫よ。安心して。

「いくらかかったと思う？　でもおれ、こういう惨めな真似してでもお前を見つけようとカクゴしてたからさー。絶対逃がさねえよ。お前が何度逃げようと、おれはどこまでもお前を追うよ？」

　髪を摑まれた。そのまま上を向かされると、弥一が覗きこんでくる。手加減のない平手が頰を打った。

　最後に会ったのは、ずいぶん前だ。あのとき、もうこれ以上落ちぶれることはないだろうと思うほど、すさんだ様子だった。しかし、ひとというのはどこまでも落ちていけるものだったようだ。土気色《つちけいろ》の肌に、濁《にご》った眼。顔を寄せられただけで何かが腐《くさ》ったような臭いがした。なんて、酷い……。

「も、もう、わたしに、執着しないでよ……」

　恐怖で震える。口の中を切ったらしくて、どこかがびりびりと痛んだ。でも、お腹に力を入れてどうにか言う。

「なんでわたしなの。いくらでもいるじゃない。弥一なら、誰だって……」

　かつては、有能な営業部員だった。弥一が接客するだけで顔を赤くする女性客だっていた。元は、わたしが憧れていたひとだ。そんなひとがどうしてわたしなんかにこんなに執着しなくてはいけない。

「いるとかいねえとかじゃ、ねえんだよ」

　弥一がわたしにもっと顔を近づけてくる。鼻先が触れるほど近い。目頭に黄色い目やにがびっしりついているのが見えた。

「何度も言っただろ。おれは、一度でもおれの傍にいたもんは二度と逃げることを許さねえ。そうだろ？」

目に、怒りが溢れている。それは真っ黒い炎のようで、わたしの心を容赦なく焼き殺すものだ。この怒りを前にすると、わたしは身動きが取れなくなる。でも。

「わ、わたしはもう、あなたの妻じゃない。離婚、したじゃ」

最後まで言えなかった。渾身の平手を打たれた。反動で弥一に掴まれていた髪が引かれ、頭のてっぺんでぶちぶちという音を聞いた。

「おれに対して、なに偉そうな口きいてんだっ！」

弥一が耳元で怒鳴る。籍を抜こうがどうしようが、お前がおれのもんになったっていう事実は永遠に変わらねえんだよ。お前は一生、おれのもんだ。おれに使われるんだ！

千鶴さんにそんなことしないで！　お願い、やめて！　恵真の震えた声がしたけれど、それを薙ぎ払うように「うるせえんだよ！」と弥一が怒鳴る。口出しするならお前も同じ目に遭わせてやろうか。その顔ボコボコにしてもいいんだぞ。

涙が溢れた。もうだめだ。抵抗を試みようとしたけれど、無理だ。長く弥一に痛めつけられた心が、からだが、もう諦めろと言っている。弥一に歯向かったって、どうしようもないのだと。

それならそれで、構わない。ただ、どうか。

「弥一、お願……せめて」

あなたの言うなりになる。その怒りで殺されたって構わない。どうせ、たいしたことのない人生だ。何も生み出さず、何も進まない。母に捨てられた、と長く捻くれて生きてきただけの、情けないわたしだ。こんなわたしでいいというのならいくらだって、踏みつけ、壊せばいい。

だけど、母と恵真にだけは、手をあげないで。

そう言おうとした、そのときだった。

「何してんだぁ！」

怒鳴り声がして、がしゃんと激しい音がした。熱いしぶきがかかり、弥一の顔が揺れたかと思えば、絶叫を上げた。喉奥が張り裂けそうな悲鳴を上げた弥一が、はじかれるようにしてわたしから離れ、転がる。

何が、起きた。

身を起こそうとしたわたしの横に、がらんがらんと大きな音を立てて転がったのは、だるまストーブに載せていたやかんだった。その角に、べっとりと血がついている。その禍々しさにはっとすると、誰かが両手でわたしの顔をばちんと挟んだ。

「大丈夫、千鶴⁉」

わたしの顔を覗き込んだのは、母だった。

「あんたにお湯はかかってない？　ああ、血が出てる」

「お、母さ……」

母は着ていた服の袖でわたしの口元を拭った。それから転がったやかんを拾い上げ、「私の娘たちに手を出すんじゃねえ！」と岡崎さんに向かって振り回した。

「な、何だよ、やべえババアがいんじゃん。おれ、まだ何もしてねえよ」

「離せ！　すぐ離せ！　その子を汚すことは私が許さない！」

　血の付いたやかんに顔色を変えた岡崎さんが慌てて恵真の手を離す。頭を抱えうずくまる弥一を一瞬気にしたようだったが、目の前を勢いづいたやかんが通り過ぎるのに小さく舌打ちをした。

「何もしてねえよ、クソババア。やりすぎてたのは、そいつだけだろ」

　言い捨てて、逃げていく、岡崎さんを追おうとした母だったけれど、すぐにわたしのところに戻ってきた。また、口元を拭いてくれる。そうしながらぼろぼろと涙を零した。

「許さなくていい。許さなくてもいいの。でも、言わせて。ごめん、ごめんなさい」

　何が、起きているのだ。目の前の母は、かつての母にも、見える。過去の記憶の母と、いまの母が、奇妙にぶれて重なる。

　ごめんなさい、ごめんなさい。母は何度も繰り返す。

「おか……さ、ん」

　母に縋りつこうとすると、鈍い音がした。母が短い悲鳴を上げる。額《ひたい》を抑えた弥一がゆらりと立っていた。もう片方の手で、母の髪を摑んでいる。弥一が額の手を離すと、皮膚が赤く爛れていた。こめかみからは血が一筋流れていて、息を吞む。

「こら、ババア。殺すぞ」

　弥一の目が怒りで赤い。ぐいと引くと、母がまた悲鳴を上げた。

「やめて、弥一！」

「うるせえ。お前、さっきから誰に口きいてんのか分かってんのか」

　弥一が血走った目でわたしを見る。

「お前はあとでおれから逃げた罪ってのをじっくり分からせてやる。死ぬよりひでえ目に遭わせるからな。おれにこんなケガさせたババアは、ぶっ殺してやる」

吐き捨てた弥一の手から逃れようと、母が身を捩る。弥一が離してくれないとみるや母は体当たりをした。ふらついていた弥一がその勢いで倒れる。

弥一が低く唸る。起き上がろうとしているのか、もぞりと動いた。

ここから、逃げなくちゃ。母と、恵真と三人で。そう思うのに、腰が抜けて動けない。全身が震え、脂汗が流れる。

早くしないと、ここにいるみんな、弥一に殺されてしまう。

「え、恵真。お母さん連れて、早、に、逃げ」

声が震える。どうにかわたしのところに這ってこようとする恵真の顔は涙でぐしゃぐしゃで、「むり。むりだよぉ」と悲鳴に似た声をあげた。

弥一が、地面に手をついて、荒く息を吐いた。ゆっくりとわたしに顔を向ける。爆発寸前の、無の表情にぞっとした。もう、だめだ。

「ご、ごめん。わたし、もう」

お母さん、恵真。わたしのせいで、ごめんなさい。

ぎゅっと目を閉じようとした、その瞬間。

背中を思い切り叩かれた。

ばちんと響いた音と、衝撃に驚く。

「ばか！　何してんの！　いきなさい！」

叫んだのは、母だった。母は泣いている恵真の背中も、同じようにばちんと叩いた。その容赦ない力と驚きに、わたしは立ち上がる。恵真も、よろりと立ち上がった。

「お、おかあ、さん……」

母を、連れて行かなければ。手を差し出すと、母はわたしの手を摑み、そのまま外に向けて力任せに押した。背中がもう一度ぶたれる。

「いきなさい、ふたりとも！」

絶叫に近い声と背中の衝撃に押されて、わたしは震えて立つ恵真の手を握った。恵真も、強く握り返してくる。恵真と手を握りあい、互いを支えるようにして、玄関を飛び出した。縺《もつ》れる足を動かし、門扉を越える。

空はうつくしく澄《す》んで、星々が瞬いていた。月明かりがやさしく照らしてくれている。電車が通り過ぎる音がした。気を抜けばくずおれそうなからだに力を入れる。転びそうになるのを堪えながら走り、そして電車に負けないように、叫んだ。

「助けてください！　お願い、助けてください！」

恵真の声も重なる。早く誰か助けを呼ばなければ。母を助けなければ。

出勤前だろうか、華やかな格好をしたフィリピンの女の子たちが、縺れ出てきたわたしたちを見て驚いたような声を上げた。

「助けて。母が、お母さんが殺されちゃう！」

なりふり構わず叫ぶと、恵真がわたしの手を振りほどいた。

「結城！」

わたしは彼女たちに抱きとめられながら、その背中を目で追う。遠くから、結城さんが歩いてやってくるところだった。恵真を認めて、駆け出す。ふらつきながら結城さんに向かった恵真は、彼に縋るように抱きついた。

「助けて！　ママが、ママが……殺されちゃう！」

恵真が泣きくずれると、驚愕していた顔が一変した。結城さんは恵真を安心させるように一度だけ強く抱きしめると、「警察に電話！」と言ってわたしの横を通り過ぎ、さざめきハイツに駆けこんでいく。わたしがしがみついていた女の子が「ママ、危ない？」と訊く。声がもう出なくて何度も頷くと、背中を強く撫でた。

「ダイジョーブ、ダイジョーブ。ママ、すげー、つよい」

その横でもうひとりの子が電話をかけている。「女のひと、おそわれてます。ケガしてる。きてください」その声に少し安堵して、わたしは震えが止まらない両足の太ももを叩いた。何度も、何度も。それから女の子から離れ、「ありがとう」と必死で声を出す。

「あの子のほうが、動けないと、思う。行ってあげて。それと、救急車も、呼んでください」

さざめきハイツに駆け戻る。玄関は血まみれで、その中で結城さんが大声で喚く弥一を抑えこもうとしていた。母は上がり框のところに倒れている。

「何で⁉　お母さん！」

近づこうとすると、だめだと結城さんが怒鳴る。

「意識失ってるから揺らすな！　救急車！」

「呼んでくれって頼んでます！」

母の顔を見れば、頬がどす黒く腫れていた。殴られたか、蹴られたか。何て、残酷なことを。涙が溢れる。母に何かあったらどうしよう。こんな暴力を受けさせるために一緒にいたんじゃない。再会したんじゃないのに。

「お母さん、ごめん。ごめんなさい」

「ばかじゃねえの⁉　先におれに手をあげてきたそのババアが悪いんだろうが。何ならもう一発ぶん殴ってやんよ。千鶴、こっちに来い。お前もそのババアみたいに吹っ飛ばしてやる！」

怒鳴り声に、身が竦む。殴られた頬が痛む。唇をぐっと噛んで、思い出すのはさっきの母の言葉だった。

『いきなさい』

無残に腫れた母の顔が、滲んだ。

わたしなど、生きていていいんだろうか。母を恨み、周囲を僻み、うまく生きられずにいる。これから、きちんとまっとうに生きていけるかどうかも、分からない。けれど、母は命を懸けて、わたしを送り出してくれた。わたしの人生を、心から、祈ってくれた。

顔をあげて、立ち上がる。目元を力任せに拭い、羽交い絞めにされている弥一に近づいた。

「何だよ、その顔。おれに向かってそんな顔していいと思ってんのか、こら。ぶっ殺してやるからな」

血走った目。怒りで震える唇。その顔をまっすぐに見つめる。かつて愛した男。わたしを蹂躙《じゅうりん》し続け、死まで覚悟させた男。この男のせいで、わたしは苦しんだ。けれど、このひとにここまで許してしまったのは、わたしのせいでもある。わたしの、責任。

その顔をしっかりと見て、それからわたしは思いきり、弥一の頬を打った。

「わたしの人生に、これ以上関わらないで！　わたしは何度でもあなたを拒絶する。逃げてなんかやるもんか。負けてなんかやるもんか。もう二度と、あなたにわたしを好きにはさせない！　あなたなんかに、決して蹂躙されない！」

顔を近づけて叫ぶと、弥一がぐっと息を呑んで顔を引いた。その胸元を摑んで、引き寄せる。

「わたしの人生は、わたしのものだ！」

遠くでサイレンの音がした。いくつも、わんわんと重なりながら近づいてくる音に、早く来てと願う。母を早く助けて。そう思いながら、わたしは怯えたような目をした弥一を睨み続けた。

★

若年性認知症だと宣告されたとき、冷静に受け止めている自分がいた。

『嘘でしょう。だってまだ、ママは五十にもなっていないのに！』

恵真の方が、酷くショックを受けていた。あの子は何日も泣き、その次に私にセカンドオピニオンを勧めてきた。それで恵真が納得するのなら、と言われるままにふたつめの病院にも行き、そこでまた同じ告知を受けた。やはり私は、冷静だった。

好きに生きてきたツケがようやく回ってきたんでしょうねえ、と思った。

私の人生は、三十歳から始まった。ひとよりずいぶんと遅くて、だからいろんなものを早く手に入れたくて、無我夢中だった。そのお陰で、とても楽しい日々を送ることができた。いいことも悪いことも、自分の責任において降りかかってきたものだと思えばすべて受け入れられたし、どちらかといえば嬉しくさえあった。失敗する喜びというものもあるのだと知った。

しかし人生を謳歌《おうか》すればするほど、毎日が輝くほど、陰が濃くなる部分もあった。捨ててきた娘――千鶴のことだ。私の幸福は、娘を捨てるという非道な行為の上に成り立っている。

あの別れの日は、何度となく思い返した。姑と手を繋いだ千鶴が私を振り返る。その目は、私が『おいで』と呼ぶのを期待していた。けれど私は、呼べなかった。あの子の幸福は、私の幸福と同時には成り立たない。私はいつか、あの子を私のしあわせの為に歪ませてしまう。私の奥底にはおかあちゃんがいる。私はきっといつか、この子を私の「わかる」に押し込めてしまうだろう。そんなのは、嫌だ。私はこの子を歪めたくない。

私がすべてを諦めてしまえばいいのだ。夫と姑、千鶴とこれまで通り生きていけば、丸く収まる。しかしほんとうの自由を知った以上は、できなかった。私はどこまでも、自分が可愛かったのだ。愛すべき子どもと自身の人生を天秤にかけ、子どもを捨てた、愚かな女。

わたしはあの子を捨てたけれど、しかしきっと芳野の家でしあわせに生きているはずだ。

夫も姑も善良なひとだし、周囲のひとたちもみな心やさしかった。だから、しあわせなはずだ。それは私の罪悪感を消すおまじないだと分かっていたけれど、繰り返さずにはいられなかった。千鶴は、私なんかといるよりも絶対に幸福になっている。

直接会って謝りたいと思ったこともある。私の持っている言葉すべて使って詫びたい、そういう衝動に何度となく襲われた。けれどあれは、誰だったか。家政婦をしていて出会ったひとたちの——妻の愛人に、妻だけでなく財産や子ども、すべてを奪われてひとりで暮らしていた、そうだ相良《さがら》さん。あの老人が私に言った。

『加害者が救われようとしちゃいけないよ。自分の勝手で詫びるなんて、もってのほかだ。被害者に求められてもいないのに赦《ゆる》しを乞うのは、暴力でしかないんだ』

どういう事情があったのかは分からないが、彼の晩年、元妻や子どもたちが何度も面会を求めてきた。けれど彼は一度もそれに応じることなく、私だけに見送られてこの世を去った。死の間際、彼はわたしの手を握って言った。聖子ちゃん、おれは結局あいつらを恨んでしまったよ。おれが何年もかけて心の毒抜きをしたのに、毒を送り続けてくるんだ。おれの苦しみを、何も分かっちゃくれない。あんたはそんな酷いこと、しちゃあいけないよ。

相良さんは、私に後悔を抱えて生きていかなければいけない覚悟を教えてくれた。そして残された元家族の慟哭《どうこく》は、私に捨てるという行動の罪の深さを知らしめた。

私もいつか、罪を償うべきときが来る。それは一体どんなかたちだろうかと思っていたけれど、なるほど忘れていく病か。娘を捨ててまで集めてきた『思い出』、守ってきた『自分』を強制的に失っていくなんて、神様というのはどうやら実在するらしい。じゃないと、こんなにも私にぴったりな罰《ばつ》が与えられるわけがない。そんな風に、告知を受け入れた。

しかし神様というのは、私の想像以上に、厳しい存在だった。二度と会えないと思っていた千鶴が、私の前に現れた。しかも、不幸を全部背負ったかのような酷い有様で。数十年ぶりに会った娘は、幸福どころか明日すら信じられないほど、傷ついていた。

神様、酷くありませんか。私の罪なら私だけに罰を与えればいい。それともこの状態の千鶴を健やかに生かすのが私の責任だと仰いますか？　自分という確かだったはずのものがどんどん削られていって、毎日崖《がけ》っぷちに立っているような気持ちで生きている私に？　手の中から零れていくものが何かも分からなくなっていく、あやふやな存在に変わる私に？

それは、あまりに残酷ではありませんか！

どうしていいか分からぬ日々が始まった。歯がゆくなることもあれば、判断を見誤って千鶴を傷つけるだけのこともあった。私が私でなくなる前に早くと焦り、なのに思うように振る舞えない自分に呆れ、いっそこの瞬間に心を手放したいというときもあった。

それでも、千鶴に会えて嬉しかった。あまりに幸福で、ほんとうは神様がくれた最後の贈り物なのかもしれない、と思うときもあった。

残酷でやさしい神様に、願う。私のこの終わりかけの心、魂《たましい》でいいのならすべてを使ってもいい。暗い目で未来を眺めるこの子の生きる道筋を照らしたい。いや、そんな大それたことでなくてもいい。しあわせに向かうための背中を、押したい。どうか、それだけの力を私に与えてください。どうか。

★

あれから、弥一は警察に連れていかれた。わたしや恵真は警察の聴取もまともに受けられない状態で、結城さんや事件を知って駆けつけてくれた野瀬さんのふたりに縋るようにして、事件の処理をこなした。あのときの記憶はあやふやで、よく覚えていない。ただただ、辛かったように思う。

そんな中で、弥一の両親に久しぶりに会った。冷酷で子どもに無関心だと思っていたふたりはわたしに深く頭を下げ、親としてこれ以上の罪を重ねさせないように努めることと、弥一を二度と関わらせないことを誓《ちか》ってくれた。

『ひとりの立派な人間として育てたのだから責任を終えていいと思っていたけれど、きちんと子どもを見つめていないだけだった。迷惑をかけて、ごめんなさい』

これから弥一がまっとうに生きていけるように支えていきたい、と元義母は言った。

そして、いっときは意識不明にまでなった母は、退院して介護施設に移ったものの、回復は亀《かめ》の歩みよりも遅かった。ひとの手を借りて体を起こすことはできるけれど、歩けはしない。自発的な食事はできない。咀嚼がうまくできなくなっていて、やわらかなものを介助してもらって食べ、どうにか栄養をとれている。一日の大半を眠って過ごし、目覚めても満足なコミュニケーションが取れない。ベッドの上で上体を起こし、天井ばかりを見上げている。ときどき、もぐもぐと何か喋っているけれど、よく分からない。きっと、母の心の奥底に揺蕩《たゆた》う記憶の海から、こぽりこぽりと浮いてくるあぶくのようなものなのだろう。その小さなあぶくでもいいから、知りたいと願うけれど。

事件から一ヶ月経ったある日、母の着替えの交換をしようと入所施設に行くと、恵真がいた。母のベッドの脇に、腰かけている。

「あれ、仕事終わるの早いね」

これまでは母の介護があったから閉店後の練習会を欠席し続けていたらしい恵真は、精力的に出席するようになった。そのため毎晩のように帰宅が遅くなっていたのに。恵真は「たまにはママに会いたいじゃん」と唇を尖らせた。

「それに、着替えを届けたりとか、そういうのを千鶴さんに任せっきりだったからさ」

事件後、わたしは自分でもどうしてあんなに困難だったのかと不思議に思うくらい、すんなりと外に出ていけるようになった。最初の数回こそ、帽子やマスクで自分をガードしないとならなかったけれど、いまは平気だ。背筋を伸ばし、前を見て歩ける。久しぶりに化粧品を揃えてメイクをすると、自信のようなものさえ、淡く覚えた。いつかに買った口紅と同じピンクを唇にのせると、ぱっと顔が明るくなったのは、嬉しかった。

「あたしも、ママの娘のつもりだから。ほんとうはもっと、来たいんだけど」

恵真がベッドで眠る母を見て、目を細める。「気持ちは伝わってるよ」とわたしはその肩をぽんと叩き、恵真の向こうの母を覗きこんだ。

「今日もよく寝てるね、お母さん」

「あたしが来る前から、ずーっとね。最近よく寝るんだって施設のひとが言ってたけど」

「そうなんだよ。わたしが来ても、たいてい寝てる」

恵真が自分の近くにあった椅子をわたしに押し出してくれ、わたしも座る。母は穏やかな顔をして眠っている。

「千鶴さんと会えて、ちょうどよかった。ここで、話したいことがあったんだ」

恵真が言い、わたしは「ここじゃなきゃダメなの？」と訊く。恵真は緩く頷いて、「ママにも聞いてほしかったからさ」と母を見る。

「起きないかなー。起きてよー、ママ。久しぶりなんだからぁ」

恵真が母を軽く揺らす。そんなことじゃ、と笑ったものの、母がゆるりと瞼を持ち上げた。何度か瞬きをする母に、自分がしたことなのに恵真が「まじか」と驚く。

「あらら、ほんとに起きちゃった」

わたしも、母が起きているときに会うのは久しぶりだったので、顔を覗き込む。

「おはよう。目が覚めた？」

笑いかけると、母の黒目がよろよろと動く。わたしを捉え、わたしの隣の恵真で止まる。それから口が動いた。音は、出ない。

「あ、珍しいと思ってるんでしょ？　あたしがここに来るの、久しぶりだもんね」

恵真が嬉しそうに言う。母は、どこか子どものような眼差しでわたしたちを交互に見た。

「さっそく報告。あのねえ、まず、結城がさざめきハイツを出て行くことになりました」

え、と声を漏らしたのはわたしだ。

弥一の両親の『二度と関わらせない』という言葉を信じて、わたしはシェルター行きを取りやめて、これまで通りさざめきハイツに住んでいる。わたしを脅かす者はいないし、外に出ていける勇気も手に入れたいま、入る必要はないと思ったのだ。彩子さんたちも、これというアパートが見つからず、そして問題も解決したのなら、とやはりさざめきハイツにいる。恵真も、ひとり暮らしをするほうが恐ろしい、と引っ越していない。結局、みんな残っているのだった。

しかし変化はあって、岡崎さんがまた尋ねてくる可能性が残っていたから、結城さんがさざめきハイツに寝泊まりをするようになったのだった。男性が共に生活するなんてどうなるかと心配したけれど、五人の生活はとてもうまくいっていた。先日などは、美保ちゃんが結城さんとふたりでホラー映画を観ていた。結城さんが、傍で見ていると笑えてしまうほど怖がっていて、美保ちゃんに『え、よわ』と呆れられていた。

このまま結城さんに住んでもらえたらいいな、と思っていたのに。

「ほら、岡崎も捕まったでしょ。ちょうどいいかなって」

恵真が言い、わたしはのろのろと頷く。

岡崎さんは、まったくの別件で捕まったのだった。女子高生を買春した上、家族にばらされたくなければタダでやらせろと脅していたらしい。思い悩んだ女子高生が自殺未遂を起こしたことで明るみにでた事件は、あまりに悪質な内容だからか報道で大きく取り扱われた。パン工場勤務のときも気の弱い女性を半ば無理やりホテルに連れこんでいた、ということまで暴かれていた。

そんな状態だから、さすがにこちらに来て罪を重ねるような愚かな真似はしないだろう、と話してはいたけれど。

「岡崎さんは、確かに現れないかもしれないけど……」

恵真と結城さんは、とてもいい感じのように見えた。毎朝、ふたりで並んで出勤していくのを見送っていたけれど、日毎に距離を縮め、いまでは触れあいそうな距離で歩いている。

恵真が結城さんに心から近づこうとしているのだと、微笑ましく眺めていたのに。

「まあ、それともうひとつ理由があって。それはどうしても、ふたりに同時に言いたかったんだよね。あのね、あたし、その……結城と、お付き合い、することになったの」

恵真がゆっくりと言い、わたしは思わず「うわあ」と声をあげそうになった。慌てて口を押えて、恵真を見る。恵真は顔を真っ赤にしていた。

「一緒にいて、楽しいし、安心できる。それに結城は、あたしをずっと守ってくれてたから。それとね、ママの最後の声が、忘れられないんだ」

「最後の声？」

「岡崎たちに襲われたとき、ママがあたしたちに言ったじゃん？　いきなさいって。あれ、もちろん『逃げなさい』っていう意味の『行きなさい』なんだろうけどさ。なんか、『生きなさい』って言われた気がしてたんだ。こんなトラウマ乗り越えて、生きなさいって」

恵真が母を見る。わたしも、その気持ちはとてもよく分かった。あの言葉があったから、わたしは弥一に立ち向かえたのだ。

きっと、恵真の解釈は間違っていない。

「ママがよく言ってたことも、やっと理解できた。あたしの人生は、あたしのものだ。誰かの悪意を引きずって人生を疎《おろそ》かにしちゃ、だめだよね」

　恵真の言葉に、はっとする。それはあのときわたしも叫んだもので、そして遠い昔、母が父に伝えた言葉だ。

　あのときの母を憎んだこともあったけれど、いまは素直に、受け入れられる。きっと、生半可な気持ちで口にしたわけではない。口にすることで己を奮い立たせる、自分のための言葉。前に進むための言葉だ。

「おめでとう」

　恵真の手を取って言った。跳ねてしまいそうになるほど嬉しい。この子は、自分のトラウマを乗り越えようとしている。しあわせに、なろうとしている。

「すごくいいと思う。あのひと、いいひとだもん。え、でもそれならなおのこと、一緒に暮らせばいいじゃない」

「ううん、結城が、千鶴さんたちに気を遣わせてしまうかもしれないって」

「なあに、そんなこと？　そんなの、まったく気にしない。美保ちゃんたちだって、そうだと思う。わたしなんか、目の前でいちゃいちゃされたって平気」

「いやっ、そんなこと、しないし！　もう、何言ってんの」

　真っ赤になる恵真を見て、顔が綻ぶ。解決したことも、まだまだ先の見えないこともある。希望と不安の入り混じっている中で、最高にしあわせな報告が聞けたことが嬉しい。

「ねえお母さん、聞いた？　恵真が、結城さんと付き合うんだって。めでたいね」

　母を見る。母は恵真をじっと見ていた。口はぽかんと開いている。感情の読みにくい瞳の端から、ころんと涙が零れた。ころん、ころん。幾粒か零れた涙が、枕にしみていく。

「喜んでくれてるの？　ありがとう」

恵真がとても幸福そうに笑って、母に頬ずりした。ぐいぐいと押し付けられた母の顔は、少しだけ微笑んでいるようにも見えた。

＊

庭の桜の蕾がふくらみ始めたころ、美保ちゃんが二千七百五十四グラムの女の子を産んだ。二十一時間に及んだうえ、普通分娩の予定が帝王切開に緊急に切り換えられるという大変な出産だった。彩子さんだけでなく、わたしや恵真も美保ちゃんのいる病院に行き、無事に生まれてくることをただただ祈った。産声《うぶごえ》が聞こえたときの喜びは、忘れられない。

母に、大きな変化はない。起きている時間は増えたけれど、ベッドの上でぼうっと天井を眺めている。医師はまた歩けるはずだと言うし、介助があれば数歩は歩けるようになった。でも、食事をしても、美味しいも不味いもない。ときどき、短い言葉を喋るようになったけれど、長い会話にまでは発展しない。

「お母さん、調子はどうー？　あ、ともちんさん、こんにちは」

わたしは週に数回、母のいる介護施設に顔を出している。さまざまな事情――受け入れ先の施設とトラブルがあったりして、母はいま元々通っていたデイサービスの関連施設にいる。結果的に母のことを知っているところに入れてありがたい。しかも最近、デイサービスから異動になったともちんが担当につくようになったのは嬉しかった。母が見知らぬ場所でひとり過ごすのはやはり寂しいな、と思っていたのだ。

ともちんはちょうど母の食後の健康チェックをしていたところだったらしい。母の額に当てていた体温計の数字をチェック表に書き込みながら、「聖子さん。千鶴さんが来たよ」と声をかける。

「あれ、これどうしたんですか？」

母の近くのサイドテーブルに、色とりどりのガーベラを生けた花瓶が置かれている。その下には、黒猫のぬいぐるみ。

「お花はとても綺麗な外国の女の子たちが持ってきてくれたんです。枕元が華やかだと、いいっすよね」

「ああ、はす向かいの家の子たちだ」

ここまでお見舞いに来てくれているのかと思うと、ただただありがたい。あの子たちのお陰で、母はすぐに救急車で搬送してもらえたのだ。

あの子たちとはわたしもすっかり顔見知りになった。よく笑う、パワフルでいい子たちだ。

「ええと、こっちのぬいぐるみは？　他にも誰か来たんですか」

「そっちは美保さんです。ほのかちゃん、可愛かったですう」

ともちんがふるふるとからだを揺らす。

美保ちゃんは子ども――ほのかちゃんが生まれてからひとががらりと変わった。あんなに片意地をはって、我儘ばかり言っていたのがうそのように丸くなったのだ。

まさに命がけで出産を終えた美保ちゃんは、しばらく身動きが取れなかった。生まれた子どもの世話はもちろん、自分自身のこともなかなか思うようにできなくて、彩子さんがつきっきりでふたりの世話をした。彩子さんは、自分がされて嫌だったから、と美保ちゃんに必ず確認を取り、美保ちゃんが不安を覚えないように心を砕いていた。その思いが、美保ちゃんにもきちんと伝わったのだろう。美保ちゃんは、彩子さんに泣いて詫びた。ウチ、想像力なくてごめん。ずっと責めてごめん。ウチ、ママのこと大好きだよ。彩子さんはわたしにその話をしてくれたあと、救われた気がしてると微笑んだ。

そんな美保ちゃんもすっかり元気になり、ほのかちゃんは我が家のアイドルとして君臨《くんりん》している。あの結城さんが「ほのたん、ほのたん」とメロメロになっているのには、毎度驚かされるけれど。

「聖子さん、悔しいだろうなあ。いま家に帰れたら、すごく楽しい生活が待ってるのに。病気なんか、かかってる場合じゃないのに」

ともちんが、あーもう、と地団太を踏む。

「母の代わりに悔しがってくれて、ありがとうございます。主治医の先生はまだまだ回復できるはずだって仰ってくださいましたし、希望を持っていようと思います」

「そうですよ！　そうそう、ぼくこの間ニュースで見ましたけど、アメリカで認知症に対してすっごく効果があるらしい新薬が開発されたんですって。聖子さんもそれが使える日が来るかもしれません。そしたら、奇跡だって起きますよ」

わたしもそのニュースは見た。もし使うことができて、母が回復してくれたらと想像した。

せめて出会ったあの日の状態に戻ってくれたなら、もっとたくさんのことが話せるのにな、とちらりと思った。あのときならまだ、いろんなことが聞けた。でも、過去には戻れないし、奇跡は簡単には起きない。母の病は進行していくもので、決して完治はしない。母の記憶は失われていき、わたしは母のいろんなことを知ることができないまま。それは哀しいけれど、認めざるを得ない事実だ。

だからといって、母との縁が切れたわけではない。母はわたしの前にちゃんといる。手を伸ばせば、触れられる。それだけで十分だと思わなくて、どうする。

「さて、ぼくは事務所に戻らないと。おふたりは、家族水入らずでどうぞ」

ともちんがいなくなり、わたしは母のベッド脇に置かれた椅子に腰かける。母は上体を起こしてもらっていた。朝からお風呂に入れてもらったのか、こざっぱりとしているし、わたしが昨日持ってきたばかりの服を着ている。うっすらと目を開けた母は両手で紙切れを握りしめ、もそもそと動かしていた。

「あ、これは大事なやつ」

母の手から取り上げたのは、一葉の写真。

「もう、どうしてわざわざ出しちゃうんだろう」

写真立てに入れているのに、母は暇さえあればこれを取り出している。揉まれてくしゃくしゃになったそれを手で伸ばしながら、ふふ、と笑う。

これは、幼いわたしと若い母が顔を寄せ合って笑っている夏休みのときの写真だ。わたしがずっと持っていた、セロテープでつぎはぎされたもの。しかし、これは破られてなどいない。わたしが持っているものとまったく同じこの写真は、母の荷物の中から見つけたのだ。革のケースに大事そうに入れられていて、裏には母の字で『福岡《ふくおか》　末廣《すえひろ》旅館』と記されていた。母も、あの夏を大事に思い返した日がきっとあるのだ。それだけで、満たされる思いがする。

「それで、お母さんは何をしているの？」

写真を写真立てに戻しながら訊くと、写真なしでも手を動かし始めた母が「わんぴーす」と短く返してくる。

「ワンピース？　作ってるの？」

頷いて、母は手を動かす。言われてみれば、手つきは運針のそれなのかもしれない。

「そっか。ワンピース、好きだもんね」

「てぃもての」

意味がよく分からない。けれど母は、少しだけ嬉しそうに口角を持ち上げた。

最近の母は、よく微笑む。まるで、喜怒哀楽の喜と楽しかないようだと言ったのは恵真だった。穏やかで嬉しそうで、楽しそうでいいな。もちろん、昔みたいに豪快に笑ってほしいけど、ぶりぶり怒って怒鳴ってほしいけど、でも苦しんでないんだから、いいよね。

いまの母を眺めていて、あらためて恵真の言う通りだなと思った。

認知症というのは、記憶や感情を自身の奥底にある海に沈める病気だ。本人さえも、その水面は簡単に掬えなくなる。いまの母は何をどれだけ掬い取れるか分からない。ならばせめて、その手に掬い取れるものが星のようにうつくしく輝きを放つものであればいい。悲しみや苦しみ、そんなものは何もかも手放して、忘れてしまって構わない。きらきらした星だけを広げ、星空を眺めるように幸福に浸っていてほしい。その星々のひとつに、わたしとの記憶もあったら嬉しいなと思う。

「ばーびーがよかったのにねえ」

ふいに母が言い、わたしは小首を傾げる。そして、はっとした。幼稚園に通う前、祖母から買ってもらった着せ替え人形がほしかったバービーではなくて、泣いたことがあった。そうだ。祖母がくれたのは、ティモテだった。

「覚えてるの、お母さん」

声が急《せ》く。覚えているわけがない。わたしだって忘れ去っていた、遠い昔の話だ。母が小さく顎を引いた。頷いているのだ。

「ひまわりがらの、わんぴーすをつくろうね。とってもかわいいものになるわ」

鳥肌が立った。そうだ、これじゃないのにと泣くわたしに、母はワンピースを縫ってくれた。

『ティモテとお揃いにしたら、きっとティモテも好きになるわ。ほら、とっても可愛い』

ああ、思い出した。鮮やかな黄色のワンピースはティモテには似合ったけれど、わたしの普段着にしては派手すぎて、祖母たちはあまりいい顔をしなかった。そして、着なれない柄が恥ずかしかったわたしは、ワンピースに一度も袖を通さなかった。

あの柄はきっと、母の……。

「ありがとう、着るよ。そうだ。お母さんもお揃いにしようよ。きっと似合うよ」

言うと、母がはっと顔を上げた。わたしを見て、それから頬を染めて微笑んだ。

「私も、そうしたいなあっておもってたの」

泣きそうに、なった。

いま、母が掬い上げた過去の小さな星が、わたしの手に残った。ああ、なんだ。奇跡って、起きるんじゃないか。こんなにも、簡単に。

声が潤みそうになるのを堪え、やわらかい表情の母に言う。

「きっとこれからも、お母さんは記憶の海を掬うんだよね。そしたらさ、どんなものを掬い上げたか、わたしに話してよ」

ときには、星ではない哀しい記憶、辛い記憶を掬うときもあるだろう。わたしはそれでも教えてほしいと思うけれど、母が嫌なら、無理に聞こうとはしない。いまみたいに、うつくしい星を一緒に眺められたら、分かち合えたら、それでいい。

「いまやっと、わたしたちは互いを傷つけあわないでいられる母娘になれたんだと思う。だから、これからも傍にいさせてね。もちろん、お母さんの大事なところには、決して触れない。お母さんの尊厳を踏みにじることはしない。安心して」

言葉を重ねすぎたのか、母は不思議そうな顔をしたけれど、頷いた。それから再び手を動かし始め、視線を落とす。

「ああ、そうだ。今日はね、お母さんに話があってきたんだ。今度は、わたしの大事な話を聞いてくれる？　わたしね、実は今度、ラジオに出るんだ」

ＤＶに苦しむ女性たちに〝シェルター〟の存在や救いの手となる法律の話を伝えるという

番組で、経験者として話をしてほしいと言われたのだ。その話をくれたのはもちろん野瀬さんで、わたしなんかにできるのかと逡巡したけれど、受けることにした。

「外に出られるようになって、職探しをしようと決めたときに、自分がこれから何をしていきたいのかってことを真剣に考えたんだ。目的を持って、働きたかった。そんなときに野瀬さんからお話を貰って、これかもしれないって思った。わたしのこれまでの経験が、誰かを助けられる、誰かが一歩進めるきっかけになれる、それってとても素晴らしいことでしょう？」

自分を嫌悪して、母を憎み続けた苦しみ。自分を見下げて、自分の人生をひとに明け渡し続けた痛み。それらがもし誰かの役に立つのなら。そしたら、わたしの人生が無駄じゃなかったと思える。痛みも哀しみも、何もかもが必要なものだったと、胸を張れる。そんな気がするのだ。

「昔のわたしのように、自分の価値をゼロにしてしまってるひとの手助けがしたい。誰かに人生を踏みにじられないよう、自分の人生を守ろう。大丈夫、あなたにはそれができる。そういうことを、伝えていきたい。誰かの支えに、なりたいの」

それはきっと、かつてのわたしをも救うだろう。

「とは言っても、うまくやれるか不安なんだけどね。お母さんは知ってるだろうけど、わたしは昔から酷い人見知りだし、緊張しいでしょう。しかも二ヶ月くらい前まで引きこもりよ。仕事を受けた日から、ラジオで大失敗する悪夢に悩まされてるんだ」

母がふと手を止めた。目を彷徨わせる。天井を見て、開け放された廊下を見て、それからわたしを見る。珍しくじっと見つめてくるので首を傾げると、母が大事なことを言うように、そっと口を開いた。

「大丈夫。あんたは、できる子だから」

驚いて、そして笑った。また、その言葉を貰えるとは思わなかった。

「お母さん。わたし、昔のお母さんも好きだったけど、いまのお母さんも好きだよ」

美保ちゃんが彩子さんに素直に『好きだよ』と言ったというのを聞いて、わたしもいつか言えたらいいなと思っていた。それはきっと、いまこのタイミングだ。

「ありのままのお母さんが、好きだよ」

嫌だと思ったこともあった。憎んだこともあった。でも、あなたはいつだって、愛すべきわたしのお母さんだった。あなたのお陰で、わたしはわたしが歪めた人生を、胸を張って生きていけるようになった。そしてあなたの一言で、最初の一歩も堂々と踏み出せるだろう。

母が、目を見開いた。それから、花が零れ咲くように笑った。とても素敵な、笑顔だった。

「ねえ、お母さん。いつか、あの夏の続きをしようよ」

いつか、大きな車を借りて、たくさんのものを積みこんで、思い付きの旅に出よう。あのときふたりで行ったところを回って、母の調子が良ければ車中泊もしてみてもいい。そして、あの旅館にも泊まってみたい。赤い車に乗ってたワケアリ風母娘を覚えてませんか、なんて訊いてみたりする。いまのわたしなら、きっと楽しめる。

恵真も、連れていこう。きっと楽しい旅になる。三人でたくさんのものを見て、笑って、そしてまた三人で、夜空を眺めよう。手を繋いで、なんてことない会話を交わして、明日への夢を語ろう。
きっと、いつか。

主な参考文献

『私は誰になっていくの？　アルツハイマー病者からみた世界』クリスティーン・ボーデン（著）檜垣陽子（訳）クリエイツかもがわ

『ボクはやっと認知症のことがわかった　自らも認知症になった専門医が、日本人に伝えたい遺言』長谷川和夫　猪熊律子（著）KADOKAWA

『マンガ認知症』ニコ・ニコルソン　佐藤眞一（著）ちくま新書

この作品は書き下ろしです。

この作品はフィクションです。実在する人物、団体等とは一切関係ありません。

町田そのこ

1980年生まれ。福岡県在住。「カメルーンの青い魚」で、第15回「女による女のためのR－18文学賞」大賞を受賞。2017年に同作を含む『夜空に泳ぐチョコレートグラミー』でデビュー。他の著作に『ぎょらん』『コンビニ兄弟―テンダネス門司港こがね村店―』（新潮社）、『うつくしが丘の不幸の家』（東京創元社）がある。『52ヘルツのクジラたち』（中央公論新社）で2021年本屋大賞を受賞した。

星《ほし》を掬《すく》う

2021年10月25日　初版発行
2022年２月５日　再版発行

著　者　町田《まちだ》そのこ

発行者　松 田 陽 三

発行所　中央公論新社

〒100-8152　東京都千代田区大手町1-7-1
電話　販売 03-5299-1730　編集 03-5299-1740
URL https://www.chuko.co.jp/

ＤＴＰ　ハンズ・ミケ
印　刷　大日本印刷
製　本　小泉製本

Published by CHUOKORON-SHINSHA, INC.
Printed in Japan　ISBN978-4-12-005473-0 C0093

52ヘルツのクジラたち
町田そのこ
イラスト／福田利之
2021年
本屋大賞
受賞!

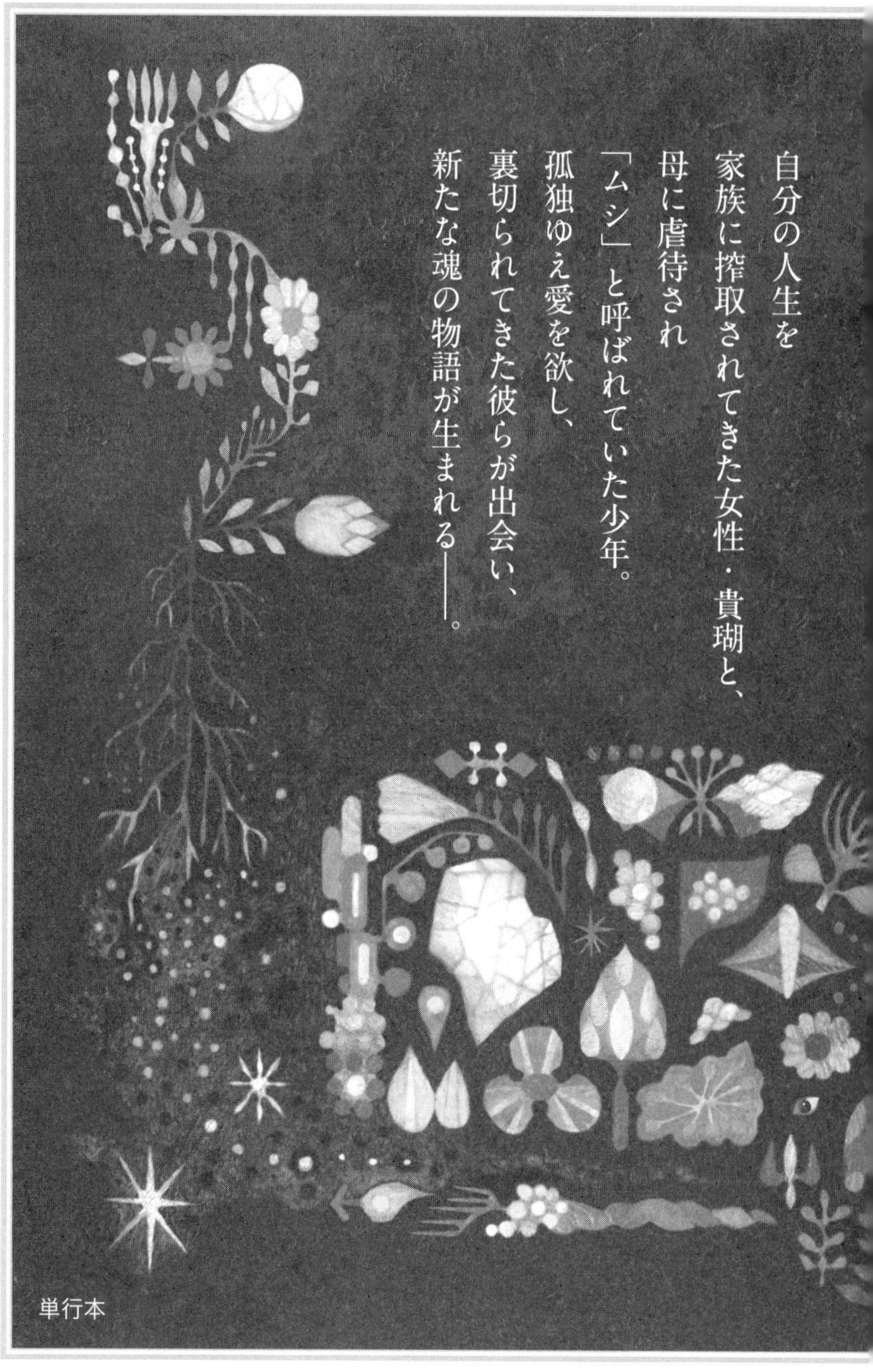
自分の人生を
家族に搾取されてきた女性・貴瑚と、
母に虐待され
「ムシ」と呼ばれていた少年。
孤独ゆえ愛を欲し、
裏切られてきた彼らが出会い、
新たな魂の物語が生まれる——。
単行本

滅びの前のシャングリラ

凪良ゆう

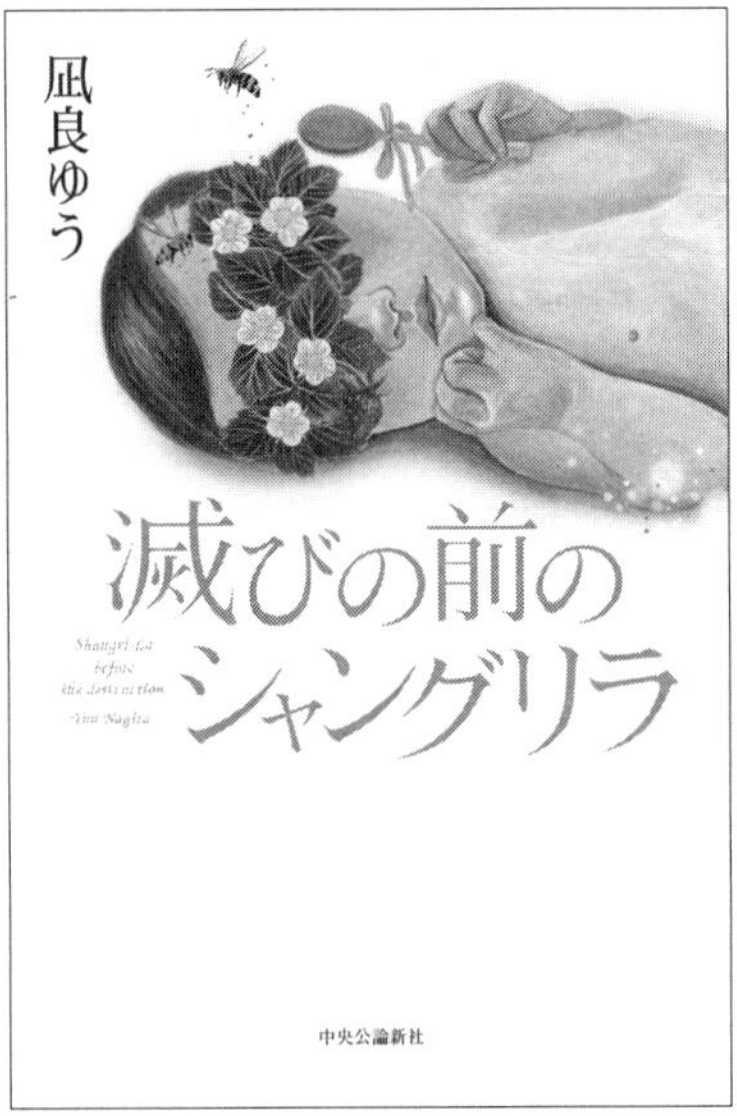

装画／榎本マリコ

一ヶ月後、小惑星が地球に衝突する。
滅亡を前にした世界の中で
「人生をうまく生きられなかった」四人が、
最期の時までをどう過ごすのか。
２０２０年本屋大賞作家が贈る
新たな傑作。

単行本

装画／いわがみ綾子

わたしの良い子

寺地はるな

出奔した妹の子ども・朔と暮らすことになった椿。
決して《育てやすく》はない朔との生活の中で、
椿は彼を他の子どもと比べていることに気づいて——。

単行本